講談社文庫

魔弾の標的

警視庁殺人分析班

麻見和史

講談社

目次

魔弾の標的

警視庁殺人分析班

●おもな登場人物

〈警視庁刑事部〉

如月《きさらぎ》塔子《とうこ》……捜査第一課殺人犯捜査第十一係　巡査部長

門脇《かどわき》仁志《ひとし》……同　警部補

鷹野《たかの》秀昭《ひであき》……同　警部補

早瀬《はやせ》泰之《やすゆき》……同　係長

徳重《とくしげ》英次《えいじ》……同　巡査部長

尾留川《びるかわ》圭介《けいすけ》……同　巡査部長

神谷《かみや》太一《たいち》……捜査第一課　課長

手代木《てしろぎ》行雄《ゆきお》……捜査第一課　管理官

鴨下《かもした》潤一《じゅんいち》……鑑識課　警部補

河上《かわかみ》啓史郎《けいしろう》……科学捜査研究所　研究員

〈警視庁西新井警察署〉

針谷《はりや》順平《じゅんぺい》……巡査

穂高《ほだか》光弥《みつや》……獣医師

斉賀《さいが》……関東紅蓮会《かんとうぐれんかい》　幹部

井浦《いうら》宗雄《むねお》……フリーランスライター

大石《おおいし》和信《かずのぶ》……ソニックニュース　編集長

宇津見《うつみ》祐介《ゆうすけ》……ソニックニュース　記者

真木山《まきやま》陽治《ようじ》……ガイア・ガーディアン　代表

三枝《さえぐさ》千鶴《ちづる》……ガイア・ガーディアン　幹部

財前《ざいぜん》秋代《あきよ》……東京都議会　議員

福原《ふくはら》香奈恵《かなえ》……個人投資家

幸坂《こうさか》礼一郎《れいいちろう》……警視庁　警察官

幸坂真利子《まりこ》……礼一郎の妻

青葉《あおば》幹夫《みきお》……工務店　社員

堀江《ほりえ》……柳木《やなぎ》製薬　課長

沼尾《ぬまお》……東京バイオサービス　社員

栗橋《くりはし》充《みつる》……観光協会　職員

久川《ひさかわ》史子《ふみこ》……主婦

沖《おき》康則《やすのり》……城北《じょうほく》工業大学　教授

第一章　アニマルケージ

1

石油ストーブには、少し傷のついたやかんが載せてある。

八分目ほどまで入れておいた水はすでに沸騰して、しゅんしゅんと音を立てていた。

こたつの上の急須《きゅうす》を見ながら少年は考えた。お母さんはこれからお茶を飲むのかな。湯呑《ゆの》みも出してあるから、たぶんそうだな――。

漫画本のページから目を上げ、壁に掛かった時計を見た。午後五時を回ったところだ。

「お母さん、お湯が沸いたよ」

こたつに入ったまま、少年は台所に向かって声をかけた。

耳を澄ますと、包丁を使う音が聞こえてきた。鍋《なべ》で何かを煮る音もする。

「ねえお母さん、お湯」

「ああ、はい、ありがとうね」

台所から母の声が聞こえた。返事だけして、そのまま調理を続けているようだ。

少年は調理の音を聞くのが好きだった。母の料理はいつも美味《おい》しい。今夜のご飯は何かな、と想像を巡らしてみる。

少年は漫画本を閉じた。こたつの上はかなり散らかっている。宿題のプリント、鉛筆、消しゴム、そして母が買ってきた猫の本。表紙の写真には可愛《かわい》い子猫が二匹写っている。

漫画に飽きたのでテレビをつけてみた。チャンネルを変えていくうち、知っているアニメ番組が画面に映った。主人公が仲間と助け合いながら、いろいろな敵と戦っていく物語だ。毎回見ているわけではないので、細かいストーリーはわからない。それでも登場人物たちのバトルシーンが流れるたび、迫力に引き込まれてしまう。

そばにあるカラーボックスからクッキーの缶を取り、蓋《ふた》を開けた。クッキーはもうなくなって、今そこにはせんべいが入っている。彼はテレビを見ながら、少し湿気《しけ》たせんべいを食べ始めた。

「ちょっと。ご飯食べられなくなるから、よしなさいよ」

台所から声が聞こえた。こういうことはすぐ母にばれる。こんな小さな音まで、母はしっかり聞いている。

彼は急いで缶の蓋を閉めた。だがその前にもう一枚せんべいを出し、できるだけ音を立てないようにして囓《かじ》った。

どこかの家で、雨戸を閉める音がした。

テレビではコマーシャルが始まったところだ。少年はこたつを出て窓に近づいた。カーテンをめくると、外はすっかり暗くなっていた。少年の家は窮屈な二階家だが、すぐ隣にはマンションが建っている。大きな出窓のあるお洒落《しやれ》な建物だ。二階の窓に、赤や青の点滅が見えた。まだ十二月の初めだというのに、あの家ではもうクリスマスツリーを飾っている。それも、かなり立派なやつだ。

一昨日そのことを伝えたところ、母は少し考えてから「よそはよそ、うらはうち」と言った。この家にも小さなクリスマスツリーはあったが、壊れて電飾が点《つ》かなくなっている。だから母は、あれを出したくないのだろう。

ガラス窓を開けると、冷たい風が吹き込んできた。体を震わせながら少年は戸袋に手を伸ばす。建て付けが悪くて、雨戸を閉めるときには毎回苦労する。

窓を閉めてこたつに戻ろうとすると、母が居間に入ってくるのが見えた。

「ここ片づけてちょうだい」母は言った。「ほら、その缶とか漫画とかプリントとか」

「もうご飯？」

「人が来るのよ。お客さん」

ああそうか、と彼は思った。それで母は、いつもより早く夕飯の支度《したく》をしていたのだ。お茶の用意も、やってくる人のためなのだろう。

「お客さん、うちでご飯を食べるの？」

「たぶんね。あんたは台所で食べて」

「わかった」

母は漫画本やプリントを少年に渡し、クッキーの缶などを片づけ始めた。そのあと、振り返ってテレビを消した。

「まだ見てたのに……」

「そろそろ約束の時間だから、向こうに行ってなさい」

追い払われてしまった。少年は口を尖《とが》らせて、隣の台所に向かう。

みしみしと音がする床板を踏みながら、彼はガスレンジに近づいた。鍋の中はビーフシチューだった。フライパンには海老《えび》とブロッコリーの炒め物、ほかにポテトのチーズ焼き、ちらし寿司《ずし》なども用意されている。和風と洋風がごちゃ混ぜになっているが、どれも美味しそうだ。

食卓で漫画の続きを読もうとしたところへ、玄関のチャイムが鳴った。

「はあい」

慌てた様子で母は廊下に出ていく。だが何か思い出したという顔で足を止め、振り返って少年を見た。

「ねえ、今度クリスマスツリーを買ってあげようか。大きいの」

「本当に？　でも高いんでしょう」

「お金のことは大丈夫。お母さん、これから頑張るもの」

そう言うと、母はにっこり笑って玄関に向かった。

ドアの開く音がする。母がよそ行きの声で挨拶《あいさつ》をしている。どうぞお上がりください、と言って誰かを招き入れたようだ。

その人と顔を合わせないよう、少年は台所のドアをそっと閉めた。それから冷蔵庫の扉を開け、りんごジュースを取り出した。

＊

足下から草の匂《にお》いが立ち上ってくる。

春になって生《は》えてきたばかりの青々とした植物の匂いだ。その中に、かすかな土の匂いも混じっている。

街灯の下、左手首の腕時計を見ると、午後十一時十五分になるところだった。

南のほうからバイクのエンジン音が聞こえてくる。その迷惑な騒音は、先ほどから深夜の町に響き渡っていた。

男は廃屋の庭を歩いていった。靴底を通して、柔らかな草の感触が伝わってくる。街灯から離れたため、かすかな月明かりだけが頼りだ。

視野の隅《すみ》で、ちらりと何かが動いた。素早い動きで草むらに逃げていく。

猫か、と男はつぶやいた。

しなやかな体を持ち、高いところにも平気で登っていく動物。自由気ままに行動していながら、ときどき飼い主に甘えてきたりする。とにかく自分勝手なイキモノだ。

念のため辺りを見回したが、異状は感じられなかった。

この廃屋に隣接するのは、駐車場と古びた民家ばかりだ。それらの家はどれも築四、五十年経《た》っているようで、外壁はすっかり汚れ、ひび割れが目立つ。この時刻、明かりが灯《とも》っている建物はひとつもなかった。

男はポーチのある玄関から廃屋に入り、後ろ手にドアを閉めた。建物の中は真っ暗だ。電気が止まっているから常夜灯も点いていない。

ポケットからミニライトを出してスイッチを入れた。一条の光が闇《やみ》を裂き、白い壁をくっきりと照らし出す。手の動きに従って、円形の光が右へ左へと走る。

靴を履いたまま廊下に上がった。足下でぎしぎし軋《きし》んだ音がする。あちこちにごみが落ちていた。レジ袋、ボロ布、飲料が少しだけ残されたペットボトル、十年以上も前に発行された新聞や雑誌。当時人気のあったタレントが、週刊誌の表紙でにっこり笑っていた。何の感慨もなく、男はその表紙を踏みつけた。タレントの美しく整った顔に、汚れた靴跡がついた。

廊下を五メートルほど進んで、右側の襖《ふすま》を開ける。中は畳敷きの居間だ。もともと置かれていた座卓は壁際にずらしてある。広く空いた部分、部屋の中央に鉄製の檻《おり》が置かれていた。

縦九十センチ、横一メートル八十センチ、高さ一メートル二十センチほどのアニマルケージだ。鉄格子が嵌《は》められ、床と天井部分も頑丈な造りになっている。大型犬を入れておけるような、しっかりしたものだった。

男はミニライトをポケットにしまうと、床の上のLEDランタンを点けた。部屋の中がぼんやりと明るくなった。

檻の中にはイキモノが閉じ込められていた。

そいつは丸裸だった。たるんだ腹の下には黒々とした毛が生え、陰茎と睾丸《こうがん》がだらしなくぶら下がっている。

イキモノは檻の中で丸くなっていたが、ランタンの明かりの中、目を開いた。

男が近づいてくるのに気づいたのだろう、イキモノは素早く体を起こした。とはいえ、檻の天井が低いため、立ち上がることはできない。檻の床板の上にあぐらをかいて、鉄格子に手をかけた。両手はワイヤーでしっかり縛られている。

奴《やつ》は呻《うめ》き声を上げた。だがその声が外に漏れることはなかった。檻に閉じ込める前、男が口枷《くちかせ》を嵌めたからだ。今、奴は口にボールをくわえるような形になっている。

そんな状態の中、イキモノは身振り手振りで何か伝えようとしているらしかった。しばらく見るうち男は、なるほど、と思った。口枷を外してほしいようだ。

男はゆっくりと首を横に振った。それを外したらこいつは感謝するどころか、やかましく喚《わめ》きだすに決まっている。いくらひとけのない場所だといっても、それはまずい。

「駄目だ」男は声を低めて言った。「動物の声は近所迷惑だからな」

イキモノは眉《まゆ》をひそめ、戸惑うような顔をした。両手を合わせ、何度も頭を下げる。

男は意外に感じた。このイキモノは、いつの間にこんな芸を覚えたのだろう。まるで、飼い主に対して懇願《こんがん》するような振る舞いではないか。

予想していたより賢いのかもしれないな。そう思いかけたとき、男は檻の隅の汚れに目を留めた。

「これは困った」

檻の隅に小便が垂れ流されていた。男が出かけている間に、奴は粗相をしたのだ。

「なぜ汚した？　我慢していろと言っただろう」

その言葉を聞いて、イキモノは床に溜《た》まった自分の小便を見た。そして悲しそうな顔をした。

男はしゃがんで鉄格子に近づくと、イキモノを懇々と諭《さと》した。躾《しつけ》というのはすぐ行わないと意味がない。そうでないと、動物は何を叱《しか》られているのか理解できないからだ。

しばらく話を続けたが、その間にも奴は檻の中でもぞもぞと体を動かし、落ち着きがなかった。しまいには鉄格子に頭をぶつけて、涙を流し始めた。

「そうか。やっぱりおまえは出来が悪いな」

男は静かに立ち上がる。イキモノをじっと見下ろしてから、深いため息をついた。腕時計に目をやると、午後十一時半が近づいていた。

次の段階に進まなくてはならない。奴を檻に閉じ込めておいたのは、このときを待っていたからだった。

「そろそろ時間だ」男は言った。「おまえを解放してやろう」

イキモノは何度かまばたきをした。表情が急に明るくなった。感謝のつもりだろうか、こちらを拝むような仕草《しぐさ》をしている。

男は壁際の座卓に近づき、細長いものを手に取った。適度な重さがあって、両手によく馴染《なじ》む武器だ。

檻の前に戻ってきて、銃身の先を鉄格子の間から差し込んだ。

それを見たイキモノは、目を大きく見開いた。慌てた様子でずるずると後退していったが、じきに奴の動きは止まった。狭い檻の中では、それ以上うしろに下がることはできない。

狙《ねら》いを定め、呼吸を止めてから男は引き金を絞った。バン、と大きな音がした。

檻の中でイキモノの体が跳ねるように動いた。命中だ。

イキモノは縛られた手で自分の腹部を探った。両手にべったりと血が付いた。

うう、うう、と呻きながら、奴は傷口に残っている物体をつかもうとした。だが力が入らないらしい。救いを求めるような目で男を見た。

傷口から赤い血が流れ出ている。陰部からじわじわと尿が漏れてくる。

しばらく苦しげな声を上げていたが、徐々に奴の動きは鈍《にぶ》ってきた。

男はロープを準備した。檻の反対側に回って鉄格子の間に両手を差し込み、イキモノの首にロープをかける。それから手慣れた動作で、思い切り絞め上げた。イキモノは驚いたように手足をばたつかせた。男は容赦なく首を絞め続ける。やがて手足の動きが止まった。

男は檻の中をじっくりと観察した。それから満足げにうなずいた。

イキモノは、今やイキモノではなくなってしまった。

2

壁の液晶モニターに、三桁《けた》の数字がいくつか並んでいる。

門脇仁志《かどわきひとし》は待合室の椅子《いす》に腰掛け、その表示をじっと見つめていた。ときどきピンポンと電子音がして、モニター上の数字が更新される。

手元の感熱紙には《322》と印刷されていた。これが自分の診察番号だが、モニターにはなかなか出てこない。

背もたれに体を預けて、門脇は口を横に引き結んだ。

仕事柄《がら》、待つことには慣れている。だがそれは捜査の中で、頭をフル回転させている場合の話だ。仕事が休みの日、こんなふうに病院で順番を待つだけというのは、どうにも手持《て も》ち無沙汰《ぶ さ た》だった。

門脇は今、三十八歳。警視庁捜査第一課十一係の警部補として、殺人事件など凶悪犯罪の捜査を担当している。先日大きな事件が片づいたので今日、五月七日は久しぶりに休みをもらっていた。ちょうどゴールデンウィークが終わったあとの平日だ。こういうときでないと時間が自由にならないから、朝から総合病院にやってきた。

椅子の上で門脇はもぞもぞと体を動かした。

身長百八十センチで体格がよく、学生時代にはラグビーをやっていた。それが刑事としての自信にも繋《つな》がっている。捜査のときは先陣を切って動くから「ラッセル車」などというあだ名を付けられた。普段からあまり遠慮をしない性格だと、自分でも思っている。

軽く腰を浮かせて座り直したとき、左脚にぴりっと痛みが走った。門脇は素早く手を伸ばし、左の太ももをさすった。

七ヵ月前、八王子《はちおうじ》市の廃ビルで殺人犯を追跡する事案があった。その際、不覚をとって左脚を銃で撃たれたのだ。刑事になってから十五年ほど経つが、あれほどの怪我《けが》をしたのは初めてだった。痛みに顔を歪《ゆが》めながら、撃たれるとはこういうことかと変に納得したのを覚えている。頭の中に知識はあった。だが何事も経験してみないと本質はわからない。

脚を負傷して仕事を休んだが、正直あのときは戸惑った。治療はうまくいって、後遺症はないだろうと医師から説明を受けた。だがそのあとのリハビリが予想よりつらかったのだ。体が自由に動かないというのが、これほどストレスになるとは思ってもみなかった。

しばらくは松葉杖《まつばづえ》の世話になったが、これがどうにも面白くない。私は怪我人ですとアピールしているようで、外出するのが嫌で仕方なかった。バスに乗るにも時間がかかるし、駅に行けば上り下りで苦労する。もちろんエレベーターは設置されているが、それを探してうろうろするのが面倒くさい。階段でいいやと頑張るのだが、ここでまた体が言うことを聞かなくて困った。

お手伝いしましょうかと他人に声をかけられると、本当に恥ずかしくなった。いや大丈夫です、おかまいなく、とその都度断ったのだが、実際のところあまり大丈夫ではないケースも多かった。情けない、と何度も舌打ちしたものだ。

リハビリを終えて仕事に復帰したものの、すぐには前線に出られなかった。上司が体調に気をつかってくれた結果だが、門脇は不満だった。仕事に戻ってきたのだから現場に行かせてください、と係長に申し入れた。それでも上司の考えは変わらず、数週間は内勤を命じられることになった。門脇にとっては非常にもどかしい時期だった。

しかし今あのときのことを思い出すと、係長の命令は正しかったのだと理解できる。刑事の仕事は根性だけでできるものではない。上司はこう言った。無理をして怪我を悪化させてはまずいだろう。何より、怪我のせいでミスがあったらほかの捜査員に迷惑がかかるじゃないか、と。

そう言われては引き下がるしかなかった、というわけだ。

以前のことをつらつら考えているうち、大きな声が耳に入った。

「もう二時間も待ってるんだよ！」

声のしたほうに目を向けると、整形外科の窓口に七十代ぐらいの男性がいた。カーディガンの下にコルセットを巻いているのがわかる。

「なんでこんなに時間がかかるんだ。もたもたしてるんじゃないよ」

「うちの病院では、予約の患者さんが優先されるものですから」窓口の向こうで女性の事務職員が言った。「予約のない方は、どうしてもお時間がかかってしまいます」

「あと、どれぐらいなんだ」

「……そうですね。二、三時間でしょうか」

「ふざけるな！」

周りで待っている患者たちが、不安げな顔でやりとりを見ている。

ここは大田区《おおた》内でも有名な病院だ。いつ来てもたいてい混《こ》んでいて、予約なしで受診した場合は四、五時間待たされることもあるという。窓口で文句を言う患者を見かけるのは、これが初めてではなかった。

男性が大きな声を出し続けるので、若い母親のそばにいた幼児が泣きだした。その声が響くものだから、男性はうしろを向いて母親に怒鳴《どな》った。

「うるさいんだよ！」

ほかの患者たちが眉をひそめるのがわかった。

ひとつ咳払《せきばら》いをして、門脇は椅子から立ち上がった。幸い、左脚は痛まない。

「旦那《だんな》さん、どうしました？」窓口に近づいて男性に声をかけた。

「なんだよあんた」

男性は門脇を見上げて怪訝《けげん》そうな顔をした。本人は身長百六十センチ前後だから、門脇とは二十センチほど差がある。

「ちょっと声が聞こえたもんですからね」

門脇は男性を見下ろしながら言った。言葉づかいは丁寧だが、表情を和らげてはいない。この顔を見れば、たいていの人間は身構えるはずだった。クレームをつけていたその男性も、少し警戒しているようだ。

「だいたいの事情はわかりましたよ」門脇はうなずいてみせた。「調子が悪いのに、長い時間待つつんじゃ大変でしょう」

「あんた誰？　病院の人？」

そう見えてもおかしくはないかな、と思った。今日、門脇が着ているのは紺色のスラックスにグレーのジャケットだ。あまりお洒落な恰好《かっこう》ではなかったが、もともと着るものには無頓着《むとんちゃく》だ。

「いや、私も患者ですがね。ここで怒鳴っても順番が早くなるわけじゃないし、ちょっと向こうで話しませんか」

男性を促《うなが》して、門脇はテレビのある休憩スペースに向かった。整形外科の窓口からは少し離れた場所にあって、ほかの患者はいない。壁に掛けられた液晶テレビではバラエティ番組が放送されている。

いてて、と顔をしかめる男性に手を貸して、椅子に座らせた。

「今、どんな感じなんですか」隣に腰掛けながら、門脇は尋《たず》ねた。

男性は腰に手を当て、さするような仕草をする。

「四、五日前から痛いんだよ。今日、駅前に行く用事があったから病院に来たんだ」

「それは大変ですね。しんどいでしょう。……ところで旦那さん、さっきはなんであんなに怒っていたんです？」

男性は意外そうな顔をしたが、指先で頰《ほお》を掻《か》いてから答えた。

「……あれだよ、バスの中で若い男に怒鳴られたんだ。車が揺れて、足を踏んじゃってさ。それから、病院の事務員の態度が悪かったな。年寄りだからって馬鹿《ばか》にしたような喋《しゃべ》り方をするから、イラッときた。その上、まだ二、三時間待ちだなんて言うもんだから」

「なるほどねえ。……あ、ほら、ちょっと見てください」

門脇はテレビの画面を指差した。今、バラエティ番組では地域医療のことが取り上げられている。女性患者が救急車に乗せられる映像が流れていた。

「旦那さん、救急車に乗ったことは？」

「ないけど」

「私はあるんですよ。脚を怪我しましてね。今でも、ときどき痛むんです」

「交通事故か何かで？」

「事件に巻き込まれたんです」門脇は声のトーンを落とした。「先生によると、その傷は一生残ってしまうらしくてね。……見ますか？」

門脇に問われると、男性は慌てて首を横に振った。

「遠慮しておくよ。……そうか、傷が残るんじゃ気の毒だな」

「でも、こうして普通に暮らせるんだからありがたいですよ。中には、もっと大変な怪我をする人もいるだろうし」

テレビの画面では、先ほどの救急患者が病院に運び込まれている。続いて、手術室の様子が映し出された。

その映像を見ているうち、男性は神妙な顔になった。どうやら少し気持ちが落ち着いてきたようだ。門脇は口元を緩《ゆる》めて、

「お互い、体には気をつけましょうよ。怒ると血圧が上がるから」

「まあ、そりゃそうだけど」

「もし待つのが大変だというんなら、今日は予約だけ取っていったらどうですか」

「え……。そんなことできるのかい」

「症状にもよりますがね。窓口で相談してみたらいいですよ」

「わかった、訊《き》いてみる」

ゆっくりと立ち上がる男性に、門脇はまた手を貸してやった。ありがとな、と言って男性は整形外科のほうへ歩いていく。

彼の姿を見送ってから、門脇はひとつ息をついた。

前にも同じようなトラブルを見かけたことがあった。遅いじゃないかと怒る患者に、事務職員が翌日の予約を取り、引き揚げてもらっていたのだ。もちろんその予約も無理にねじ込んだものだろうが、大勢の患者の前で騒がれるよりはいいと判断したのだろう。

テレビではまだ地域医療の話題が続いている。あの映像にも助けられたな、と門脇は思った。じつは、この帯番組では今週ずっと医療の特集を流しているのだ。テレビ

番組ガイドを見る習慣があるので、門脇は事前にそれを知っていた。

　――さて、そろそろ俺の順番だろう。

　椅子から離れて、門脇も整形外科の待合室に向かった。


　診察が終わったのは、四十分ほど経ったころだった。

　今日は定期検診のためにこの病院を訪れた。主治医の診察を受け、左脚に変わりはないことを確認してもらった。何かの拍子に少し痛みを感じることがある、と伝えてみたが、それについては経過を見ましょうと言われた。まあ、そういうものなのだろう。

　会計にも少し時間がかかる。ここでも自分の番号が表示されるのを待たなくてはならない。

　時間潰《つぶ》しにロビーの隅にあるコンビニを覗《のぞ》くと、果汁グミの新商品が見つかった。昨日、テレビでCMが流れているのを見たばかりだ。

　門脇にはドラマを見る趣味がある。そしてグミを食べる習慣がある。以前は煙草《たばこ》を吸っていたのだが、文字どおり煙たがられるので禁煙した。口が寂《さび》しくなるので、グミを食べるようになったというわけだ。

　グミをふたつ買って病院のロビーに戻る。会計の順番はまだ回ってこない。

ポケットの中で携帯電話が振動した。マナーモードにしていた携帯を取り出し、液晶画面を確認する。そこには《早瀬《はやせ》係長》と表示されていた。

ロビーでは通話が許されているのだが、誰かに内容を聞かれたくはない。門脇は人のいない壁際に行って、通話ボタンを押した。

「お疲れさまです、門脇です」

「ああ、俺だ」早瀬泰之《やすゆき》係長の声が聞こえた。「休みのところ悪いが、これから動けないか」

「何かあったんですか？」

「殺しだ。しかも、普通ではないやつだ。どうもそういう仕事ばかり、うちの係に回ってくる」

「待機番の日に、わざわざ指名されたってことですね」

「そういうことだ。十一係は『殺人分析班』なんて呼ばれているからな」

「周りから期待されているのなら、頑張らなくちゃいけませんね。場所を教えてください」

現場の所番地を聞いて、門脇はメモ帳に書き留めた。

いつ来られるかと早瀬が尋ねてくる。腕時計をちらりと見た。

「今、病院の診察が終わったところです。一時間以内には着けると思います」

「病院？　もしどこか悪いのなら……」

「いえ、定期検診ですよ。安心してください」

はっきりした口調で門脇は答える。わかった、と早瀬は言った。

「俺は先に行っている。……ところで、前に話しておいた如月《きさらぎ》の件だが、今日からよろしく頼む」

「ああ、そうでしたね。早速ですか」

「じゃあ、現地で会おう」

了解です、と答えて門脇は電話を切った。

午後は買い物をして、夕方には後輩を呼び出し、新宿辺りでビールを飲もうと思っていた。だが、そんな余裕はなくなった。

会計の表示板に目を向けると、ちょうど自分の番号が出たところだ。

携帯をポケットにしまって、門脇は自動精算機に向かった。

3

キャリーケースを足下に置いてから、出入り口のドアをそっと開ける。

隙間《すきま》から屋内を覗き込んでみた。見える範囲には誰の姿もない。不意に犬や猫が飛び出してくることはなさそうだ。

如月塔子《とうこ》はキャリーケースを持ち上げると、ドアの中に入った。

正面にはカウンターがあり、薬やペットフードのパンフレットが並んでいる。カウンターの背後の棚には患者——いや、患畜用のカルテコーナーが設けられていた。

「すみません。予約していた如月ですが」

診察券を出してから、塔子はキャリーケースを右手に持ち替えた。中にいるペットは二キログラムほどだが、ケース自体がけっこう重い。塔子は身長百五十二・八センチしかないから、大柄な人に比べるとケース運びにも苦労する。

「こんにちは。ビー太《た》ちゃんですね」

動物看護師の女性は、塔子が持つキャリーケースに目を向けた。名前を覚えていてくれたのは嬉《うれ》しい。

「今日はどうしました？」看護師はメモ帳を手に取って尋ねた。

「一昨日ぐらいから変なくしゃみをするんです。ちょっと気になりまして」

「ご飯は食べていますか？　元気はありますか？」

「ええ、いつもどおり食欲はあるし、走り回っていますし……」

「わかりました。お呼びするまで、しばらくお待ちください」

にっこり笑ってから、看護師は奥の部屋に入っていった。

カウンターの向かい側にひとつ、右手奥にもうひとつ、来客用のベンチがある。今はどちらも空いていた。塔子は右手奥のベンチに腰掛け、隣にキャリーケースを置いた。

中でごそごそと音がしている。ファスナーを開いて布カバーをめくると、金網のようになった扉の向こうに猫がいた。塔子が飼っているオス猫のビー太だ。

普段とは違うにおいがするのか、ビー太はくんくんと鼻を動かしていた。エキゾチックショートヘアはもともと鼻ぺちゃで、ほかの種類と比べると顔が扁平《へんぺい》に見える。そこが可愛いのだと母の厚子《あつこ》は言っていた。もともと塔子はアメリカンショートヘアあたりを予想していたから、母がエキゾチックショートヘアを選んだことには驚いたものだ。だが実際うちに迎えてみると、じきに塔子も夢中になった。子猫の仕草ひとつひとつが可愛くて仕方がなかった。

「おとなしくしてようね」

塔子が小声で話しかけると、ビー太はきょとんとした顔でこちらを見た。キャリーケースの中は薄暗いので、黒目がまん丸になっている。

しばらくして診察室のドアが開いた。出てきたのは先ほどの看護師だ。

「如月ビー太ちゃん、どうぞ」

キャリーケースを持ち上げ、塔子は診察室に向かった。

二畳ほどのスペースに、この動物病院の院長がいた。穂高光弥《ほだかみつや》という三十代の男性で、アクション俳優を思わせる太い腕が印象的だ。

「こんにちは。ビー太ちゃん、くしゃみが出るそうですね」

穂高は明るい調子で話しかけてきた。塔子はキャリーケースを診察台に置いてうなずく。

「はい。元気は元気なんですけど」

「エキゾチックショートヘアは短頭種といって、目や鼻の辺りがほかの猫と違いますからね。気をつけて見てあげたほうがいいですね」

手慣れた様子で、穂高は猫をキャリーケースの外に出した。

「はあい、お顔を見せてもらおうかな」

幼児に話しかけるような口調で彼は言う。ビー太は嫌がることもなく、されるがままになっている。

「うちではもっと暴《あば》れるんですよ。ここに来るとおとなしくなるのが不思議で……」

「猫をかぶっているんでしょう」

「私も、それを言おうと思っていました」

穂高との間には、そんな冗談も出るようになっている。

ビー太を飼い始めてすぐ、健康診断のため穂高の動物病院にやってきた。その後、一度診察を受けたので、ここへ来るのは今日で三回目だ。

しばらくビー太を診たあと、穂高はこちらを向いた。

「点鼻薬を出しますから、一日に三、四回、鼻にさしてあげてください」

「えっ、鼻ですか。うまくできるかな……」

「今やってみましょうか。こんな感じです」

穂高はビー太の顔を上に向かせ、ちょん、ちょんと手早く鼻に薬をさした。ビー太はじっとしたまま動かない。

「もし嫌がるようなら、あまり無理しないほうがいいですけどね」

「なんとか頑張ってみます」

せっかく出してもらった薬だからしっかり使わなくては、という気持ちがあった。自分が仕事で出かけている間は、母に頼んでおく必要がある。

ビー太はキャリーケースに戻された。網状の扉の向こうで、前脚を丸めてちょこんと座っている。特に興奮した様子もなく、いつもどおりに見えた。

「どうもありがとうございました」

「いえ、お大事に」

キャリーケースを持ち上げて、塔子は会釈をした。

待合室に戻ると、カウンター正面のベンチに女性が座っていた。眼鏡《めがね》をかけ、青い

る。カーディガンを着た四十代ぐらいの人だ。自分の右横にキャリーケースを置いてい

塔子は元のベンチに腰掛けたが、女性と目が合ったので軽く頭を下げた。彼女のケースから、か細いペットの声が聞こえた。

「猫ですか？」

塔子が話しかけると、女性はこくりとうなずいて、

「アメリカンショートヘアの女の子です」

「そうなんですか。うちはエキゾチックショートヘアのオスなんです」

「珍しい種類ですね。見せていただいてもいいですか」

どうぞ、と答えて塔子はキャリーケースの布カバーをめくった。女性はこちらにやってきて、ビー太の顔を覗き込む。

「あら可愛い。雑誌では見たことがありましたけど」

今度は塔子が立ち上がって、彼女の飼い猫を見せてもらった。色は灰色でビー太と似ている。もう大人の猫なのだろう、かなり体が大きい。

「アメショーってやっぱりスマートな感じがしますよね」塔子は顔をほころばせた。

「本当に可愛い」

「おたくのエキゾチックちゃんも素敵ですよ」

などと互いに相手の猫を褒め合った。猫好きがふたり寄ればこんな会話になる。

看護師がカウンターの中から、眼鏡の女性に声をかけた。

「松川《まつかわ》さん。ミミちゃんは、この前のお薬全部のんじゃったんですよね？」

「そうです。昨日の夜で終わってしまって」

「わかりました。診察まで少々お待ちください」

看護師はカルテを持って奥の部屋へ戻っていく。

松川と呼ばれた女性と塔子は、しばらく猫談義を楽しんだ。だが、やがて話が猫の老後に及んだとき、松川の表情が急に曇った。

「前に飼っていた子は、七歳で亡くなってしまって」

「……病気ですか？」

それがね、と言ったまま松川は黙ってしまった。何か事情があるのだと察して、塔子も口をつぐむ。しばらく考えたあと、松川は話を続けた。

「ずっと家の中で飼っていたんですが、大きい地震があったとき外へ逃げてしまったんです。普段閉めたままのドアを、私がうっかり開けてしまって」

猫は怯《おび》えてパニックを起こしたのかもしれない。そういうときドアが開いていたら、咄嗟《とっさ》に飛び出してしまうこともあるだろう。

「貼《は》り紙をさせてもらったり近所を捜し歩いたり、いろいろ手を尽くしたんですが見つかりませんでした。でも三週間ぐらい経ったころ、貼り紙を見た人から電話があったんです。空き地で猫が死んでいたんだけど、おたくの子じゃないですかって」

「……確認なさったんですか」

ええ、と松川はうなずく。彼女は小さくため息をついた。

「行ってみたら、たしかにうちの子でした。誰にやられたのか、ひどい怪我をして亡くなっていたんです。刃物で傷つけられていたようでした」

「この近くで起こった事件ですか？」

「あ、いいえ、ここに越してくる前の話ですけど」

「そうですか。……本当におつらいことでしたね」

他人事《ひとごと》ではない、という気持ちがある。

それにしても、と思った。野良猫が多かった昔ならいざ知らず、最近でもそんな虐待事件が起こっているのだろうか。

塔子が考え込んでいるのに気づいて、松川は咳払いをした。

「ごめんなさい。変な話をしちゃって」

取《と》り繕《つくろ》うように彼女は微笑する。いいえ、と塔子は首を横に振ってみせた。

松川は少し後悔しているようだ。本来こんな話をすべきではなかった、と考えているのかもしれない。

「如月さん、お待たせしました」

名前を呼ばれて塔子は立ち上がった。カウンターに近づき、財布を取り出す。

看護師は点鼻薬を渡してくれた。会計は人間の診察料よりもかなり高い。ビー太はペット用の医療保険に入っていないから、どうしても高額になってしまうのだ。今後のことを考えたら保険に入るべきだろうか。

「点鼻薬を使ってもよくならないようでしたら、またおいでください」

「どうもありがとうございました」

礼を述べて塔子はベンチに戻った。

キャリーケースを提げて出入り口のドアを開ける。最後にもう一度、アメショーの飼い主・松川に頭を下げた。向こうも会釈を返してきた。

建物の外に出ると、初夏の日射《ひざ》しが眩《まぶ》しかった。

今日は五月七日。ゴールデンウィークが終わって世の中は一斉に動きだしていたが、塔子はこのあとのんびりするつもりだった。大きな事件の捜査が一段落して、久しぶりに休暇がもらえたのだ。

動物病院の前に、小さな花壇と白い椅子があった。

塔子は椅子の上にキャリーケースを置き、バッグから携帯電話を取り出した。発信履歴の中からひとつの番号を選び出す。自宅の固定電話だ。

「ああ、塔子？　どうだった？」母の声が聞こえた。

「鼻にさす薬をもらったよ。しばらく様子を見てくださいって」

「私、あの子の鼻に薬なんてさしたことないけど」不安げに厚子は言った。「大丈夫かしら。前に目薬をもらったときも、あんまりうまくいかなかったんだけど」

「やり方は見せてもらったから、あとでやってみるよ。じゃあ、今から帰るね」

キャリーケースの中から、にゃあ、と小さな声が漏れた。ここから出してくれ、とビー太が催促しているように聞こえた。

「今、ビー太鳴いた？　急いで帰ってきてね。狭いケースの中じゃ、息苦しいでしょうから」

「お母さん、ずいぶん心配性だよね。ビー太に対してはすごく過保護」

「塔子のときだってていろいろ心配したのよ。あんた小さいころ体が弱かったんだから。高校生になってからも、ときどき頭が痛いって寝込んで……」

「ああ、うん、わかったわかった」

電話を切って、塔子は軽くため息をついた。昔の話をされると何も言えなくなる。刑事だった父が亡くなってから、母がひとりで塔子を育ててくれたからだ。

さて、とつぶやいてキャリーケースに手を伸ばした。この重いケースを持って、今から十分ほど歩かなくてはならない。

そこへ携帯電話が鳴りだした。今しまったばかりの携帯を取り出し、塔子は液晶画面を確認する。上司の名が表示されていた。

「はい、如月です」背筋を伸ばして塔子は言った。

「すまない。今、話せるか？」

早瀬係長の声が聞こえた。どことなく緊張した気配が感じられる。

「もしかして……事件ですか？」

先回りして塔子が尋ねると、「そうだ」と早瀬は答えた。

「男性の遺体が発見された。他殺だ。場所は足立《あだち》区関原《せきばら》なんだが、臨場できるか？」

「今、動物病院にいるので、少し時間をいただければ……」

「わかった。詳しい場所はメールで送る」そう言ったあと、早瀬はあらたまった調子で付け加えた。「休みの日に悪いな」

「いえ、仕事が第一ですから」

「助かる。現地で待っているぞ」

できるだけ急ぎます、と答えて塔子は電話を切った。

キャリーケースを手にして動物病院の敷地を出る。ケースの中でビー太がまた、にゃあと鳴いた。

自宅に向かって、塔子は急ぎ足で歩きだした。

4

タクシーを降りて、門脇は住宅街の一画に目を向けた。

そこには人だかりが出来ていた。スーツ姿の会社員、制服を着た高校生らしいグループ、散歩の途中で足を止めた高齢者や、小さい子供を連れた母親。みな不安げな顔で、一軒の家を見つめている。

「すみませんね。通してもらえますか」

声をかけながら、門脇は野次馬たちを掻き分けていった。

事件現場は相当古い印象の廃屋だった。

木造二階建てで、どの窓も雨戸で塞《ふさ》がれている。コンクリート塀で囲まれた敷地の中はひどく荒れているようだ。雑草のはびこる前庭には、さまざまなごみが不法投棄されていた。

嫌な雰囲気だな、と門脇は思った。いかにも犯罪者が好みそうな場所だ。

前庭に制服姿の鑑識課員たちがいた。その中のひとりは門脇がよく知っている人物だ。かぶった帽子のあちこちから癖《くせ》っ毛が跳ねている。

「鴨下《かもした》さん。お疲れさまです」

雑草を踏み締めながら、門脇は近づいていった。

ああ、と応じて主任・鴨下潤一《じゅんいち》警部補は右手を上げた。

「大変だな。十一係は今日、休みだったんだろう？」

「休ませてもらいましたよ。午前中だけね」門脇は苦笑いを浮かべる。

開いたままの玄関のドアから、グレーのスーツを着た男性が出てきた。門脇の上司、早瀬係長だ。

「来たか、門脇」

眼鏡のフレームを押し上げながら、早瀬は言った。門脇は軽く頭を下げる。

「今、着きました。もう現場を見られますかね」

「そろそろ鑑識のチェックが終わるころだが……。カモさん、どうだろう」

早瀬に問われて、鴨下はひとつうなずいた。

「様子を見てきます。ちょっと待っていてください」

鴨下は部下をひとり従えると、足早に建物の中へ入っていった。

腕時計を確認してから、門脇は早瀬のほうを向いた。ちょうど相手も顔を上げたところだ。

「病院はどうだった？」早瀬が尋ねてきた。

「おかげさまで、変わりありませんよ。このまま様子を見るということで」

答えながら、門脇は自分の左脚をぽんぽんと叩《たた》いた。早瀬は少し声のトーンを落とした。

「まだ痛むこともあるんだろう？」

「さすがに飛んだり跳ねたりというのはきついですね。でもいざとなれば、覚悟を決めて走ります」

「おまえはよくやってくれているよ」早瀬は硬い表情を見せた。「おかげで、十一係は何度も成果を挙げている」

「うちの係には優秀な捜査員が揃《そろ》っていますからね。そのおかげでしょう」

頭の隅に後輩たちの顔が浮かんだ。最初は頼りないと思われた若手も、場数を踏むうち一人前の刑事に育っていく。そしてチームを助けてくれるというわけだ。

「如月のことなんだが……」

と早瀬が言いかけたとき、うしろから声が聞こえた。

「早瀬係長、門脇主任。ただいま到着しました」

立入禁止テープをくぐって、小柄な女性捜査員が駆けてきた。本人いわく、身長百五十二・八センチだっただろうか。

門脇の後輩、巡査部長の如月塔子だ。

　髪はいつものとおり短めのボブ。紺色のパンツスーツを着ているが、大きめのバッグを肩から斜めに掛けている。そうしていると両手が自由に使えて便利なのだそうだ。もう二十八歳のはずだが、童顔のせいもあって学生のように見える。

「遅くなってしまってすみません」

　早瀬と門脇の前に立ち、如月は姿勢を正してから頭を下げた。それを見て、早瀬は首を横に振る。

「いや、大丈夫だ。急に呼び出して悪かったな。……もうそろそろ現場に入れると思うんだが」

　早瀬がそう答えたとき、建物の玄関から鴨下が出てきた。こちらに近づいてくる途中、彼は如月の姿に気づいたようだ。

「お、来たな。若手のホープ」

「お疲れさまです。あの、私、別にホープというわけでは……」

「謙遜《けんそん》しなくていいよ。事件の解決にいつも貢献してくれているからな。ただ、どういうわけか如月が関《かか》わるのは、いつも難しい事件なんだよな」

「私としては、何とお答えしたらいいものか」

　如月は困ったような顔をする。たしかにそうだ、と門脇は思った。彼女がやってきてから、十一係は複雑な事案ばかり担当している。もしかしたら如月には難事件を引き寄せる力があるのではないか。そんなふうに思えてくる。

背後から人の近づいてくる気配があった。門脇たちは振り返る。

立入禁止テープの中に入ってきたのは、ひょろりとした体形の男性だった。歳《とし》はたしか三十三歳。捜査一課の中でも抜群の検挙率を誇る、鷹野秀昭《たかのひであき》だ。彼は門脇と同じ警部補として、さまざまな捜査に当たっている。

「鷹野主任、お疲れさまです」

如月は会釈をした。ああ、うん、と応じてから鷹野は、早瀬や門脇に目礼をした。

「遅れて申し訳ありません。父親が病院へ行くのに付き添っていたもので……」

「大丈夫なのか？」門脇は眉をひそめる。

「久々の休みなので電話で話していたんですよ。そうしたら最近少し腕を痛めた、病院につきあってくれないかと言われまして」

「あれ？　あそこはたしか、医療ケア付きの老人ホームでしたよね」と如月。

「うん。だから職員に頼んでもよかったんだが、どうしても連れていけと父が頼んできてね。俺の気を引きたかったんだろうな」

やれやれといった調子で鷹野は説明する。どこの家でも高齢者の世話は大変だ。

「今日はみんな病院か」早瀬は部下たちを見回した。「門脇もそうだし、如月もそうだったな」

「あ、私は動物病院ですけど……」

「とにかく、みんな体は大事にしてくれ」そう言ってから、早瀬は腕時計に目をやった。「ほかのメンバーはあとで合流することになっている。先にホトケさんを拝むことにしよう。カモさん、現場は見られそうか？」

「ええ、大丈夫です」鴨下は玄関を指差した。「行きましょう。足下に気をつけてください」

みな両手に白手袋を嵌めた。

鴨下が先に立ち、早瀬と門脇が続く。鷹野と如月はそのあとについてきた。

廊下を進んでいくと、右手の部屋から明かりが漏れているのがわかった。

門脇たちは静かにその部屋に入っていった。八畳の居間だ。雨戸は閉められたままだったが、鑑識が持ち込んだライトで室内は明るく照らされている。

嫌なにおいが感じられた。血液と、それからかすかな体臭。尿のにおいも混じっているだろうか。

壁際に座卓が見えた。その座卓が本来置かれていたと思われる場所には、鉄製の大きな檻がある。縦九十センチ、横一メートル八十センチ、高さは一メートル二十センチぐらいだろうか。

部屋の中にこんなものが置かれていること自体、予想外だった。そして、その檻の中に人間がいるというのも、かなり異様なことだった。

「ひどいな……」門脇はつぶやいた。

檻の中で男性が仰向けに倒れていた。歳は四十前後。身長は百七十センチほどだろう。中肉中背の体格だが、驚いたことに彼は何も着ていなかった。

髪は長めでこの一、二ヵ月、理髪店には行っていないと思われる。面長で鼻が高く、神経質そうな顔だ。口枷を嵌められ、声が出せない状態になっていた。開かれた両目に光はなく、鉄格子の中で、ぼんやりと天井を眺《なが》めているように見える。

その遺体で特に注目すべきなのは腹部だった。へその上辺りに傷があるらしく、そこから流れ出た血液で、腹から檻の床板まで赤黒く汚れている。失禁したのだろう、黄色い尿も認められた。

早瀬は手を合わせて遺体を拝んでから、檻のそばにしゃがみ込んだ。

「カモさん、これは銃創だろうか」

「はい、銃器で撃たれたものと思われます。かなり深い傷で、背中に到達しそうなほどですが、貫通はしていません。一方で、首に索条痕《さくじょうこん》もあります。撃たれたあと、おそらくすぐには死亡しなかった。それで犯人は、被害者を絞殺したんでしょう」

「弾丸は？」

「それが、傷口の中には見当たらないんです。貫通していないのに」

鴨下の話を聞いて、早瀬は怪訝そうな顔をした。

「犯人がほじくり出したということか？」

「まだ何とも言えませんが……」

ちょっとよろしいですか、と言って鷹野が一歩前に出た。鉄格子に近づき、遺体の傷口を凝視する。

「かなり口径が大きいですね。今まで見たことがないな」

どれどれ、と言って門脇も檻に近づいてみた。たしかに傷痕《きずあと》が大きい。拳銃《りんじゅう》にせよライフルにせよ、これほど大きな弾丸を使うのは珍しい。

「私も初めて見ます」鴨下は言った。「詳しくは司法解剖を待たなくてはなりませんが、特殊な弾丸が使われた可能性が高いですね」

「面白くないな」早瀬は低い声で唸《うな》った。「こいつは面白くない状況だ」

妙だな、と門脇は首をひねった。相手をわざわざ全裸で檻に閉じ込め、銃で撃つとはどういうことなのか。

——被害者の扱いが、あまりにもひどい。

長年、捜査経験を積んできた自分でもそう感じるのだ。如月などはかなり動揺しているのではないか。彼女の様子をそっと窺《うかが》ってみる。

如月は口元を引き締め、真剣な顔で遺体を観察していた。驚いてはいるだろう。しかし表面上は落ち着きを保《たも》って、遺体の確認をしているようだった。

カメラのフラッシュが光った。鷹野がデジタルカメラで撮影を始めたのだ。

鑑識課員がすでに撮影を終えている。しかし記録魔の鷹野は、現場の状況を細かく撮影する。それが捜査の手がかりになると知っているから、咎《とが》める者は誰もいない。

門脇は立ち上がって、檻の周りをぐるりと歩いてみた。

「相当頑丈なものですよ」鴨下が檻を指差した。「組み立て式の製品ですが、一度出来上がってしまえば、工具なしでは分解できません。施錠されたら中にいる人間は絶対に出られません」

「組み立て式か……」門脇は鴨下のほうに視線を向けた。「犯人はここで檻を作ったんですかね」

「ああ、おそらくそうだ。畳にあちこち跡がついていたからね」

部品と工具を運んできて日曜大工《だいく》のような作業をしたのだろう。こんな廃屋が放置されていたせいで、またひとつ事件が起こってしまったのだ。

近年、人口の減少や生活スタイルの変化により、単身世帯が増えている。その影響で首都圏にも空き家が目立つようになってきた。相続の問題でそのまま放置されたり、所有者がわからなくなったりして、処分するのが難しい家屋が少なくない。空き家のまま放っておけば、いつか壊れる危険もあるし、今回のように犯罪に利用されることもある。

早瀬がみなに声をかけた。

「西新井《にしあらい》署に特捜本部が設置される。移動しよう」

了解です、と捜査員たちは返事をする。門脇はあらためて檻を凝視した。

こんなことを考えるべきではないと思う。だがこの状況を前にして、門脇は不謹慎な想像を止めることができなかった。

檻に閉じ込められた遺体。それはまるで、人間に虐待された動物のように見えた。

廃屋を出たあと、早瀬は門脇の顔をちらりと見た。それから如月に向かって言った。

「すぐに捜査が始まるが、如月には特別な命令がある」

「何でしょうか」

「今回は門脇と一緒に行動してもらう」

「……え？」

如月は驚いたようだ。今まで何も聞かされていなかったのだから無理もない。

戸惑う様子の彼女に、門脇はうなずいてみせた。

「あの、今回はなぜ門脇主任と……」

「今日から俺が相棒ってことだ」

「了解しました」そう答えたあと、如月は遠慮がちに尋ねた。「あの、今回はなぜ門脇主任と……」

「これはフォローアップだよ」

「フォローアップ？」

「今まで鷹野と組んで捜査を担当してもらったが、如月にはさらに多くのことを学んでほしい。次のステップとして、別のメンバーと捜査に当たってくれ」

「ということは……鷹野主任とのコンビは解消ですか？」

彼女は明らかに動揺していた。不安が顔に出るようでは刑事としてまだまだだろう。

「そこまでは考えていない」早瀬は言った。「だが、おまえにはいろいろな経験が必要だ。今回は門脇と行動すること。ほかに質問は？」

「あ……いえ、大丈夫です」如月は神妙な表情で門脇の顔を見上げた。「主任、よろしくお願いします」

「こちらこそ、よろしくな」

門脇は表情を引き締めて、後輩に答えた。

如月は周りを気にしながらも、それとなく鷹野の様子を窺っている。十一係に来てから彼女はずっと鷹野とともに捜査をしてきた。女性捜査員に対する特別養成プログラムの一環として、先輩から捜査技法を学べ、という指示があったからだ。

最近その効果ははっきり表れている、と門脇も感じていた。だから、鷹野以外の人間とも組ませてみたい、と早瀬から相談を受けたとき、門脇はすぐに引き受けたのだった。如月がどんな捜査をするのか興味があった。

早瀬に続いて、みな門のほうへと歩きだした。鷹野が門脇の隣に並んだ。彼はこちらに歩調を合わせながら、小声で言った。

「未熟な奴ですが、よろしく頼みます」

「楽しみだよ」門脇は口元を緩めてみせた。「如月の仕事ぶりを、間近で見てみたいと思っていた」

「ときどき突っ走りますから気をつけてください。無鉄砲《むてっぽう》なところがあるんです。自分は小さいから、敵の攻撃には当たらないとか言ってね。少し強情な部分もあって……」

「なんだよ。おまえ保護者みたいだな。大丈夫だ。俺に任せておけ」

門脇は鷹野の背中をぽんと叩いた。鷹野はばつの悪そうな顔をしたあと、指先でこめかみを掻いた。

鷹野と如月のコンビは警視庁内でも有名だった。おそらく、ふたりは相性がいいのだ。だが、そのせいで如月が独《ひと》り立ちできずにいる可能性もある。

――つきあいが長くなりすぎるのも、考えものだからな。

そんなふうに思いながら、門脇は白手袋を外した。

5

講堂に集まった捜査員たちは、みな緊張した表情を浮かべている。

警視庁西新井警察署に設置された特別捜査本部で、第一回の捜査会議が開かれていた。

室内には教室のように、数多くの机が配置されている。塔子は前から三番目の机にいた。普段なら鷹野と並んで腰掛けるのだが、その鷹野はひとつ前の列にいる。今、塔子の隣に座っているのは門脇だった。

門脇は口を横に引き結び、真剣な顔で前方を見つめていた。彼の視線の先、捜査情報を書き記したホワイトボードのそばには早瀬係長の姿がある。

塔子はメモ帳を開いて、早瀬の話に耳を傾けた。

「……以上が、この特別捜査本部の人員構成となります。全員、事件の解決まで全力を尽くしてください。それでは、今回発生した事件の概要を説明します」

早瀬は手元の資料を開いた。捜査員たちも配付された書類に目を落とす。

「本日五月七日、午前八時二十分ごろ、通報を受けた警察官が足立区関原の廃屋で、男性の遺体を発見しました。年齢は三十代から四十代。現場は荒川《あらかわ》の河川敷《かせんしき》から三十メートルほどの位置にあります。廃屋の居間に動物用の檻が置かれていて、男性は全裸で閉じ込められていました。腹には銃器などで撃たれた傷が認められましたが、頸部《けいぶ》を絞められた痕跡《こんせき》もあります。現在のところ男性の身元は不明です」

「通報者は誰だ？」

幹部席の一角から質問の声が聞こえた。厳しい視線を早瀬に向けているのは手代木《てしろぎ》行雄《ゆきお》管理官だ。彼は早瀬の上司にあたる。

「近くに住む八十代の男性です。散歩の途中、廃屋の玄関が少し開いていたので不審に思った、と説明しています」

「妙だな。檻は居間にあったんだろう？　通報者は廃屋に上がり込んで見つけたのか」

「おっしゃるとおりです」

「それを鵜呑《うの》みにしたのか？　変だとは思わなかったのか」

手代木は蛍光ペンの先を早瀬のほうに向けた。部下を叱責《しっせき》するとき、彼はいつもこういうポーズをとる。

「何の理由もないのに空き家に上がり込んで、偶然遺体を見つけましたというんだろう？　不自然じゃないか。明らかに不法侵入だ」

「まあ、そういうことになりますが」早瀬は咳払いをした。「発見者によると、以前この家にホームレスが忍び込む事件があったそうです。ずっと空き家のままなので、近隣住民としては気になったらしくて……」

「またホームレスが忍び込んだと思ったのか？　たまたま今日の朝にか？」

「玄関のドアが開いていたのが気になったんでしょう。普段、きちんと閉まっているのを見ていたそうですから」

ふん、と手代木は鼻を鳴らした。それから早瀬を見つめて黙り込んでしまった。五秒、十秒と沈黙が続く。

特捜本部に集まった刑事たちが、みな不安げな顔をしている。だが塔子にはわかっていた。手代木には、ものを考えるとき相手を凝視する癖がある。決して何かの回答を求めているわけではないのだ。

早瀬もそれを承知しているから、じきに事件の説明に戻った。

「凶器として使われた銃や薬莢《やっきょう》のたぐいは残されていませんでした。また、被害者が着ていたはずの服、靴、携帯電話などの所持品も見当たりません。いずれも犯人が持ち去ったものと思われます。……では、遺体の状況について、鑑識・鴨下主任」

指名され、鴨下は素早く立ち上がった。癖のある髪の毛を右手で撫《な》でつけてから、彼は話し始めた。

「先ほど説明がありましたが、被害者は裸にされて檻に入れられていました。胸の前で、両手をワイヤーで縛られていました。口枷を嵌められており、助けを呼ぶことはできなかったと考えられます。……殺害の方法ですが、血痕《けっこん》の状態から、被害者は檻に閉じ込められたまま銃器で撃たれたと推察されます。資料にもあるとおり腹部の傷はかなり大きくて、直径十七ミリほどの弾丸が射出され、腹部に命中したと思われます。しかし被害者はすぐには死亡せず、犯人の手で絞殺されたようです。死亡推定時刻についてはまだ報告されていません」

　ちょっといいか、と太い声が聞こえた。幹部席で手代木の隣に座っている男性が、右手を挙げていた。

　捜査一課の責任者・神谷《かみや》太一《たいち》課長だ。年齢は五十七。現場からの叩き上げでここまで昇進してきた人物だ。以前、塔子の父とコンビを組んでいたこともある、経験豊富な警察官だった。

　神谷は鴨下のほうに体を向け、真剣な表情で問いかけた。

「直径一センチ七ミリだろう？　弾丸が大きすぎないか？」

「破壊された内臓の状態から、相当な速度で体に命中したことがわかっています。銃が使われたことは間違いありません。ただ、焼輪など火薬の痕跡がないので、弾丸はエアガンのようなものから射出されたと考えられます」

人差し指の先で、神谷はとんとんと机の表面を叩いた。

「エアガンか。たしかに、ものによっては人を傷つけることもできるだろうが……」

「傷は非常に深くて、あと少しで体を貫通するほどでした」

「抜けてはいないのか」

「そうです。にもかかわらず、弾丸は体内に残っていませんでした。何と申し上げたらいいか、これは私の勝手な推測になってしまうんですが……」

鴨下は癖のある髪を、もじゃもじゃといじり始める。神谷は先を促した。

「かまわない。言ってみてくれ」

「……弾丸というより、何かの物体を撃ち込んだように見えるんです。たとえばですね」鴨下は胸のポケットからフェルトペンを取り出した。「こういった細い筒状のものを、強い力で射出したように思えます」

「筒状のものがエアライフルか何かで撃ち込まれた、ということだな？」

「あ、いえ、あくまで個人的な推測ですので」

鴨下は慌てた様子を見せた。神谷はゆっくりと右手を振って、

「いや、いいんだ。参考にさせてもらう」

そう言ったあと、隣にいる手代木のほうを向いた。

「引き続き『弾丸』と呼称するが、その物体は被害者に突き刺さる形になった。犯人はそれを引き抜いて持ち去った、と考えられるな」

「残していったら自分の身元が割れる、と思ったんでしょうね」

「ああ。弾丸の正体がわかれば、犯人に繋がるヒントがつかめそうだ」

ふたりの会話を聞いて、塔子はじっと考え込んだ。今回使われた凶器は、よほど特殊なものなのだろう。それこそが犯人特定の鍵《かぎ》になるかもしれない。

「鴨下、これは改造された銃器だとみるべきだな？」手代木が尋ねる。

「はい、その可能性が高いかと……」

報告を終えて一礼すると、鴨下は再び椅子に腰掛けた。

ホワイトボードに弾丸や銃器のことを記してから、早瀬係長が口を開いた。

「このあと捜査の組分けをします。地取り班は現場周辺で情報を集めてください。……じつは、現時点でひとつわかっていることがあります。昨夜二十三時過ぎから、廃屋の近くの空き地に暴走族が集まっていたそうです」

塔子は眉をひそめた。そうだとしたら、考えられることがいくつかある。

隣で人の動く気配があった。そっと様子を窺うと、難しい顔をして門脇が腕組みをしていた。宙を見据えて、過去の記憶をたどっているようだ。

「地取り班はまず、銃の発砲音がした時刻を調べること」早瀬は捜査員たちに命じた。「その前後に不審者が廃屋に出入りしなかったか、目撃証言が必要です。また、犯人は事前に屋内で檻を組み立てたと考えられる。おそらく車で部品を運び込んだはずです。その点にも注意して捜査を進めてください」

被害者も車で連れてこられた可能性があるな、と塔子は思った。彼はそのときすでに拉致《らち》され、口枷を嵌められていたのだろうか。それとも、まだ犯人に襲われるとは気づいていなかったのか。

「ブツ捜査のナシ割り班は凶器の特定を急ぐとともに、檻の出どころを捜してください。口枷、ワイヤー、そのほか屋内で見つかったごみなどもチェックして、犯人に繋がるものがないか調べてほしい。……鑑取り班は被害者の特定を急ぐこと。行方不明者や前歴者の可能性もあるため、指紋や歯型の照合も必要です。さらに、あの廃屋の所有者についても情報収集をお願いします」

塔子は指示内容をメモ帳に書き込んだ。これからどの班に配属されるかで、仕事の内容は変わってくる。

「では組分けを発表していきます」

早瀬はA4判の紙を見ながら、ふたり一組のコンビを発表していった。名前を呼ばれた者は立ち上がり、それぞれ相棒の顔を確認している。

「……次に十一係・鷹野と西新井署の針谷《はりや》」

はっとして塔子は前の列に目を向けた。背の高い鷹野がのそりと立ち上がる。

塔子は辺りを見回した。四列うしろで、髪をスポーツ刈りにした男性刑事が直立不動の姿勢をとっていた。歳は塔子と同じぐらいだろうか。身長は百六十センチ程度と小柄だが、潑剌《はつらつ》とした表情でいかにも体育会系といった雰囲気がある。

彼に向かって鷹野は会釈をした。針谷は思ったより高い声で「針谷順平《じゅんぺい》です。よろしくお願いします」と挨拶した。おそらく、学生時代に運動部で上下関係を叩き込まれたに違いない。そういう人物はこの組織の中では好まれる。警察には上意下達、命令には絶対服従というルールがあるからだ。

「捜査の担当だが、どうする鷹野。いつものように遊撃班をやってもらうか、それとも……」

早瀬に問われると、鷹野は指先で顎《あご》を掻いた。

「今回はブツ担当をやらせてください。遊撃班は門脇さんと如月にお願いしましょう」

意外そうな顔をして、早瀬は鷹野を見た。

「如月たちに譲るというのか？　そこは気にしなくていいぞ。やりやすいように動いてくれれば」

「ありがとうございます。ですが、この事件で一番気になるのは凶器ですから」

「たしかにそうだな」早瀬は塔子たちのほうを向いた。「では十一係・門脇と如月」

はい、と答えて塔子は立ち上がる。門脇も素早く椅子から立った。

「ふたりには遊撃班としての捜査を命じる。横断的に情報を収集して、犯人逮捕に貢献するように」

「わかりました」

塔子は背筋を伸ばし、姿勢を正した。門脇は早瀬に向かって小さく頭を下げた。

会議が終わったあと、塔子は門脇にそっと問いかけた。

「普段なら門脇主任は地取り班ですよね」

「早瀬さんと相談したんだ。如月はこのところずっと遊撃班として動いていただろう。俺も、おまえがどんな筋読みをするのか知りたい。まあ、遊撃班は自由に動けるわけだから、地取りの捜査を交えてもかまわないし」

「ああ、なるほど……」

「如月にとっても、そのほうがいいと思うぞ。これまで鷹野からいろいろ教わってきたんだ。あいつと離れても、しっかり筋読みはできるはずだ。実力を試すチャンスだろ？」

門脇はいたずらっぽい目で尋ねてくる。塔子としては、はいそうです、とは答えにくかった。

「じつは私、あまり自信がなくて……」

「なんだよ、困るなあ。俺の身にもなってくれ」

眉を大きく動かして門脇は笑う。その表情を見て、塔子も口元を緩めた。

「そうですね。捜査はふたり一組で行うものだし……。門脇主任が鷹野主任と同じように、見事な推理を披露してくだされば、きっとうまくいきますね」

「おいおい」門脇はまばたきをしたあと、顔をしかめた。「おまえ、俺にプレッシャーをかけるつもりか」

「いえ、全力で頑張ります。よろしくお願いします」

塔子は先輩に向かって一礼する。門脇は腕時計を見てから言った。

「さあ、準備をしろ。五分後に出発だ」

「了解です」

門脇はコピー機のそばに行って、何枚か資料を複写したようだ。続いて携帯を取り出し、どこかに架電している。それが済むと、こちらに戻ってきた。

塔子はバッグを手に取った。廊下に向かおうとしたとき、鷹野と針谷が何か話しているのが目に入った。これからの捜査内容を確認しているのだろう。塔子はしばらく注視していたが、鷹野はこちらには気づいていない。

「どうした。行くぞ?」門脇の声が聞こえた。

「あ……はい、すみません」

バッグを肩から斜めに掛けて、塔子は門脇のあとを追った。

6

西新井署の玄関を出たところで門脇は足を止めた。

頭の中に、ある程度の行動プランは出来ている。だがそれを口にする前に、如月の考えを聞いておきたかった。今回の捜査を通して、彼女の実力をたしかめるのが自分の役割なのだ。

「さて如月巡査部長、どこから調べる?」

門脇がそう訊くと、如月は思案する表情を見せた。

「私はもう一度、現場を見てみたいと思います。まだ被害者の身元もわかっていませんから、手がかりを得るには現場周辺での情報収集が一番です。ブツ捜査は鷹野主任がやってくれていますし」

「わかった。現場に向かおう」

門脇は歩きだした。先ほど訪れた現場までは、署から歩いて十分ほどだ。

廃屋の門には今も立入禁止テープが張られていたが、警察車両は一台を残すのみとなっていた。ほとんどの捜査員が引き揚げてしまったため、野次馬も数名しかいない。

立ち番の警察官に挨拶してから、門脇は廃屋をじっと見つめた。

「割れ窓理論というのを知っているよな？」門脇は如月に尋ねる。

「有名な話ですよね。窓の割れた家があると、その町は治安が悪いと思われて犯罪が起こりやすくなる、と……」

「昔はどの町も賑《にぎ》やかでどんどん家が建ったものだが、今は状況が違う。廃屋がずいぶん増えてしまった」

廃墟《はいきょ》や廃屋が犯罪に利用されることは少なくない。犯罪者たちのアジトにされるケースもあるし、何かの隠し場所にされるケースもある。今回のように、暴行や殺人などの事件現場となってしまうこともある。

「過去に関わったいろいろな事件が頭に浮かんでくるよ。去年の六月、雨の時期に赤羽《あかばね》で起こった事件を覚えているか」

「もちろんです。男性が首錠を嵌められて、犬のように繋がれて死んでいたという……」

すでに解決した事件だ。犯人は逮捕されているから、今回の「関原事件」と関係ないことはわかっている。だが、門脇の中には複雑な思いがあった。

「赤羽の事件とは別だが、いろいろ思い出してしまうな。殺人に重いも軽いもないが、俺にとって、人を監禁して殺害するというのは本当に許せないことだ。昔、ほかにもそういう事件があったからな」

そうでしたね、と如月は神妙な顔でうなずいた。若いころ経験したその事件について、門脇は彼女に話したことがある。自分の中で、ずっと引っかかっていることだった。

如月は携帯電話を取り出し、前庭や建物を撮影し始めた。真剣な表情だ。

「鷹野みたいなことをするんだな」

「今回は鷹野主任と別行動ですから、自分で写真を撮っておかないと」

「ああ、そういうことか」

一通り撮影が済むと、如月は近隣で情報収集を始めた。事件の第一発見者である八十代の男性を訪ねて、警察手帳を呈示《ていじ》する。

「警視庁の者ですが、少しお話を聞かせていただけますか」

すると、男性は驚いた様子でまばたきをした。

「今朝からもう何度か、刑事さんに話しましたけど……」

「すみません。繰り返しになるかもしれませんが、どうかご協力ください。お願いします」

如月はぺこりと頭を下げる。それを見て、男性はじきに表情を緩めた。

「刑事さんも大変だね。いいですよ、協力しましょう」

「ありがとうございます」如月はにっこり笑った。「助かります」

なるほどな、と門脇は思った。彼女は背が低くて童顔だから、相手にプレッシャーをかけることは難しいだろう。だが、その外見を活《い》かしたやり方もあるわけだ。

遺体発見時の状況を確認したあと、如月はこう尋ねた。

「昨夜、あの廃屋で大きな音がしませんでしたか？」

「……ほかの刑事さんにも訊かれたんですけど、特に気がつかなくてね。なんせバイクの音がうるさかったから」

「暴走族ですね。バイクの音はいつごろから聞こえていましたか」

「午後十一時過ぎからですよ。堤防の近くの空き地が集合場所になってるみたいでね、そこにだんだん集まってくる。しばらくすると、みんなで走りだすわけです。うるさくてかないませんよ」

「昨日、暴走族が走り去ったのは何時ごろでしたか」

「十一時四十分ぐらいでしたかね」

門脇は如月のほうをちらりと見た。彼女もこちらに目を向け、小さくうなずいた。これは大事な情報だ。

「最近このへんで不審なことはありませんでしたか。知らない人がうろついていたとか、廃屋の前に自動車が停《と》まっていたとか」

「さあ、覚えがありませんが……」

さらにいくつかの質問をしたあと、如月は礼を述べて男性宅を離れた。

電柱のそばで、門脇は如月に話しかけた。

「犯行時刻が絞られてきたな」

「捜査会議のときから考えていたんですが、やはり暴走族のいた時間帯が怪しいですね」

「俺も同じ意見だ。射撃音はバイクの音にかき消された可能性が高い」

そこへ着信音が鳴りだした。門脇はポケットを探って携帯電話を取り出す。液晶画面には《立原《たちはら》》という名前が表示されていた。

「はい、門脇。どうだった？」

「調べがつきましたよ」

若い男の声が聞こえた。立原歩《あゆむ》だ。周囲を気にしているのか、小声になっていた。

「昨日の夜、荒川の堤防のそばに集まっていたのは関東紅蓮会《かんとうぐれんかい》だとわかりました」

「幹部の居場所は？」

「この時間は足立区梅島《うめじま》のダーツバーにいるはずです。そこが溜まり場になっているそうで」

「了解だ。ありがとな」

「あの、門脇さん」立原は慌てた様子で言った。「今回はかなり急ぎましたからね、情報料を少し上乗せしてもらわないと……」

「わかってる。任せておけ」

門脇は通話を終えると、元どおり携帯をポケットにしまった。如月が不思議そうな顔をしている。

「何かの情報ですか？」

「暴走族の名前がわかった。幹部のところに行くぞ」

えっ、と言って如月は何度かまばたきをした。

「どうしてそんなに早く」

「立原という情報提供者がいるんだ。俺が所轄の刑事だったころ、傷害事件の捜査中に知り合った。そいつが半グレ組織から抜けたがっていたから手助けしてやったんだよ。それ以来ずっとつきあいが続いている」

「門脇さんにそんな協力者がいたなんて……」

「会議で暴走族の話を聞いたあと、すぐそいつに電話をかけた。捜査に出かける前だ」

「あ……。コピーをとったあとですか」

「大至急調べてくれと言ったら、もう結果が出た。優秀な奴だよ」そう言って門脇はにやりと笑う。「人を使うのはずるいと思うかもしれないが、これも捜査方法のうちだ。覚えておくといい」

真剣な顔でメモをとってから、如月は深くうなずいた。


ダーツバーとやらに入るのは初めてだ。

看板を見ると、名前のとおりダーツが楽しめる飲み屋らしい。それ以外にもビリヤードやら何やら、ゲームができるようだ。

如月に目で合図をしたあと、門脇は出入り口のドアを開けた。五月の陽光の下を歩いてきたせいで、店の中はかなり薄暗く感じられる。コーヒーと、香辛料を使ったさまざまな料理の匂い。それらが入り混じって、猥雑《わいざつ》さを感じさせる雰囲気がある。

門脇は新宿のバーなどでよく飲むから、こういう店は嫌いではない。ただ、普段自分が行く場所と違っているのは、フロアがやけに騒がしいことだった。

壁に大画面のテレビがあり、ボクシングの試合が映し出されていた。この時間帯に中継されることはないはずだから、おそらく録画だろう。店内には実況のアナウンスが響き、十数人の客が喚声を上げていた。単に盛り上がっているわけではなく、汚い言葉でヤジを飛ばしたり、罵《のの》り合ったり、わけもなくげらげら笑ったりしている。

如月の様子を窺うと、思ったとおり相当緊張しているようだった。だが彼女も捜査一課の刑事だ。油断することなく辺りに注意を払っていた。

門脇はフロアに目を走らせたあと、店の奥にある六人掛けのテーブル席に向かった。如月も急ぎ足でついてくる。

門脇と如月に気づいて、客たちは互いに目配せをしていた。場違いなスーツ姿の男女に警戒心を抱いているのだろうか。それとも、どんなふうにちょっかいを出そうかと考えているのか。

奥のテーブル席に近づいて、門脇は男たちを観察した。椅子に掛けているのは五人。彼らは昼間からビールやハイボール、カクテルなどを飲んでいる。

顔つきや座り方などから、誰が中心人物なのかすぐに見当がついた。茶色のライダースジャケットを着た、人一倍体格のいい男。年齢は二十代半《なか》ばだろう。この男がもっとも序列の高い人物に違いない。

「少し話を聞かせてほしい」門脇は警察手帳を相手に見せた。「警視庁捜査一課の者だ」

がた、と椅子の動く音がした。そのテーブルにいた男たちが、素早く身構えたのだ。

そんな中、ライダースジャケットの男だけは動かなかった。門脇の読みどおりだったようだ。

「おい、おっさん。失礼だな」その男は硬い声を出した。「人にものを頼むのに、そういう態度はねえだろう」

門脇は軽く息をついてから言い直した。

「事件の捜査をしているんだ。一杯やっているところ申し訳ないが、話を聞かせてもらえないだろうか」

ふん、と男は鼻を鳴らした。小馬鹿にしたような目でこちらを見ている。

「協力なんかしたくねえな。だいたいあんた、名前は何ていうんだ」

「門脇だ。君の名前は？」

「キミのナマエは？」

オーバーな仕草を交えて、男は門脇の口調を真似《まね》た。それを聞いて、取り巻きたちが一斉に笑いだした。

隣にいる如月が顔を強張《こわば》らせているのがわかった。明らかに場の空気が悪くなっている。この状況の中でどう行動すべきか、彼女は頭を働かせているに違いない。

だが慌てることはない、と門脇は考えた。連中は虚勢を張っているのだ。こういう男たちを脅威と感じる必要はない。

「君が一番の実力者だろう？　だから話しかけた」門脇は言った。

「なんでそう思ったんだ」

「周りの人間が緊張しているからだよ。椅子に座ったときの微妙な距離感、皿やグラスの置き方、視線の動かし方……。このテーブルにいるほかの四人は、みんな君に気をつかっている。たぶん君は、怒ると怖いんだろう」

男は不機嫌そうに眉をひそめた。門脇はここぞとばかりに、鋭い視線を彼に向ける。

数秒後、男は椅子の背もたれに体を預けた。

「刑事より占い師のほうが向いてんじゃねえの？」

「クビになったら転職するよ」

「おっさん、あんた面白いな」男は口元に笑みを浮かべた。「実際、いい観察力してるよ。刑事ってみんなそうなのか？　なあ、そっちのちっこい刑事さんよ。どうだ？」

彼は如月に問いかけた。童顔の女性刑事をからかいたくなったのだろう。

「私は……」如月は口を開いた。「あいにく、まだそこまでは……」

「だよなあ。門脇さんだっけ？　あんた空気を読むのがうまいよ」

「所轄にいたころ、こういう場所でよく聞き込みをしたからな。慣れているんだ」

男は値踏みするような目を門脇に向けた。

「だったらわかってるだろう。あんたたちみたいな人間は嫌われてるんだ」

「まあ待て。気づいているか？　君たちは利用されたんだよ」

「なんだと？」

男は少し首をかしげて、疑うような顔をした。その反応を確認してから門脇は続けた。

「あの空き地の近くで銃が使われた可能性がある。犯人はおそらく、バイクの音で発砲音をごまかした。そいつは君たちが集まる日と時間を予想して、犯行に及んだわけだ」

「誰か死んだのか」

「そのとおり。俺は、その件に君たちは関係ないと思っている。だから質問に答えてほしい」

ハイボールを一口飲んだあと、男はあらためて門脇を見つめた。表情が少し和らいだように感じられる。

「俺は斉賀《さいが》だ。まあ、答えられることなら答えてやるよ」

話の通じる人間で助かった。視線を逸《そ》らすことなく、門脇は質問を始めた。

「昨日の夜、君たちは荒川のそば、足立区関原の空き地に集まっていたよな。詳しい経緯を聞かせてくれ」

「人数が多いから広い場所が必要だ。まずは、あそこに集合することになってんだよ。メンバーが揃ったところで走りに行った」

「集まっているとき、何か大きな音を聞かなかったか」

「知らねえな。俺らバイクに乗ってたんだから、ちっとやそっとの音じゃわからねえよ」

「じゃあ、あのへんで不審な人物を見かけなかったか。あるいは、車が長時間停まっていたとか……」

門脇の質問が終わる前に、斉賀は素早く立ち上がった。よく響く声で、彼は店内にいる十数名のメンバーに問いかけた。

「昨日の夜、誰か集合場所でおかしな奴を見たか？」

だが、みな首を横に振るばかりで答えない。斉賀はどすんと椅子に腰掛けて、大きく脚を組んだ。

「みんな知らねえってよ」

あのう、という声が聞こえた。斉賀は体をひねって、声のしたほうを向いた。

髪を金色に染めた男が、遠慮がちに手を挙げていた。

「俺、見たんすよ。黒っぽい服を着た奴が、俺らの様子を窺ってたみたいで……。じきにどこかへ消えたんすけどね」

「近所の人間が見に来たんじゃねえのか？」

「でもそいつ、けっこうでかいリュックを背負ってました。怪しくないすか」

気になる話だ。門脇は金髪の男に尋ねた。

「何時ごろだった？」

「まだあんまり集まってなかったから……十一時十分とか、それぐらいじゃねえかな」

「なるほど」門脇は斉賀のほうに視線を戻す。「関東紅蓮会があそこに集まる日は決まっているのか？」

「最近は月に二回だな。……同じ曜日だ」

それで察しがついた。犯人は殺人を行う前、実際にバイクが集合しているかどうか空き地を見に来たのではないか。

斉賀は取り巻きたちと顔を見合わせている。状況は理解したが、その事件の結果、自分たちの立場がどうなるのか考えているようだ。

「おい門脇さん、俺たちが関係ねえってのはわかってるんだよな？」

「俺はそう見ている。君たちには協力を頼みたい。今後、何か思い出すことがあったら連絡をくれないか」

門脇はメモ帳の紙を一枚破って、特捜本部の電話番号を書き付けた。斉賀のほうに差し出したが、相手は受け取ろうとしない。仕方なく料理の皿を少しずらして、テーブルの上に紙を置いた。

「また警察の人間が話を聞きに来ると思うが……」

「今度はもっと美人の刑事を連れてこいよ」

やれやれ、と門脇はため息をついた。隣を見ると、如月は相変わらず硬い表情のままだ。

彼女を促して、門脇は店の出入り口に向かった。

駅のほうへと門脇は歩きだした。その横で如月は難しい顔をしている。

しばらくして彼女は口を開いた。

「何の役にも立たなくてすみませんでした。私、ちょっと悔《くや》しくて……」

「気にしなくていい。あいつらは相手を見て態度を変えてくる」

「あの店に入ったとき、戸惑ってしまったんです。今までいろんな事件を担当してきたし、ひどい犯行現場も見てきました。でも今日は生きている人間を前にして、少し動揺してしまって」

「誰でもそういうことはある。そのためにふたり一組で行動するんだ」

「ですが……どんな状況でも毅然《きぜん》としていなくては、一人前の刑事とは言えませんし」

体が小さいことや童顔であること、いや、そもそも女性であることによって、如月は斉賀たちからプレッシャーを受けたのだろう。彼女の言うとおり、女性であってもいざというときには力を行使しなければならない。しかし現実問題として、それが難しい場面はいくらでもある。

「如月は真面目《まじめ》なんだな」

「ありがとうございます。でも真面目なだけじゃ駄目なんですよね。今まであまり意識してこなかったんですけど……」

如月は真剣な顔をして何か考え込んでいる。こんなに気に病む奴だったかな、と門脇は不思議に思った。

——俺に対して、いいところを見せたいんだろうか。

門脇がさらに声をかけようとしたとき、携帯電話が鳴りだした。ポケットから携帯を出して通話ボタンを押す。

「はい、門脇です」

「早瀬だ。あの裸の被害者の身元がわかったぞ」

「本当ですか？」

門脇は歩道で足を止め、携帯を握り直した。

7

新しい聞き込み先に行くときは、事前に情報を集めておいたほうがいい。

タクシーで移動する途中、塔子は携帯でネット検索を行った。

早瀬係長から門脇に伝えられた情報はこうだ。ある窃盗事件の被疑者として、あの裸の男性の指紋が採取されていた。結果的に彼は窃盗犯ではなかったが、警察のデータベースに指紋が残っていて、今回身元が特定できたという。

男性は井浦宗雄《いうらむねお》、三十七歳、フリーランスライター。雑誌やインターネットの情報サイトに記事を書いていたらしい。今、鑑取り班のメンバーがいくつかの関係先に向かっているが、塔子たちは「ソニックニュース」という会社を訪ねることになった。井浦はその会社から、多くの記事の執筆を請け負っていたそうだ。

ＪＲ秋葉原《あきはばら》駅近くの交差点でタクシーを降り、塔子たちは歩道を進んでいった。通り沿いには派手な看板を付けたビルが建ち並び、大勢の買い物客が出入りしている。

門脇の顔を見上げて、塔子は口を開いた。

「ソニックニュースは五年前に開設された、ウェブ上のニュースサイトですね。大企業の傘下ではなく、独立した会社が運営しているようです。サイトの作りはこんな感じです」

塔子は足を止め、携帯電話を相手に見せた。腰を屈《かが》めて、門脇は液晶画面を覗き込む。

「あまり硬派なサイトじゃなさそうだな」

「はい。ニュースサイトと謳《うた》っていますが、政治、経済、国際関係などは少なめで、大手新聞やテレビの後追い記事ばかりです。それよりも漫画、アニメといったサブカルチャーや芸能ゴシップ、IT関係をたくさん扱っていますね。ただ、たまに独自取材で社会問題なども掲載しているようです。たとえばこれです」

携帯を操作して、塔子はニュース記事のページを表示させた。

三ヵ月ほど前、都内で建設現場の仮囲いが崩れる事故があった。被害に遭ったのはローカルテレビ局に出演していた女性タレントで、左脚に障害が残ってしまった。建設会社や保険会社と交渉しているが、現在トラブルになっている。その女性タレントによると、対応にまったく誠意がなく、事故に遭った者を責めるような暴言を吐《は》かれたそうだ。建設会社、保険会社などの対応に批判が集まっている、ということだった。

「気の毒な事故だとは思うが、ここまで大きく取り上げる題材かな」

「執念というんでしょうか、女性本人が探偵みたいに聞き込みをして、一部始終を動画配信したそうです。ドキュメンタリー映画のようで面白い、と評判になったんですね。タレントだけあって、視聴者の心をつかんだらしくて」

「それでニュースサイトに載ったのか。最近はネットをうまく使う人が増えているよな」

感心したように門脇は言う。

彼が横断歩道を渡ろうとしたとき、横から自転車が飛び出してきた。

おっ、と声を上げて門脇は身を翻《ひるがえ》す。危ういところで自転車はハンドルを切り、接触は免《まぬが》れた。サドルにまたがっているのは学生風の男性だ。

男性はそのまま走り去ってしまった。

「主任、大丈夫ですか」塔子は門脇のそばに駆け寄った。「お怪我はありませんか」

「ちぇっ。まったく、最近の若い奴は」

門脇はぶつぶつ言いながら、道路の左右に目を走らせる。安全を確認したあと再び歩きだした。

一見、今までと何も変わらないように思われる。だが門脇の歩き方が、わずかに遅くなっていることに塔子は気づいた。

——やっぱり、まだ脚の怪我が……。

ほんの少しだが、左脚の歩幅が小さくなっているようだ。自転車をよけたとき、普段とは違う筋肉や腱《けん》に力が入ったのかもしれない。

門脇が銃で撃たれたのは七ヵ月前のことだ。もうほとんど痛みはないと話していたが、こういう場面では違和感が生じるのではないか。

実際どうなのか訊いてみたい気もしたが、たぶん門脇としては後輩に弱みを見せたくないだろう。それがわかっていたから、塔子は何も尋ねなかった。


古びた雑居ビルの二階に、ソニックニュース社の看板が出ていた。

塔子と門脇は階段を上っていく。踊り場に煙草の吸い殻やコンビニのレシートなどが落ちていて、どうも雰囲気のよくない建物だ。

二階に入っているのは一社だけだった。社名の書かれたドアをノックすると、十秒ほどして男性が出てきた。角張った顔に、顎ひげを生やした四十代ぐらいの人物だ。シャツはよれよれ、ズボンは皺《しわ》だらけで、あまり人目を気にしないタイプらしい。

「警視庁の如月と申します」

塔子が警察手帳を呈示すると、男性は明らかに警戒する表情になった。

「何かご用？」

「井浦宗雄さんをご存じですよね？」塔子は相手の様子を観察しながら尋ねた。「こちらで記事を書いていたと聞きました」

「そうだけど……井浦さんがどうかしましたか」

「今朝、ご遺体で発見されました」

　えっ、と一声発したあと、男性は黙り込んでしまった。塔子を凝視する視線から、信じられないという思いが伝わってくる。

「少しお話をうかがいたいんですが、よろしいですか」

「ああ……はい。どうぞ」

　男性はうなずいて、塔子たちを事務所に入れてくれた。

　部屋の中には事務机が四つ寄せてあったが、どこもひどく散らかっている。ある机には雑誌が山のように積み上げられているし、別の机には段ボール箱が、その隣の机にはプラモデルやアニメ関係のフィギュアが並んでいる。部屋の奥はスチール製の棚で仕切られていたが、そこも雑然とした状態だ。黒いギターケースがふたつ。そしてフルートやトランペットなどの楽器も置いてあった。

　窓際の応接セットに案内され、塔子と門脇は黒い染《し》みのついたソファに腰掛けた。

「私はここのオーナー兼編集長でして……」

男性は塔子のほうへ名刺を差し出した。《ソニックニュース　編集長　大石和信《おおいしかずのぶ》》と印刷されている。

「おい、宇津見《うつみ》、ちょっと来てくれるか。警察の人だ」

大石が声をかけると、スチール棚の向こうから若い男性がひょっこり顔を出した。はい、と答えて彼はこちらに来ようとしたが、その途端、棚の上の書類がばさばさと落ちてきた。

「うわ、すみません」彼は慌てて書類を拾い集める。

縁の青い、お洒落な眼鏡をかけた青年だった。歳は三十前後。レンズの奥で、さかんにまばたきする癖があるようだ。

「おまえはもう少し落ち着いてだな……。まあいい、早くこっちへ来い」

大石は空いているソファを指差す。はいはい、と言って男性はそこへ腰掛けた。

「うちの記者です。……宇津見、名刺を」

促されて彼はポケットを探った。名刺を一枚取り出し、塔子のほうに差し出す。そこには《ソニックニュース　記者　宇津見祐介《ゆうすけ》》とあった。

「よろしくお願いします。大石さんの下で記事を書いている宇津見です。得意分野はＩＴ系に音楽関係、芸能関係、あとは社会問題も若干担当しています」

「ずいぶん幅広くやっていらっしゃるんですね」

「ゆくゆくはフリーライターになりたいんですよ」宇津見は小声で言った。「でも編集長には、十年早いなんて言われてます。ギターが好きなので、本当は音楽系の雑誌で働きたいんですけどね。今は修業中ってことで……」

あはは、と彼は笑う。それを見て大石が渋《しぶ》い表情を浮かべた。

「おい、今はそういう話はいいから」

宇津見は首をすくめて口を閉ざした。物怖《ものお》じしない性格らしいが、いささかお喋りが過ぎるようだ。

ほかにも常勤の記者が何人かいるが、今はみな外出しているという。ふたりを前にして、塔子は話しだした。

「今朝、足立区の廃屋で井浦宗雄さんのご遺体が発見されました」

さすがにこれを聞くと、宇津見の表情も変わった。塔子から門脇、さらに大石のほうへと視線を移していく。先ほどまでの軽い口調とは打って変わって、低い声を出した。

「本当ですか？　いったいどうして」宇津見は眉をひそめる。

「警察の人が来たということは……事件に巻き込まれたんですかね」

大石が言葉を選びながら尋ねてきた。塔子もまた、慎重に言葉を選んで答えた。

「何者かに殺害されたものと思われます」

すう、と息を吸って大石はソファに体をもたせかけた。一方、宇津見のほうは身を乗り出してくる。

「どんなふうに殺されていたんです？　死因は？」

「すみません、詳しいことはお話しできないんです」

「現場がどんな状態だったか、それだけでも教えてもらえませんか。だってほら、手口から何かわかるかもしれないし……」

まあ待て、と大石が部下を制した。

「まずは刑事さんの質問に答えよう。それが順番ってものだ」

不満げな表情を見せたが、編集長には逆《さか》らえないのだろう。宇津見は口を閉ざした。

ふたりの様子を窺いながら塔子は考えた。成り行き次第では、宇津見は井浦のことを記事に書いてしまおうと思ったのではないか。それが記者の性《さが》というものかもしれない。だが、そうはいっても少し無頓着すぎないだろうかと感じてしまう。

咳払いをしてから塔子は質問を始めた。

「井浦さんはいつからソニックニュースに記事を書いていましたか？」

「一年ぐらい前から寄稿してもらっています。月に五、六本頼んでいたと思いますが……。だよな？」

大石は隣を向いて問いかける。宇津見は記憶をたどる様子だったが、

「一番多いときで十二本だったはずです。あのときはかなりきついスケジュールでしたね」

「おまえ、細かいことまでよく覚えてるなあ」

「だって大石さん、記事の単価を下げるよう交渉しろって言ったじゃないですか。そういう嫌な仕事は全部僕にやらせて……」

宇津見は口を尖らせている。どうやら、ニュースサイトの運営もあまり楽ではないらしい。

大石によると、井浦は芸能関係を得意としていたが、ときどき社会問題に関する記事も書いていたそうだ。

「井浦さんの周辺で何かトラブルが起こっていなかったでしょうか。愚痴《ぐち》をこぼしていたとか、悩みがあるようだったとか」

どうだ、と大石が宇津見に尋ねる。

「愚痴は毎度のことでしたけどね」宇津見は眼鏡のフレームを押し上げた。「大手の新聞社、雑誌社みたいに名刺一枚で取材できるわけじゃないので、情報収集には苦労するって、いつもぼやいていました」

「ほかに、人間関係などで相談を受けたことはありませんか」

どうだろうなあ、と大石はつぶやいた。

「私とは仕事上の関係しかなかったので、あまり細かいことは……」

「僕も、相談を受けるほど親しくはなかったですね」

大石も宇津見も、首を横に振っている。

塔子が次の質問を考えていると、門脇が口を開いた。

「井浦さんと食事をしたことぐらいはありますよね。一緒に飲みに行ったこともあるんじゃないですか」

「ええ、ありますよ」大石はうなずく。

「そのときの様子を教えてください。おふたりから見て、井浦さんはどんな人でした？」

大石は壁に掛かったカレンダーを見つめた。そうやって、過ぎた日のことを思い出しているようだ。

「まあ、押しの強い人でしたね。断られても諦《あきら》めず、何度でも繰り返し訪ねていくタイプです。そうでなければフリーライターは務まらないので」

「となると、取材相手に嫌がられることもあったのでは？」

「私からは何とも……」大石はまた宇津見のほうを向いた。「どうだった？」

「僕は三回ぐらい飲んだことがあります。会社の経費でね。……まあそれはいいとして、たしかに井浦さんは強気な取材をしていたみたいですよ。何かの証拠を突きつけて、それをもとに別の証言を引き出すというやり方です。相手の秘密を嗅《か》ぎつけるのがすごくうまかったんですよね。僕、あの人はハイエナみたいだなと思ったことがあって……」

「おいおい。その言い方は……」

「あ、すみません。ちょっと喋りすぎたかな」

「もう少し聞かせてください」門脇は促した。「そうすると、誰かに恨まれていた可能性はありますよね。それが原因で殺害されたのかもしれない」

宇津見はぎくりとした様子で黙り込む。極端なことを言われて戸惑っているようだ。

「失礼ですが」門脇は話を続けた。「記者というのはどうもやりすぎるところがありますよね。テレビ、新聞、雑誌……。ネットニュースもそうでしょう。基本的に人の隠していることを調べ上げて、過去をほじくり返し、情報を金に換える。我々も捜査中、マスコミの人間につきまとわれて迷惑することが多いんです。さっきあなたは言いましたよね、ハイエナみたいだって。まさにそれだ」

急に門脇がそんなことを言い出したので、塔子は驚いてしまった。個人的に記者を嫌うのは仕方ないが、聞き込み先で口にするようなことではないだろう。

宇津見は落ち着きを失ったらしく、何度もまばたきをした。

「あの、でも……怒らないで聞いてほしいんですけど」彼は門脇を見つめ返した。「人の隠していることを調べ上げるという意味では、刑事さんも似たようなものですよね。それどころか、記者に圧力をかけてくることだってあるし……」

途端に門脇の表情が硬くなった。彼はテーブルから身を乗り出して宇津見を睨《にら》みつけた。

「ちょっと待ってください。我々は犯罪者を捕らえるために捜査をしているんです。命がけで一般市民を守ることもある。それを記者と同じだと言うんですか。冗談じゃない」

声を荒らげる門脇を見て、宇津見は身じろぎをした。

「いや……だから、怒らないでほしいって言ったじゃないですか」

「怒ってはいません。憤りを感じているんです」

「同じですよ」

宇津見は困り顔になって、ソファから腰を浮かしている。逃げ腰とはこのことだ。

門脇は低い声で唸った。それから軽く息をつき、ふたりに頭を下げた。

「熱くなってしまってすみません。ですがね、我々警察が日ごろ、体を張って捜査していることはご理解いただきたいんですよ」

「ええ、それはもちろん……」

　大石と宇津見に向かって、門脇はゆっくりと話しかけた。

「井浦さんの住所や取材先、出入りしていた場所などを教えてもらえませんか。井浦さんがこれまで書いてきた記事のコピーもすべていただきたいんですが」

「ええと……そうですね。調べてみます」大石は承諾した。

「あとは井浦さんのご家族、友人、知人の連絡先もわかれば教えてください。ここで待っていますから、よろしくお願いします」

　大石は宇津見と顔を見合わせた。ふたりは揃って立ち上がる。門脇はソファに座ったまま、彼らに会釈をした。

　途中どうなるかと思ったが、なんとか情報は集まりそうだ。塔子は安堵《あんど》の息をついた。

8

　資料を受け取り、特捜本部の電話番号を伝えてから、門脇たちはソニックニュース社を出た。収穫あり、だ。無事に目的を果たすことができた。

　雑居ビルを振り返ってから、如月が門脇に話しかけてきた。

「すみません。私、ひやひやしてしまって」

「俺の強面《こわもて》が役に立った」門脇はにやりとした。「まあ、やりすぎてはいけないんだが、今回は宇津見という記者がタイミングよく術中に嵌まった。おかげで俺の演技がかなり効いた」

不機嫌そうな門脇を見て、大石と宇津見はさまざまな資料を提供してくれたのだ。自分のようないかつい男性刑事にはそういうことができる。表情や態度の見せ方ひとつでも、交渉には使えるというわけだ。もちろん、一般市民を恫喝《どうかつ》するようなことは許されないのだが――。

如月は携帯でネット検索を始めた。

「さっき提供してもらった資料以外だと、雑誌に載っていたものは図書館が頼りですね」

「そうだな。このあと図書館に寄ろう」

如月はさらに携帯を操作し始める。最寄りの図書館を探そうというのだろう。そこへ着信音が鳴り始めた。彼女は慌てて通話ボタンを押した。

「はい、如月です。あっ、どうもお疲れさまです」

如月は携帯を握り直し、姿勢を正した。おや、と門脇は思った。緊張しているようだが、それにしては晴れやかな顔をしている。

「……そうです、門脇主任と捜査を進めています。……え？　本当ですか。わかりました。同席させてください。……はい、大丈夫です。……ではその時間に」

電話を切って、如月は門脇のほうを向いた。

「鷹野主任からです。このあと科捜研に行くそうです。大事な報告が聞けそうだから、よかったら一緒にどうかということでした」

「それで、行きますと言ったわけだな」

「あ……」如月ははっとした表情になった。「すみません。勝手に決めてしまって」

申し訳ないという顔で彼女はこちらを見ている。門脇は首を横に振った。

「如月がそう決めたんならそれでいい。すぐ科捜研に向かうんだろう？」

「はい。電車で移動しましょう」

軽くうなずいて如月は周囲を見回した。駅の方角を見定めると、彼女は急ぎ足で歩きだした。

門脇たちは桜田門《さくらだもん》にある警視庁本部庁舎に入っていく。

自分たちに割り当てられた捜査一課のスペースは「大部屋」と呼ばれていて、広い部屋の中、係ごとに机の島が出来ている。捜査に携わっていないとき門脇たちはそこにいるのだが、いざ事件となれば所轄署に出向くことになる。今もそうで、この捜査が一段落するまでは西新井署に詰めているから、大部屋に戻ってくるのはだいぶ先になるだろう。

渡り廊下を進んで、門脇たちは科学捜査研究所を訪れた。

ドアを開けて中を覗くと、打ち合わせスペースに人の姿が見えた。鷹野とその相棒、たしか針谷という若手刑事だ。ふたりは並んで腰掛け、メモ帳を見ながら何か話し込んでいた。じきに鷹野がこちらに気づいて会釈をした。

門脇は如月とともに、打ち合わせスペースに向かった。

「今、河上《かわかみ》さんを呼んでもらっているところです」

鷹野は部屋の奥を指差す。

彼の隣にいた針谷が、さっと椅子から立ち上がった。門脇たちに対して深く頭を下げる。

「お疲れさまです、門脇主任、如月さん」

「ああ、お疲れさん」

「普段から十一係の噂《うわさ》は聞いています」はきはきした口調で針谷は言った。「自分たちにとっては憧《あこが》れの部署です。今、鷹野主任からいろいろ教わっていますが、いつか門脇主任からもご指導いただけたらと思います」

「君は口がうまいなあ」門脇は苦笑いを浮かべた。「煽《おだ》てたって何も出ないぞ」

「あ、いえ、そんなつもりは……」

針谷も表情を緩めた。少し間をおいてから、彼は如月のほうを向く。

「如月さんにも一度お会いしたかったんです」

「え……。そうなんですか？」

驚いたという顔をして、如月は針谷を見つめた。

「鷹野主任とコンビを組んで、難しい事件をいくつも解決なさったんですよね。お父上を亡くされたけれど、努力を重ねて警視庁に入り、捜査一課のメンバーにまでなられた。女性警察官の羨望《せんぼう》の的とうかがっています」

「いえ、私は先輩たちに助けられるばかりで……」

「またまた、ご謙遜を」針谷は明るい笑顔を見せた。「如月さんとも、いつかご一緒したいですね。そのときはよろしくお願いします」

如月に対しても、針谷は丁寧に頭を下げた。こいつ、コミュニケーション能力高いなあ、と門脇は感心する。

鷹野たちの向かいの席に、門脇と如月は腰掛けた。

ややあって、黒縁眼鏡をかけた男性がやってきた。歳は三十代後半、ぱりっとした白衣を着て、資料の束《たば》を持っている。

科捜研の研究員で、十一係の捜査をいつもサポートしてくれている河上啓史郎《けいしろう》だ。

「お待たせしました。……あれ？」

河上は門脇と如月を見て、それから鷹野と針谷を見た。空いていた椅子に座りながら、彼は不思議そうに尋ねてきた。

「珍しいですね。今日は違うコンビなんですか」

「はい、係長から命じられまして……」如月が答えた。「これまでずっと鷹野主任と一緒でしたが、今回は門脇主任から捜査技術を学ぶようにと」

「えっ。じゃあ鷹野さんとのコンビは解消ですか！」

河上はなぜか急に目を輝かせた。如月は「いえいえ」と首を左右に振る。

「この捜査では特別に、ということらしくて」

「なんだ、そうなんですか……」

落胆したような表情で、河上は如月を見つめる。

すると、横から鷹野が口を挟んだ。

「いや、わからないぞ。俺とのコンビもだいぶ長くなってきた。早瀬さんは、このへんで組み合わせを替えようと考えているのかもしれない。そのほうが如月にとってもメリットが大きいだろう」

「あっ、たしかにそうですね」河上はまた明るい表情になった。「いろいろな方と組んだほうがいいですよ。如月さんは勉強熱心ですから、どんどん捜査技術が上がると思います」

「それに、いずれ俺は異動になるかもしれないし」

鷹野の言葉を聞いて、河上は深くうなずいた。

「たしかに。組織の一員である以上、異動は避けられませんからね」

そういえば、と門脇は思った。以前鷹野が、ほかの部署にも興味がある、と話していたような気がする。

「一方で、如月が異動になる可能性もあるだろう。そんなときにも慌てないよう、経験を積んでおかないとな」

真面目な顔をして鷹野は言う。河上は椅子の上で身じろぎをした。

「でも如月さんは、刑事部長が立ち上げた特別養成プログラムの対象なんでしょう?」

「とはいえ、組織の一員ですからね。如月もどうなるかわかりません」

「まあ、それはそうですが……」

河上は鷹野を見て渋い顔をした。先ほどから、どうも彼は落ち着きがない。

過去、門脇も科捜研には何度か来ているので、河上とも面識はあった。だが今回のような姿を見るのは初めてだ。

メモ帳を取り出しながら門脇は言った。

「では河上さん、打ち合わせを始めますか」

「あ……はい。そうでした」

うなずいて、河上は資料をみなに配付する。咳払いをしてから彼は話しだした。

「現在ご遺体を調べていますが、頭部に打撲痕、皮膚のあちこちに軽い切創、腹部に射創と思われる傷、そして頸部に索条痕が認められます。四つを考え合わせると、こういうことでしょうか。まず頭を殴られた。意識を失ったか動きがとれなくなったところで両手をワイヤーで縛られた。このとき口枷も嵌められたんでしょう。そしてカッターか何かで衣類を切り裂かれ、脱がされたのではないか。檻の中に閉じ込められ、至近距離から何らかの弾丸を腹部に撃ち込まれたあと、最後に首を絞められて絶命した……」

「なるほど。ワイヤーで手を縛って、反撃されないようにしてから服を脱がせたわけですか。それは気がつかなかった」

つぶやきながら、鷹野は資料写真を指でつついた。隣で針谷も写真を見つめている。

「かなり手間がかかっているなあ」門脇は唸った。「そうまでして裸にしなきゃいけない理由があったんだろうか。それは犯人のこだわりなのか……」

「ここで一点、重要なご報告があります」河上はみなを見回した。「じつは、腹部の傷から抗生物質が検出されたんです」

「抗生物質？」如月がまばたきをした。「それって病気の治療に使う、あれですか」

「ええ、細菌などに対して殺菌作用を持つ物質で、微生物が作り出すものです。詳しくは資料をご覧いただくとして……。問題はその抗生物質が、なぜ被害者の傷に付着していたかということですよね」

「まさかとは思いますが、被害者を治療するために？」

声を低めて如月が尋ねる。河上は資料を見たあと、重々しい口調で答えた。

「そうとしか考えられません」

「でもあれだけ深い傷だし、抗生物質を塗ったところで、どうにもなりませんよね。被害者を助けたいのなら、まず傷口を塞がないと……」

自分の腹部を指差し、如月は縫い合わせるような仕草をする。

向かいに座っていた鷹野が口を開いた。

「誰がそうしたか、ということも問題ですよね。犯人がやったとすれば行動に矛盾がある。被害者を裸にして檻に閉じ込め、銃で撃った人間が、なぜ治療のようなことをするのか。どう考えてもおかしい。……君はどう思う？」

鷹野は若い相棒に尋ねた。急な質問に針谷は驚いたようだが、少し思案してから言った。

「もしかして犯人とは別の人間がやったんでしょうか。殺害したあと犯人は逃走。そこへ誰かが現れて被害者を見つけ、慌てて治療しようとしたとか……」

「如月が言ったように、傷口をなんとかするのが先決だと思うが、まあいい。その人物は何らかの理由により、抗生物質で被害者を助けようとしたわけだな？」

「無理があるでしょうか」

「いや、今の段階ではいろいろな意見を出すべきだ。その調子で頭を働かせてくれ」

「ありがとうございます」

針谷は嬉しそうな表情で頭を下げる。

ふたりのやりとりを、如月がそっと窺っているのがわかった。一方で河上は、如月の横顔をちらちらと見ている。

——なんだか厄介なことになっているみたいだな。

そんなふうに思いながら、門脇はメモ帳のページをめくった。


鷹野たちは凶器について、もう少し河上と話していくという。

河上に礼を述べたあと、門脇と如月は科捜研の部屋を出た。廊下を歩くうち、知り合いの警察官に声をかけられた。挨拶をしながら、門脇たちはエレベーターホールに向かう。

隣を歩く如月に、門脇は尋ねてみた。

「科捜研の河上さんって、鷹野とどういう関係なんだ？」

「個人的な関係はないはずですけど……。あ、食べ物の話ではけっこう盛り上がっていましたね」

「どういうことだ」

「前に河上さんが、私を食事に誘ってくれたんですよ」

「えっ」門脇は思わず声を上げてしまった。「……それで、どうなった？」

「鷹野主任も一緒に行きたいと言うので、三人で食事をしたんです」

「三人で？」

「はい。それでですね、次に会ったとき、あの日の料理は美味しかったとか、おふたりが話していたんですよ。ああ、馬が合うんだなあと思って」

「なるほど……」

どうやら、人間関係がかなりこじれているようだ。もう少し詳しく訊いてみたかったが、今は捜査中だし、そもそも野暮だという気持ちもある。

まあ、なるようにしかならないよな、と門脇は思った。

9

天井には小さなランプが点いているだけだ。

午後十時二十分——。塔子たちは薄暗い場所に集まって、膝《ひざ》を突き合わせていた。

塔子の隣には門脇と鷹野が座っている。その向かい側には、尾留川圭介《びるかわけいすけ》がいた。階級は塔子と同じ巡査部長だが、年齢は三つ上の三十一歳。門脇とよく飲みに行っている先輩だ。人づきあいがうまく、独自の情報網を持っているらしいが、ネタ元がいずれも女性ばかりというのが引っかかる。いつかトラブルを起こすのではないかと、塔子は普段から気にしていた。

「鷹野さん、あの若いのは連れてこなかったんですか？」

尾留川はサスペンダーの位置を直しながら訊いた。お洒落な彼は、普通のベルトは使わない主義なのだ。

デジタルカメラをいじっていた鷹野は、液晶画面から顔を上げた。

「ああ、針谷か。彼は所轄の巡査だからな。十一係の打ち合わせは遠慮してもらった」

「もしかしたら一緒に来るんじゃないかと思ったんですよ。だって相棒でしょう」

「捜一だけで相談すべきこともある。所轄の刑事を信用しないわけじゃないが、秘密を知る人間が増えると、それだけ情報漏洩《ろうえい》のリスクが高まってしまうんだ」

諭すような口調で鷹野は言う。尾留川は話題を変えた。

「彼、個人的なスキルはどうです？　明るくて、はきはきしていますよね」

「明るいのは事実だな。しかし、発言の意図がよくわからないことがある」

「たとえば？」

「最初に捜査に出かけたとき、彼はこう言ったんだ。『自分のことはハリーと呼んでください』って。針谷だからハリーなんだろうな。昔見た映画にそういう名前の人物がいて、憧れていたんだそうだ」

「ハリーって眼鏡をかけた魔法使いのほうですかね。それともマグナムをぶっ放す刑事のほう？」

「刑事のほうだろうな。針谷は魔法なんて使えない」

そりゃそうでしょう、と尾留川はうなずく。目が笑っている。

「……で、鷹野さんはハリーと呼んでやったんですか？」

「ああ。大通りに出て『ハリー、タクシーを拾ってくれ』と頼んだ。『ハリー、特捜本部に報告してくれ』とも言った。そうしたら彼が困ったような顔をするんだ。『鷹野さん、それはやめてください』とね」

「うんうん、なるほど」

「俺は驚いて、『さっきハリーと呼ぶように言われたぞ』と抗議した。すると『勘弁してください、針谷でけっこうです』と言うんだよ。訳がわからないよな」

尾留川は肩を震わせ、笑いをこらえている。一方の鷹野は、相変わらず大真面目な表情だ。針谷の気持ちがわかっていてそんな顔をしているのか、それとも本当に意図が読めていないのか。

塔子が黙ってその話を聞いていると、門脇が尋ねてきた。

「どうした。なんだか機嫌が悪そうだな」

「いえ、なんでもありません」と塔子は答える。

「如月も、鷹野さんからあだ名で呼んでほしいんじゃないの？」

尾留川がからかうような目でこちらを見ていた。塔子は慌てて否定した。

「まさか。そんなこと思ってませんよ」

「昔のドラマだと、新入りの刑事に『今日からおまえはなんとかだ』みたいに言うじゃないか。如月だったら何がいいだろうな」

「ちょっと尾留川さん」塔子は口を尖らせた。「ふざけないでください。これから打ち合わせなんですから」

悪い悪い、と言って尾留川は首をすくめる。

そこへドアの開く音がして、中年の男性が入ってきた。

ぽっこりと膨《ふく》らんだ腹は、七福神の布袋《ほてい》さんを思わせる。そして、柔和な表情からは人柄のよさが感じられた。

同じ十一係の徳重英次《とくしげえいじ》巡査部長だ。このチームでは最年長の五十五歳。誰よりも年上なのだが、階級は下だからという理由でまったく偉ぶらない。

「いやあ、これはまた窮屈なところですな」

徳重は中に入ってきて、スライドドアを閉めた。

ここは西新井署の駐車場だ。一台借りたワンボックスタイプの警察車両の中で、門脇たちは向かい合っているところだった。

「すみません、今日は打ち合わせ用の場所が見つからなくて」

普段は尾留川が個室のある飲食店を探してくるのだが、今回はうまく見つからなかったという。それで急遽《きゅうきょ》、この狭い車内に集まることになったのだ。

「じゃあ、始めようか」

門脇が塔子に目を向けた。はい、と答えて塔子はバッグから捜査ノートを取り出した。

現在、問題になっている点を門脇が指摘し、塔子が書記としてノートに記入していく。補足事項があれば鷹野や徳重、尾留川が口を挟む。

先ほどまで夜の捜査会議が開かれていたのだが、それとは別に塔子たち五人は情報の整理をする。塔子たちはこれを「殺人分析班の打ち合わせ」と称していた。殺人分析班というのはもともと五人だけに通じる言葉だったわけだが、最近は庁内でもその呼び名が広まっているらしい。

会議では刑事たちの捜査報告が主となるから、事件の全容についてあれこれ推測する余裕はない。それで、こうして別途集まって意見交換を行っているのだ。

列挙した項目を、塔子はみなに見せた。

■関原事件

(一) 被害者は誰か。なぜ狙われたのか。★井浦宗雄と判明。
(二) 犯人が檻の中に、全裸で被害者を閉じ込めたのはなぜか。
(三) 檻、ワイヤー、口枷はどこで購入されたのか。
(四) 腹部の創傷の原因となった凶器は何か。★何らかの銃器だと思われる。
(五) 創傷に抗生物質が付着していたのはなぜか。
(六) 暴走族・関東紅蓮会は事件と関係あるのか。★バイクの音を利用されただけ？
(七) 暴走族のバイクを見ていたのは犯人か。
(八) 井浦宗雄がこれまで執筆した記事の中に手がかりはあるのか。

「これだけか」門脇は果汁グミを口に放り込んだ。「どうも、ぱっとしないな。現時点ではわかっていることが少なすぎる」

「ひとつひとつを掘り下げていくしかないでしょうね」

尾留川が言うと、鷹野が報告を始めた。

「遺留品関係ですが、檻と口枷、ワイヤーの製造元は特定できました。明日、それぞれの流通経路を調べる予定です」

「腹を撃った銃についてはどうだ？」

「エアガンのメーカーを当たっていますが、まだ手がかりはありません。エアガンの競技会やサバイバルゲーム方面からも情報なし。害獣駆除の猟友会にも尋ねましたが、そんな特殊な弾丸は使用していない、ということでした」

「やはり改造されたエアガンだろうか」

「その線も視野に入れる必要があります。ただ、個人で改造したとなると、どこから情報を得ればいいのか……」

さすがの鷹野も苦戦しているようだった。

「さらにわからないのは抗生物質ですよね」徳重はネクタイを緩めながら言った。

「傷の手当てをしたように見えますが、そんなことをしても出血は止められない。素人がよく考えずにやったんでしょうか」

「だけど素人が抗生物質を持っている、というのも変ですね」と尾留川。

「そう。まったくおかしな話です」

徳重は太鼓腹を撫でながら、しきりに首をひねっている。

「先ほどの捜査会議で報告されましたが」鷹野が再び口を開いた。「被害者の死亡推定時刻は昨日、五月六日の二十二時から本日午前零時までの間です。暴走族が空き地に集合していたのは二十三時過ぎから二十三時四十分ぐらい。状況から考えればやはり、暴走族のバイクの音を利用して発砲したとみるのが適切でしょう」

門脇は塔子のノートを指し示した。

「項番六だが、関東紅蓮会は事件とは関係ないと俺は思う。連中が組織として井浦宗雄と関わりがあったとは考えにくい。トクさん、どうでしたかね？」

問いかけられて、徳重は自分のメモ帳を開いた。

「門脇主任から連絡を受けて、関東紅蓮会の調査を始めたんですが、おっしゃるとおりですね。彼らと井浦さんの間に、これといった関係は見つかりません。檻や銃器を用意していたことから、この犯行は入念に計画されたものだと言えます。もし紅蓮会の誰かが犯人であれば、わざわざ集合場所の近くで殺人を行ったりはしないでしょう」

「たしかに、そうですね」門脇は同意する。

徳重はメモ帳のページをめくった。

「被害者の井浦さんですが、昨日、十八時ごろまで新橋《しんばし》のカフェにいました。パソコンで原稿をまとめていたようです。そこから先の足取りは不明。家に戻った形跡もありません」

そのあと犯人とは知らずに誰かと落ち合い、関原の廃屋に同行したのか。あるいは不意を衝《つ》かれて拉致されたのか。塔子はあれこれ想像を重ねていく。

「最後の項番八、井浦宗雄がこれまで書いてきた記事のことだが……」

「あ、それは私が」塔子は小さく右手を挙げた。「ソニックニュースの記事のほか、週刊誌などに載った記事も入手してあります。急いで内容をチェックする予定です」

「彼は芸能や社会問題の記事を書いていたらしい。もしかしたらそこに、何かヒントがあるかもしれない」

「はい、しっかり調べます」塔子は深くうなずいた。

各員の活動予定などを確認してから、門脇はみなに告げた。

「では、明日も抜かりなく行こう」

殺人分析班の打ち合わせは、これで終了となった。

今夜は珍しく、門脇が飲みに行こうと言い出さなかった。

尾留川によると、打ち合わせのあと門脇はひとりで食事に行ったらしい。塔子は早瀬係長と電話で話していたので、気がつかなかった。

そんなこともあるんだな、と塔子は意外に思った。そもそもあの打ち合わせは食事をしながら行われることが多い。ビールを飲みながらというのが通例なのだが、それは門脇が無類のビール好きだからだ。

「みんなで飲めないんなら、ひとりでさくっと済ませるつもりかもよ」

ノートパソコンでの作業を終えて、尾留川が言った。彼とともに車を降りながら、塔子は首をかしげた。

「そうだとしても、尾留川さんと一緒に行きそうなものですけど」

「捜査が始まったばかりだから、門脇さんもじっくり考えたいことがあるんじゃないかな」

尾留川もこのあと、ひとりで食事に行くという。

塔子はコンビニで弁当を買って、特捜本部に向かった。

初日だからだろう、本部には十数人の捜査員がいて、メモを調べたりパソコンを使ったりしていた。塔子は自分が使っている席に戻り、まずは食事をとった。それが済むと資料のファイルを机の上に広げた。

今日の捜査会議の前、独自に集めておいた資料がある。

都内で過去に起こった監禁事件の記録だ。今回の関原事件は長期の監禁ではなかったが、被害者を全裸にして檻に閉じ込めるという犯行は、かなり特殊なものだった。その手口は監禁事件のカテゴリーに含まれるような気がする。

少年の自由を奪って暴行を加えていた事案。少女に食事やベッドを与えながら、結局のところ監禁と言わざるを得ない状況だった事案。金銭トラブルから知人の高齢男性を閉じ込め、新たな借金をするよう強要した事案。調べていくと、思ったより多くの事件があった。

資料を見ていくうち、十年前の監禁事件が出てきた。門脇がずっと後悔しているという一件だ。

前に門脇本人から聞いたことがある。若い会社員が拉致監禁され、殺害されたのだ。

門脇が所轄の刑事だったころ、半グレのようなグループを追っていた。彼らの溜まり場には何かあると思っていたが、なかなか捜索令状は取れなかった。しばらくしてようやく踏み込めたが、そのときはもう手遅れだったという。若い会社員男性が監禁され、殺害されていたのだ。被害者は犬の首輪のようなものを付けられ、鎖で繋がれていた。口枷を嵌められて、悲鳴を上げることもできない状態だったという。

犯人グループは逮捕されたが、門脇は悔しくて仕方なかったことだろう。まだ新米刑事だったとはいえ、何か手を打てなかったのか。どうにかして被害者を助けることはできなかったのか。そんなふうに自分を責めたに違いない。

さまざまな捜査を経験して、門脇はある程度丸くなったのではないかと思う。それでも何かの折、彼は強い正義感をもってがむしゃらに行動することがある。門脇はそういう人だ。鷹野とは違ったタイプの刑事なのだ。

腕時計を見ると、午前一時半を回っていた。ほかの捜査員たちもひとりふたりと仕事を終え、今、特捜本部にいるのは塔子を含めて五名ほどだった。

座ったまま大きく伸びをしてから、塔子はパソコンの画面に向かった。

数日前から現在までの、都内で生じた監禁絡みの通報を調べてみようと思ったのだ。監禁疑いに限っているので件数は多くない。そして、実際に監禁事件だと判明したものはひとつもなかった。アパートの隣室で助けを求める声がする、という一一〇番通報を受けたが、実際は酔っ払いが声を上げていただけだったとか、そういう記録ばかりだ。

そんな中、おや、と思わせる通報が見つかった。

五月七日、二十一時二十五分——つまり今からほんの四時間ほど前だが、江戸川区《えどがわ》西瑞江《にしみずえ》四丁目の公衆電話から、空き家での監禁事件を疑う通報があった。小松川署《こまつがわ》の交番勤務の警察官が駆けつけたが、通報者はすでに立ち去ってしまっていた。念のため西瑞江四丁目付近、小松川署管内の廃屋を何軒か調べてみたが、監禁事件などはなかったとのことだ。

通報者がいなくなっていたというのが少し引っかかった。もしかしたら昨日の関原事件の犯人が、廃屋に証拠品などを隠したのではないか。そんな考えが頭に浮かんだ。

だがそこで、塔子は地図帳を確認してみた。この通報は小松川署管内のもので、ここ西新井署とはずいぶん離れている。関原事件と関係があるとは考えにくかった。

「まだやっていたのか」

急に声をかけられ、塔子ははっとした。

うしろを振り返ると、スウェット姿の鷹野が近づいてくるのが見えた。道場で布団を敷いて寝るところなのだろう。

「鷹野さん、こんな時間にどうしたんですか」

「ちょっと資料を取りに来たんだが……。如月こそどうした？　もうじき二時だぞ」

「何か手がかりはないかと思って、記録を調べていたんです」

そうか、と言って鷹野は隣の椅子に腰掛けた。

スーツ姿でない鷹野を見るのは珍しい。彼にそんな恰好は似合わないような気もするが、その一方で、少しくつろいだ姿も面白いなと思ったりする。

「打ち合わせのときには訊けなかったが、門脇さんとの捜査はどうだ」

鷹野がそう尋ねてきたので、塔子は少なからず驚いた。あまり社交辞令を口にする人ではないから、本当に気になって質問してきたのだろう。

「勉強になっています」塔子は答えた。「鷹野さんとは捜査の仕方が違うので……」

「まさに、それこそが早瀬係長の狙いだ。今の如月にとって、いい経験になるだろう」

よしよし、と鷹野はひとりうなずいている。

あの、と塔子は遠慮がちに問いかけた。

「針谷さんとの捜査はどうですか」

「なかなか見込みのある奴だよ。もう少し場数を踏めば、いい刑事になれると思う」

「……そうなんですか」

どうにも複雑な気分だった。相棒として一番鷹野の役に立てるのは私だ、という自負が塔子にはある。それを否定されたわけではないが、彼が別の捜査員について話すのを聞くと、心がざわついて仕方がない。

「如月は頑張りすぎるところがあるからな。あまり根を詰めるなよ」

思いがけず、そんな言葉を聞かされて塔子は戸惑った。どぎまぎしながら、意味もなく資料のページをめくっていく。

「ええと……はい、ありがとうございます」

「そろそろ寝ろよ」

「了解です」

鷹野の背中を見送ってから塔子は、ふう、と息をついた。別に緊張するようなことは何もない。自分は居残りをして事件の記録を調べていた。そこへたまたま鷹野が現れて、軽く一声かけてくれただけだ。それ以上のことはひとつもない。

紙パックのジュースを一口飲んでから、塔子はまた深呼吸をした。

もう少し調べておきたいことがある。今度は、ソニックニュースから入手した井浦の記事をチェックしていった。

芸能関係の記事はほとんどゴシップだった。誰と誰がくっついたとか別れたとか、借金があるとか引退するとか、そんな興味本位の話ばかりだ。それでもこういう記事を読みたいと思う人がいるから、井浦は執筆の依頼を受けていたのだろう。

似たような内容に飽きてきたころ、塔子はふと眉をひそめた。芸能関係とは異なる記事があったのだ。

《ガイア・ガーディアンの黒い噂》

《利用される動物たちの悲しみ》

《GGは正義なのか？》

そんなタイトルが並んでいる。

GG——ガイア・ガーディアンというのは動物愛護団体だ。基本的には動物の保護活動をしているのだが、ときどき攻撃的な面を見せることがあるらしい。そのGGを、井浦は真っ向から批判している。

雑誌を遡《さかのぼ》っていくと、彼は二年ほど前からGGに関する記事を書いていた。それによると、GGは動物愛護に反するような企業に抗議活動を行っているらしい。近年その抗議が度を超したものになっているため、井浦は法に触れそうな彼らの行動を告発しているのだった。

記事の内容がすべて真実かどうか、本当のところはわからない。井浦がいなくなってしまった以上、確認をとるためにはGGに当たるしかないだろう。

ひとつ手がかりを得たという思いで、塔子はネット検索を行った。

ガイア・ガーディアンについて調べるうち、いくつかの資料を見つけた。GGのポスターはこれまでに二種類作られたらしい。現在のポスターは動物のイメージイラストをベースにしていて、温かい印象があった。一方、過去のポスターは写真を使ったもので、犬や猫、ウサギ、ハムスターなどの小動物が並ぶという可愛らしいものだ。動物好きな人には、こちらのポスターのほうが喜ばれたのではないか。

ただ、古いほうのポスターの写真を見ているうち、塔子は妙な気分になった。動物たちの目がこちらに何かを訴えているように思えてきたのだ。寂しさや切なさが胸の内で膨らんできた。動物たちを守ろうという趣旨が、よく伝わってくるポスターだと言える。

だが、のちにGGはポスターのイメージを変更したわけだ。この写真ではペットショップか何かの宣伝に見えてしまう、という反省があったのだろうか。

動物のことを考えているうち、塔子は思い出した。

――そうだ。井浦さんは動物の檻に閉じ込められていた……。

あれはいったい何を意味するのだろう。

不吉な思いに囚《とら》われながら、塔子はパソコンの画面をじっと見つめた。

第二章　ガイア・ガーディアン

1

隣の部屋から動物の鳴き声が聞こえてくる。

がたん、と何かが倒れる音がした。それに反応して動物が飛び跳ねたようだ。がしゃんがしゃんとケージの揺れる音が響いてきた。

少年は宿題のプリントから顔を上げた。何が起こったのか見てこなくちゃ、と思った。

もし動物たちが困っているのなら助けてやらなくてはいけない。彼らは自分で身の回りのこともできないし、困ったことにいたずら好きだ。フードを皿からこぼしても元に戻せない。トイレを汚しても掃除さえできない。人間の赤ちゃんと似たようなものだ。

座卓を離れて、少年は襖を開けた。

隣は六畳の和室だった。しかしそこは書斎でも寝室でもなく、「猫部屋」となっている。ケージを二段から三段積み上げたものが、壁際や押し入れの前に並べてある。中にいるのは猫たちだ。ペルシャやスコティッシュフォールド、マンチカンなど、人気の猫種が揃っている。それぞれの種類でオスとメスを同じケージに入れてやると、そのうち子猫が生まれる。そうやって猫を増やしていって、ほしいという人に買ってもらう。すると、母はお金を儲《もう》けることができるというわけだ。

少年はいくつもあるケージを順番に見ていった。猫たちは自由気ままだ。寝ているものもいるし、盛《さか》んに鳴き声を上げるものもいる。

調べた結果、右奥の二段ケージで、水のボウルがひっくり返っているのがわかった。やったのはマンチカンのメスだ。少年が「ルル」と呼んでいる猫だった。

ルルは元気のいい猫だ。母によると、お腹《なか》には赤ちゃん猫がいるらしいのだが、そんなことにはおかまいなしで、ケージの一段目と二段目を行き来する。ときどき勢い余って、フードの皿や水のボウルをひっくり返す。今がまさにそうだった。

「ルル、駄目だよ、いたずらしちゃ」

話しかけながら少年はケージの扉を開けた。途端にルルが畳の上に飛び出してきたが、隣室への襖は閉めてある。和室の外に逃げ出すことはできない。

ボウルを元どおりにして、ペットボトルの水を注ぎ入れる。タオルでケージの床を拭《ふ》く。それが済むと、ルルをつかまえてケージの中に戻した。ルルは少し鳴いたが、それほど抵抗することはなかった。

少年は猫が好きだ。ブリーダーを始めると母から聞かされたときは、どういうことをするのか、まだぴんとこなかった。だが自宅で親猫や子猫の世話をするのだとわかると、母を手伝うようになった。学校のクラスにはいろいろな生徒がいるが、親が猫を増やす仕事をしている人はほかにいなかった。少年にとって、この仕事は誇らしいものになった。

父が亡くなってから数年、母はどこかの会社で仕事をしていた。あまり給料はよくなかったらしく、生活は苦しかった。ところがブリーダーの仕事を始めてから、母はクリスマスツリーを買い替えてくれた。すぐ隣、出窓のあるマンションの子が持っているものより、ずっと立派なツリーだ。ほかにも図鑑や好きな漫画、ゲームソフトも買ってくれた。

それに加えて、家にはいつも猫たちがいる。世話が大変なときもあったが、無邪気な猫たちは本当に可愛い。毎日が楽しかった。

猫たちのトイレ掃除をしていると、玄関でドアの開く音がした。買い物に行っていた母が戻ってきたのだ。

「お帰り。お母さん、ルルが水をこぼしてね……」

そう言いながら廊下を進んでいく。

母はこちらに背を向けて、ドアの外の誰かと話をしていた。

じきに母は振り返り、少年に向かって言った。

「お客さんが来てるから、あんた奥に行っててくれる?」

「あ……うん」少年はこくりとうなずいた。「猫部屋のトイレ、掃除しておいたよ」

その声は耳に届かなかったらしい。母はまた少年に背を向けて、誰かと話の続きを始めた。また新しい種類の猫を売ってもらうらしかった。

トイレ掃除を褒めてもらいたい気持ちはある。だが母とお客さんは大事な話の最中だ。このあと猫部屋で、ブリーダーの仕事について相談をするのだろう。

猫が増えるのはとても楽しみだった。あのお客さんのおかげで、この家にたくさんの猫を迎え入れることができたのだ。感謝しなければならない。

少年は台所でりんごジュースをコップに注ぎ入れ、自分の部屋に向かった。

2

近くに大学があるため、通りには学生らしい若者の姿が多い。

歩道沿いには定食屋やカフェ、居酒屋などが目立っていた。昼近くになればさらに学生が増えて、カレーに牛丼《ぎゅうどん》、イタリアン、中華料理などの匂いが流れてくるのだろう。

五月八日。捜査開始から二日目の午前九時三十五分。塔子と門脇は新宿区早稲田《わせだ》の通りを歩いていた。

昨夜塔子は、井浦宗雄が動物愛護団体を厳しく批判していたことを知った。朝一番でその事実を報告し、聞き込みに行きましょうと門脇に提案した。

その結果、塔子と門脇は朝の会議のあと、すぐに出かけることになった。

「ガイア・ガーディアンの噂は俺も聞いている」飲食店の看板に目をやりながら、門脇は言った。「過激な活動をしている団体だよな。如月が見つけた井浦宗雄の記事には、法に触れるようなGGの行動が書かれていた。井浦も、ひとりでよくあそこまで調べたものだと思うよ」

動物の保護を訴える彼らは、虐待の証拠を押さえるため、ときには敷地への不法侵入なども行うという。盗撮まがいのことも厭《いと》わない、と井浦は書いていた。

「あれがすべて本当だとしたら、一一〇番通報される可能性もありますよね」

「ただ、そこまで騒ぎになった事例は聞いたことがないな」

「どういうことでしょう」

「当の本人たちは何と答えるのか……」

そうつぶやいて、門脇は渋い表情を浮かべた。

目的地は狭い土地に建てられた、いわゆるペンシルビルだった。一階には不動産会社、二階、三階にはソフトウエア会社が入居している。ガイア・ガーディアンの本部はその上、四階にあった。

狭いエレベーターから降りると、目の前が事務所のドアになっている。インターホンのボタンを押して反応を待った。じきに「はい」と女性の声が聞こえた。

「警察の者ですが、ちょっとお話を聞かせていただけますか」

「……少々お待ちください」

一旦《いったん》通話が切れた。ややあって磨《す》りガラスの向こうに人影が見え、ドアが開かれた。

顔を出したのは三十代後半と思われる女性だった。ストレートの黒髪は肩甲骨の辺りまで届いている。細い眉にきりっとした目。表情が硬いので冷たい雰囲気だが、凛《りん》とした美しさがある。

自分とはまったく違ったタイプの人だ、と塔子は感じた。

「警視庁捜査一課の如月と申します。ある事件の捜査を行っています。少しお時間をいただきたいんですが……」

「はっきりおっしゃってください」その女性は事務的な口調で言った。「どういう事件の、どんな捜査なのでしょうか」

塔子は、そばに立っている門脇の顔をちらりと見た。彼は小さくうなずいた。話してもかまわない、という意味だろう。

「フリーライターの井浦宗雄さんが殺害されました。私たちはその捜査を行っています。井浦さんはこちらの団体に関する記事を書いていました。その件について、うかがいたいと思います」

「お待ちください」

そう言うと、女性はすぐにドアを閉めてしまった。つっけんどんな態度だな、と塔子は思った。

三十秒ほど経って、再びドアが開いた。

「捜査に協力すると代表が申しております。お入りください」

「ありがとうございます」

「ただし、長い時間は困ります。こちらも暇ではありませんので」

かなり警戒レベルが高いようだ。それでも、頭から拒絶されるよりはよほどいい。

失礼します、と言って塔子はドアの中に入った。黙ったまま門脇もついてきた。

ビルを見て想像できたとおり、ごく狭い事務所だった。入ってすぐの場所が八畳ほどのスペースで、壁に向けて机が三つ並んでいる。打ち合わせをするためだろう、部屋の真ん中に長いテーブルがあり、見た目には会議室のような造りだった。奥にはトイレや流しがあるのだろうが、ここからは見えない。

長いテーブルの上には段ボール箱や冊子、動物関係の書籍などが積み上げられていた。何かの作業をしている途中だったのかもしれない。

テーブルの奥のほう、ものが置かれていないところに眼鏡をかけた男性がいた。女性に案内されてきた塔子たちを、彼は立ち上がって迎えた。

「ガイア・ガーディアン代表の真木山陽治《まきやまようじ》です」

彼ははっきりした口調で自己紹介をした。滑舌がよく、部屋の隅々まで届きそうないい声だ。だがその声の中には、先ほどの女性と同じような緊張感が含まれている。

事前の調べによると真木山は二代目の代表で、歳は四十七だという。しかし本人に会ってみると、実年齢よりも若く見えた。

「警視庁の如月と申します」

「門脇です」

塔子たちはふたり揃って頭を下げた。椅子を勧められ、礼を述べて腰掛ける。

座った位置から見てちょうど正面の壁に、中年女性を写したポスターが貼ってあった。五十代後半ぐらいで、ふっくらした顔にボリュームのある髪が印象的だ。

《思いやりの社会へ　財前秋代《ざいぜんあきよ》》

と大きな字で印刷してある。ほかに《子育て支援　環境問題対策　弱者を守る》などのスローガンも並んでいた。

塔子はこの女性を知っていた。財前秋代は東京都議会議員を何期か務めている人物だ。

先ほど塔子たちを案内してきた女性を、真木山は紹介してくれた。

「彼女は三枝《さえぐさ》千鶴《づる》、ガイア・ガーディアンのメンバーです」

そうか、この人が、と塔子は納得した。昨日の調査で、三枝という団体幹部の名前が出てきていたのだ。顔写真がなかったため、実際に会ってみるまでわからなかった。

「早速ですが」塔子はメモ帳を開いた。「井浦さんはこちらの団体に直接取材をしていましたか？　お会いになったことは？」

「二年前、週刊誌の取材だというので一度会いましたが、ひどい人ですよ」

真木山は苦虫を噛みつぶしたような表情を見せた。

「何かあったんでしょうか」

「取材中はとてもにこやかで、感じのいい人に見えたんです。ところが出来上がった記事を読んだら、私たちを頭から批判しているじゃないですか。どうしてこんな記事を書いたのかと問い合わせてみたけれど、井浦さんはのらりくらりとしていてね。そのうち電話にも出なくなってしまいました」

「私たちは週刊誌を刊行している出版社に抗議文を出しました」三枝が無表情なまま言った。「あれは名誉毀損《きそん》罪に該当します。謝罪し、訂正文を載せてほしいと申し入れました。ですが出版社は何ひとつ対応してくれませんでした」

「その後も井浦さんはいくつかの週刊誌に批判の記事を書きました」真木山は続けた。「それからネットのニュースサイトにもね。我々はマスコミが信用できなくなりました。結局彼らは、自分たちの利益しか考えていないんです。大きな声で吹聴《ふいちょう》し続ければ、世の中の人はそれが真実だと思い込んでしまう。私たちを批判する世論が形成されていくわけです。とんでもないことですよ」

喋っているうち徐々に興奮してきたようだ。真木山はよく通る声で、井浦と出版社への恨みを訴えた。

一通り聞き終わってから、塔子は疑問に思っていたことを尋ねてみた。

「週刊誌やネットニュースで井浦さんが書いたことは、虚偽の内容だったんでしょうか」

「それはですね……」

真木山は隣の三枝をちらりと見た。彼女は抑揚《よくよう》のない声で説明を始めた。

「名誉毀損罪の構成要件は『事実の摘示』と『公然性』です。このうち『事実の摘示』は具体的な事実を示すことであって、その内容が真実であろうとなかろうと関係ありません。大勢の人の目に触れる週刊誌やネットニュースで、私たちの活動があたかも非合法のものであるかのように批判された。それによってガイア・ガーディアンは社会的な評価を低下させられたのです」

煙《けむ》に巻《ま》かれたような気分になったが、結局、GGは抗議をしただけで裁判を起こしたりはしなかったらしい。そこまでする余裕はなかった、ということだろうか。

「二年前の取材のあと、井浦さんとはお会いになっていませんか」

「ええ」真木山はうなずいた。「あの人は逃げ回っていました。本当は一度会って、こちらの言い分をはっきり伝えたかった。個人的にも謝罪してほしかったんですが……」

「ということは、真木山さんたちは井浦さんをよく思っていなかった。恨んでいたと言えますよね？」

塔子が踏み込んだ質問をすると、真木山はあからさまに不機嫌そうな顔になった。

オフィスチェアの上で彼は身じろぎをする。

真木山に代わって、三枝が強く否定した。

「その言い方は正しくありません。恨むというのは、ひどいことをした相手に仕返しをしようと思うことでしょう。私たちは呆《あき》れこそしましたが、井浦さんに復讐《ふくしゅう》しようなどとは考えませんでした」

「でも不快に思っていらっしゃったのは事実ですよね」

「謝罪していただければ、時間はかかるかもしれませんが、関係の改善はできた可能性があります。しかし井浦さんの行動には誠意が感じられませんでした。責任感もなかったようです。ライターとしての資質に欠けていたと言わざるを得ません」

木で鼻をくくったような話し方に、塔子は戸惑いを感じていた。三枝はもともとそういう性格なのか、それとも刑事の前だからこんな態度をとっているのか。やりにくい相手だった。

「では、話を変えましょう」門脇が口を開いた。「あなた方ガイア・ガーディアン――略称はGGでいいですか？　その活動内容についてお訊きしたいと思います。GGは動物愛護団体ということですが、積極的な愛護・保護活動よりも、企業や団体などへの抗議活動を主としているように見えます」

「具体的には？」と三枝。

「たとえば水族館に押しかけて、イルカにショーをさせることを批判していますよね。無理やり芸を仕込んでいる、あれはイルカに苦痛を与えることにほかならないと」

「水族館の存在自体、魚や動物たちの自然な生活を奪うものであって認められない、と私たちは考えています。中でもイルカにさまざまなことを強要して、危険なショーを行わせることは人間のエゴです」

「ペット販売業者の協会にもクレームをつけていますね。犬や猫を販売するのは、これもまた人間のエゴでしょうか」

門脇が硬い表情で問うと、三枝は深くうなずいた。

「現在、適切な売買が為《な》されていないケースがあまりにも多く、放置できない状況にあります。ペット販売業者は金を稼ぐことばかり考え、ペットたちを単なる商品と見なしています。だから人気のある動物を次々転売し、売れ残ったものは処分してしまう。とても生き物に対する扱いとは思えません。もっと厳しいルールを設けて、悪質な業者を減らしていくべきです」

門脇は三枝に向かって、さらに質問した。

「犬や猫のブリーダーにも抗議活動をしていますよね。井浦さんが挙げた例では、あるブリーダーの家に行って、住居侵入まがいのことまでしている」

「住居侵入罪に問われるような出来事は何もありません。あくまで話し合いをしに行っただけです」

「本当ですか。あなた方は個人宅を監視していたのでは？」

「監視？　そんなことはしていません」

はっきりした声で言うと、三枝は椅子から立ち上がった。室内を歩きながら、演説するような調子で自説を唱え始める。

「あのブリーダーは最悪でした。自宅で犬を繁殖させていましたが、数が増えすぎたという理由で、世話を半ば放棄していたのです。我々は情報網を通じて、その業者の家で多頭飼育崩壊が起こっているのを知りました。行政に任せていたのでは埒《らち》が明かないので、自分たちで行動を起こしました」

壁際にある棚の前で、三枝は足を止めた。棚に背をもたせかけて話を続ける。

「ブリーダーの家を訪れたとき、室内は汚物まみれでひどい悪臭がありました。一部の犬は著《いちじる》しく体力が落ちていて、ほかの犬たちの間でも皮膚病が蔓延《まんえん》していました。そんな環境にいる動物たちを放っておけるでしょうか？」

「だからといって、他人の家に押しかけるのはどうなんですかね。個人のしていることに、あなた方が首を突っ込むのは、やりすぎでは？」

門脇が低い声で言うと、三枝はわずかに首をかしげた。

「今述べた多頭飼育崩壊もそうですが、一部のブリーダーは本当に無責任です。彼らは、どれだけ金になるかということだけを考えています。偶然生まれた犬や猫の種を大事にし、掛け合わせを重ねて増やしていきます。本来自然の中では長く続かないような種を、モノのように大量生産することを目指します。こうした行為は、命への冒《ぼう》瀆《とく》ではありませんか？」

　あの、すみません、と言って塔子はそっと右手を挙げた。門脇と三枝が同時にこちらを見た。

　小さく咳払いをしてから塔子は言った。

「おっしゃることはわかりますが、少し話が極端じゃないでしょうか。ブリーダーにはもともと動物好きな方が多いはずで、問題を起こすのはごく一部の業者だと思います。ブリーダーやペット販売店に頼らなければ、犬や猫を手に入れられない人は大勢います。ペットを飼うことでストレスが減ったり、認知症の症状が軽くなったりするケースもあるそうですし……」

　三枝は何か不思議なものを見るような視線を、塔子に向けた。

「あなた――如月さんは、民間の業者をかばうんですか？　公務員としてそれはどうかと思いますが」

「かばうわけではありませんが、ブリーダーも販売店も、なかったら困る人がいます。それは事実でしょう」

「もしかして如月さんは何か飼っているんですか？」

「ええ、猫を一匹……」

そうですか、とつぶやいてから三枝は何度かうなずいた。

「普段から動物と接しているなら、如月さんにも私たちの気持ちがわかるはずです。本来、あなたはこちら側の人ですよね」

「ですが、行きすぎた行動はどうかと……」

ここで真木山が口を挟んできた。

「如月さん、行きすぎた行動というのなら、もっとひどい例がいくらでもあります。象牙《ぞうげ》が高く取引されるせいでアジアやアフリカのゾウはずっと密猟されてきました。ほかにもウミガメやサイなど、数が減っている動物が報告されています。悪質なハンターを野放しにしていては、いけないんです」

「代表の言うとおりです」三枝が加勢した。「実際、アフリカの動物保護区には、武器を持ってハンターと戦うレンジャーが大勢います。大局に立って地球環境を見つめるなら、我々のような『行動できる団体』が必要になるんです。行動しない人間は卑《ひ》怯《きょう》ですよ」

「それは……」三枝を見つめて塔子は唸った。「また別の話のような気がします」

「いえ、これは動物愛護の本質に関わることですから。……海外の保護団体が、GPSを使ってゾウの生態を調べるといった活動を続けています。個体数が減っているのは、データとして明らかになっています。人間が彼らの命を奪い続けているから、そうなるんです。目を逸らしてはいけません」

「ちょっと話が大きくなりすぎているように思いますが……」

塔子がそう言うと、三枝はうしろの棚のほうを向いた。上から二段目にあったカメラなどを移動させ、奥から何かの資料を取り出した。

テーブルに戻ってきて、三枝は元どおり椅子に腰掛けた。

「だったら身近な話に戻しましょう」彼女は言った。「如月さんの家の猫は、ペットショップで買ったものですか？」

「……そうです」

「だとすると、その親猫はブリーダーのところで交尾を強要されたわけです」

三枝は持ってきた資料をテーブルに置いた。《ブリーダーによる猫の繁殖環境A》という文字の下に写真が載っている。ぎっしりと並んだケージの中に多くの猫がいた。

「ろくに運動もできないような狭いケージで、猫たちは子供を産まされます。そして子猫をじきに奪われてしまって、また交尾をさせられる。ただ子供を産むためだけの年月です。如月さん、はたしてこれが自然なことと言えるでしょうか？　あなたのような人が猫を買うから、こういう不幸な連鎖が続くのではありませんか？」

反論しにくい状況だった。三枝の言うことは正論だ。だから、正面から異を唱えることが難しい。

いや、待てよ、と思った。塔子は資料ファイルから一枚の紙を抜き出す。昨夜ネット上で見つけた、ガイア・ガーディアンのポスター画像だ。

「GGの現在のポスターはこれですよね」

動物のイメージイラストを使用した抽象的なデザインだった。

塔子はもう一枚、別の紙をテーブルの上に出した。印刷された写真には犬や猫、ウサギ、ハムスターなど可愛らしい小動物が並んでいる。

「以前のポスターデザインはこうでした。この写真を見る限り、あなた方GGがペットの飼育に否定的だとは思えません。むしろ小動物を可愛がることを勧めているようです。一般の人たちがこれを見てペットがほしいと考えたら、ペットショップやブリーダーのところに行くんじゃないでしょうか。このポスターはそれを推奨していることになりませんか？」

「推奨などしていません」三枝は首を横に振った。「そんなことは書かれていない」

「はっきり書かれていなくても、この写真を見た人はそう感じるはずです。このポスターはあなた方の主張と矛盾すると思います」

三枝が眉をひそめたのを、塔子は見逃さなかった。ここに来て初めて、三枝の表情が変化した。彼女は不快感を抱いているのだ。

「如月さん、言っておきますが、それは十二年も前のポスターです。現在のＧＧはペットだけを守る団体ではなく、グローバルな視点で動物の愛護・保護を行っています。団体の活動内容に合うよう、ポスターのデザインを変更しました」

三枝はポスター画像が印刷された紙を、塔子のほうに戻してきた。そのあと彼女は、隣にいる真木山に視線を向ける。真木山はこくりとうなずいた。

「これ以上は時間の無駄だと思います」彼は言った。「刑事さん、どうかお引き取りください」

塔子は黙ったまま門脇の表情を窺った。門脇はしばらく考えたあと、真木山に向かって頭を下げた。

「今日はこれで失礼しますが、またお話を聞かせてください」

「残念ですが、お約束はできかねます」

言葉づかいは丁寧だが、真木山の表情は険《けわ》しくなっていた。こうなってはもう仕方がない。

礼を述べて、塔子たちは椅子から立ち上がった。

ガイア・ガーディアンの事務所を出て、学生街の道を歩きだす。

塔子は考えを巡らした。ＧＧが井浦宗雄を敵視していたのは間違いないだろう。批判記事を書かれたら困る、あの男は邪魔だ、と考えていた可能性は高い。だとすれば井浦を殺害する動機は充分、ということになる。

「何か収穫がほしかったですね」塔子は門脇に話しかけた。「せめてGGが違法な活動をしている証拠があれば、一歩踏み込んだ捜査ができたかも……」

「いや、少しは収穫があった」門脇はペンシルビルのほうを振り返った。「途中で三枝千鶴が立ち上がっただろう。うろうろ歩きながら話を続けたが、最後に棚のところに行った。そして彼女はどうした？」

「ブリーダーのところで猫が子供を産まされている、という資料を持ってきました」

「その前だ。三枝はカメラなんかを横にどかして資料を取った。如月はカメラには注目しなかったのか」

「すみません。カメラがあるなあ、としか……」

「ビデオカメラのほかに双眼鏡、それからたぶん暗視スコープもあった」

「えっ、本当ですか？」

「おそらく抗議活動の対象を監視するのに使っているんだろう。隠し撮りしたデータもあるんじゃないか？　そういうヤバいものを隠すため、三枝は棚の前に行ったんだ。資料を取り出すときにカメラなんかを移動させ、俺たちの目から隠したわけだ」

説明を聞いて塔子は驚いていた。門脇の顔をじっと見つめる。

「まさか、主任がそこまで観察なさっていたなんて」

「場の空気に呑まれては何も見えなくなる。俺みたいに、ふてぶてしく行動することだな」

門脇はにやりとした。神妙な顔をして塔子はうなずいた。

「ところで、十二年前のポスター画像を出したのはよかったぞ。可愛いペットの写真を見て、三枝が動揺していたじゃないか」

「当時はGGも、あまり過激な活動をしていなかったんでしょうか」

「わざわざポスターを変えたんだから、それなりの理由があったはずだよな」

そのとき、バッグの中で携帯電話が振動し始めた。塔子は足を止め、液晶画面を確認する。徳重からの着信だった。

「お疲れさまです、如月です」

「如月ちゃん、このあとすぐ特捜本部に戻れるかな」

「ええ。……何かあったんですか？」

「被害者・井浦宗雄さんの知人から、ある女性の話が出たそうだ。鷹野さんたちがその女性の家に行ったんだけど、現在、彼女は行方不明だとわかった。事件に巻き込まれた可能性があるね」

事件に巻き込まれた――。その言葉は塔子にとってまったく予想外だった。知らないうちに、新たな犯罪が行われたということだろうか。

不吉なものを感じながら、塔子は電話を切った。

3

門脇たちが特捜本部に戻ると、すでに半数ほどの刑事が集まっていた。

遠方に行っている者や、捜査の都合で今は動けない者もいる。それらの捜査員は除外して、まもなく臨時の捜査会議が始まった。

「急遽、集まってもらって申し訳ありません」早瀬係長がみなを見回した。「重要な情報なので、直接聞いてもらうほうがいいと判断しました。……本日の聞き込みで、被害者・井浦宗雄がある女性と接触していたことがわかりました。名前は福原香奈恵《ふくはらかなえ》、四十七歳。調べによると個人投資家らしい。用件はわかりませんが、井浦はこの女性と何度か会っていたようです。彼女が何か知っている可能性があるため捜査員を向かわせたところ、行方がわからなくなっていることが判明しました。応援で鷹野組にも自宅に行ってもらったので、詳細を報告してもらいます。……鷹野、頼む」

前から二列目にいた鷹野が素早く立ち上がった。隣の席にいる針谷が、彼のほうに何枚かのメモを差し出す。おや、と門脇は思った。あの若手刑事、鷹野の相棒としてうまくやっているようだ。

　鷹野は前に出ていった。早瀬のそばに立ち、みなのほうを向いて報告を始めた。

「福原香奈恵さんは独身で、墨田《すみだ》区東向島《ひがしむこうじま》の民家に住んでいます。私たちの組は応援のため現地へ急行、鑑取り班の捜査員と合流しました。先着の捜査員によると状況はこうでした。福原さん宅のドアが開いていて異状が感じられた。呼びかけを行ったものの返事がなく、安否確認のため屋内に入った。中には誰もいなかったが、荒らされた形跡があり、床に血痕が残されていた。

　私たちの組も福原さん宅に上がり、内部を確認しました。リビングルームの床に血痕が認められましたが、致死量というほどではありません。何らかのトラブルがあり、福原さん本人か、あるいは現場にいた何者かが負傷したんでしょう。そのまま福原さんは連れ去られたと推測されます。

　リビングの床の隅に、短いワイヤーが落ちているのが見つかりました。井浦さんの事件現場にあったものと同じ太さで、表面の加工もよく似ています。おそらく同じメーカーの製品でしょう。このことから福原さんを連れ去ったのは、井浦さんを殺害した犯人と同一である可能性が高い、と言えそうです」

　門脇は自分の席で身じろぎをした。

　――じゃあ、その福原という女性もまた……。

嫌な考えが頭に浮かんだ。同一犯による拉致。その先にあるものは何か。まだ確証はないと自分に言い聞かせたが、不吉な想像を振り払うことができなかった。

「福原さんのパソコンは、データ分析班に調べてもらうよう手配済みです。遺留品関係ですが、妙なメモが見つかりました。固定電話のそばに家庭用の医学事典があったんですが、その中に挟まれていました。電話のときのメモだと思われます。鑑識に見てもらった結果、福原さんの筆跡とみて間違いないということでした。内容はこうです」

鷹野は拡大コピーしたメモを、ホワイトボードに貼り付けた。手書きの文字は、このように読めた。

《肝炎　肺がん　ヒフがん　糖尿病　アレルギー　日本橋　ＹＮＧ》

いったい何だ、と門脇は首をかしげた。隣に座っている如月も、不思議そうにまばたきをしている。

「まだ意味はわかっていませんが……」鷹野は続けた。「じつは近くの住人から、ひとつ情報が出ています。道で挨拶をしたとき、福原さんは『病院に行く』と話していたそうです。これは複数の住人が証言しています。どこか調子が悪くて治療に通っていたのだと思いますが、それがこのメモと関係あるのかどうか」

「病気の名前は全部で五つか」

幹部席で神谷課長が口を開いた。それを受けて鷹野は深くうなずく。

「病院に通っていたとして、こんなに多くの病気にかかっていたのだろうか、という疑問があります。もし事実であれば、通院治療では済まなかったんじゃないでしょうか。ですが近くの住人の話では、福原さんが入院したという話はまったく聞いていないそうです」

「以前の病歴だった、ということはないか？」

手代木管理官が尋ねてきた。鷹野は少し思案してから答えた。

「可能性がないとは言えませんが、福原さんの家を調べたところ、これらを治療できるような大きい病院の診察券は見つかりませんでした。領収証や薬の袋なども出てきていません」

「もしかしたら十年、二十年前に治療したのかもしれない。あるいは、診察券その他を犯人が持ち去ったとも考えられる」

「ええ、たしかにそうですね。ご意見に感謝します」

鷹野はうなずいて、すぐホワイトボードに目を戻した。どうやら手代木の意見を掘り下げるつもりはないようだ。

——これが手代木さんのよくないところなんだよな。

門脇は腰掛けたまま低い声で唸った。手代木は細かい部分にこだわって、さまざまな可能性を追及するから、いつも話がややこしくなってしまう。優れた指摘をしてくれることもあるのだが、どちらかというと会議を空転させてしまうことが多い。

それがわかっているから、鷹野は「感謝します」の一言で済ませてしまったわけだ。普段の会議ならこんなことはしないだろうが、今は時間がない。

「ほかに気になるのは『日本橋』と『YNG』です」鷹野は拡大コピーを指差した。「東京の『にほんばし』か大阪の『にっぽんばし』か、はっきりしません。しかし福原さんは都内在住ですから、東京都中央区の日本橋と考えるべきだと思います」

「いや、それはだな……」

手代木が青い蛍光ペンの先を鷹野のほうに向けた。

「ああ、もちろん大阪である可能性も排除はしません。慎重に行きましょう」

鷹野がそう付け加えると手代木は、それでいい、とつぶやいて腕組みをした。

「日本橋という言葉で場所を表したとすると、YNGの意味は何なのか」鷹野は話を続けた。「日本橋地区の、さらに細かい場所を示しているのか。それとも何かの名称や誰かの氏名なのか。まだ何もわかっていません」

神谷課長は手代木管理官と小声で相談を始めた。幹部ふたりがそうしている間に、早瀬係長が口を開いた。

「福原香奈恵の昨日の行動ですが、十九時ごろまで神田のカフェで友人とお茶を飲んでいたことがわかっています。まっすぐ自宅に帰ると話していたらしいので、二十時には家に着いていたでしょう。そこから先は不明。……そうだな、鷹野？」

「ええ。何者かに襲われ、負傷して連れ去られたのではないか。そう考えるのが妥当です」

ホワイトボードのそばに立ったまま、鷹野は厳しい表情を浮かべている。

相談を終えた神谷と手代木が、捜査員たちのほうを向いた。

「本件は、関原事件と同一人物の犯行である可能性が高い」神谷は重々しい口調で言った。「だとすると、福原香奈恵は井浦宗雄と同じ目に遭わされるおそれがある」

幹部席を見つめたまま、門脇は思案に沈んだ。門脇も神谷と同じように考えていたところだ。福原の件をこのまま放っておくわけにはいかなかった。

「すぐに捜索開始だ」神谷は早瀬に命じた。「全捜査員の半分を充てて、福原香奈恵を捜す。最悪の事態も想定して行動するように」

わかりました、と応じて、早瀬は捜査員の作業分担表を作り始めた。神谷は席を立って早瀬のそばへ行き、手元を覗き込む。

手代木が捜査員たちに目を向け、こう問いかけた。

「福原香奈恵の携帯をＧＰＳ機能で捜せないか？」

「おそらく無理でしょう」鷹野が首を横に振った。「すでに福原さんの携帯に何度か架電しましたが、電源が切られているようでした。破壊されてしまった可能性もあります」

十分ほどで捜索活動の分担表が出来上がった。人数分をコピーするよう予備班のメンバーに言ってから、早瀬は捜査員たちに命じた。

「被害者の顔写真と分担表を受け取ったら、捜索担当者はすぐに出発してください。何かわかったら特捜本部に連絡を」

はい、と刑事たちは一斉に答える。

門脇は椅子から立った。それに合わせて、如月も素早く立ち上がった。


指示に従って、門脇と如月は捜索活動を開始した。

自分たちの担当は、福原香奈恵の家族・親族から事情を聞くことだ。

役所から情報を取り寄せたところ、彼女の祖父母も両親もすでに亡くなっていることがわかった。きょうだいはいない。伯父も最近、病気で亡くなっている。伯母は健在のようだが、島根県在住である上、何か取り込んでいるのか携帯電話に出なかった。それ以外は遠縁の親戚《しんせき》ばかりで、電話で話を聞いてみたものの、福原香奈恵とはつきあいがないということだ。

「この伯母さんが頼みの綱なんだけどな」門脇はリストを見て唸った。「話を聞きに行こうと思っても、島根県では遠すぎる。あとでまた電話をかけてみよう。この人以外に、たどっていける関係者はいるか？」

「友人、知人はほかの捜査員が調べてくれていますし……」如月は考え込む。しばらくメモ帳のページをめくっていたが、やがて彼女は顔を上げた。

「井浦さんは何度か福原さんと会っていた、ということでしたよね」

「ああ、知り合いだったわけだ」

「もしかしたら取材の関係で会っていたんじゃないでしょうか。そうだとすると、ソニックニュースの人たちが何か知っているかもしれません」

「可能性はあるな。わかった。ソニックニュースに行ってみよう。早瀬さんには俺からメールしておく」

如月が停めたタクシーに乗り込み、門脇は携帯を取り出して早瀬にメールを送った。福原の伯母にはあとでまた架電する、ということも報告しておく。

秋葉原駅から二百メートルほど離れた場所で車を降りた。目の前には、昨日訪れた雑居ビルがある。

ソニックニュース社を訪ねると、記者の宇津見が出てきて驚いたという顔をした。

「あれ、どうかしたんですか？」

「昨日はどうも。ちょっと時間をいただけますかね」

門脇が言うと、宇津見は慌てた様子でうしろを振り返った。

「編集長、また刑事さんたちが来ましたよ」

すぐに大石もやってきた。仕事が忙しいのか少し迷惑そうな顔をしたが、拒《こば》むことなく事務所に入れてくれた。

今日は宇津見のほかに若い記者もいて、猛烈な速さでパソコンのキーボードを叩いていた。緩めのパーマをかけた三十代前半の女性だ。門脇がそばを通るときには手を止めて目礼をした。大きめの青いピアスが印象的だ。

昨日と同じ応接セットに案内された。挨拶もそこそこに門脇は質問を始める。

「この女性をご存じですか」

特捜本部から配付された顔写真をテーブルに置いた。写っているのは福原香奈恵だ。自宅にあった何かの写真を利用したものだろう。

大石と宇津見は記憶をたどる表情になったが、

「いえ、知らない人ですね」

「僕も知りません」

ふたりとも首を横に振った。そのあと宇津見が興味津々という様子で尋ねてきた。

「誰なんです？　もしかして、井浦さんの事件に関係あるんですか？」

彼は今、頭の中であれこれ想像しているに違いない。この件は記事にできるかどうか。記事になったとして、読者に受けるかどうか。それが仕事なのだから仕方ないのだろうが、門脇はこの宇津見という男がどうも好きになれない。

とはいえ、隠しておいては情報が取れないだろう。ここはやむを得ないと判断した。

「福原香奈恵という女性です。昨夜から行方がわからなくなっています」

「どういう人なんですか」

「詳しいことはわかりません。ですが現場の状況から、井浦さんを殺害した犯人が、福原さんも連れ去ったと考えられるんです」

えっ、と大きな声を出して、宇津見は門脇を見つめた。

「じゃあ、その福原という人も殺されるってわけですか？」

「おい宇津見、言い方……」

大石に注意され、宇津見は首をすくめて頭を下げた。

「ああ、すみません。……でも刑事さん、同じ人間の犯行だったら、かなりまずいですよね。早く福原さんを見つけないと大変なことになるのでは」

そのとおりです、と門脇は答えた。

「今、我々は全力を挙げて福原さんの行方を捜しています。あらためてお訊きしますが、この女性について心当たりはありませんか」

大石と宇津見は顔を見合わせ、また首をかしげる。

このとき如月が、門脇にだけ見えるようにメモを指し示した。

《GGのことは？》

ひとつうなずいて、門脇は再び大石たちのほうを向いた。

「GG――ガイア・ガーディアンという動物愛護団体をご存じですか」

「もちろん知っています」大石が言った。「昨日お渡しした記事に載っていますよね。一年ぐらい前からかな、井浦さんはうちのサイトでもGGのことを書いていました」

「井浦さんとGGとの間に、トラブルがあったんじゃないかと思うんですが」

「さあ、どうでしょう。記事を書くための取材は、井浦さんがひとりで進めていました。私たちは何も聞いていなかったもので……」

大石が嘘《うそ》をついている様子はなかった。実際のところ何かトラブルが発生していたとしても、すべて記者個人の責任となってしまうのだろう。フリーランスライターの仕事というのは、たぶんそういうものなのだ。

「井浦さんが福原さんのことを取材していた、という可能性はないですかね」

「その人かどうかはわかりませんが」大石はこめかみを指で掻いた。「最近、取材である女性と会っている、という話は井浦さんから聞きました。……おまえはどうだ？」

大石は宇津見のほうに体を向ける。

「いや、僕は女性のことは知りませんけど」

「聞いていないか……。あの人、何かでかいネタをつかんだ、と喜んでいたんだよな。すごい鉱脈を見つけた、とかなんとか」

「鉱脈ですか」

如月は自分のメモ帳の文字を見つめる。門脇もまた、じっと考え込む。

そのとき宇津見が「あっ」と声を上げた。興奮した様子で彼は話しだした。

「失礼なことかもしれませんが、怒らないでくださいね。……僕が言うのも何ですけど、井浦さんにはかなり、がめついところがあったんですよ。もしかしたらソニックニュースだけじゃなくて、新聞や週刊誌の女性記者に情報を売ろうとしていたんじゃないでしょうか。そのほうが金になりますよね」

「まあ、ないとは言えないが」大石は渋い顔をする。「でも、もしそうだとしたら、女性記者と会っていることをわざわざ俺に話すか？」

「もう取り繕う必要がないと思ったのかも……。うちの会社とは、じきに縁を切るつもりだったんじゃないですか？」

「ひどい話だな」大石は憤慨《ふんがい》した口調になった。「俺はずいぶん井浦さんを助けてきたんだぞ。仕事が全然ないって時期には、優先して記事を発注してやった。それなのに、信頼関係を崩すような話じゃないか。何なんだよ」

「いや、だから怒らないでくださいって言ったじゃないですか」

宇津見が戸惑うような顔をしている。

質問を重ねてみたが、どうやらこれ以上の情報は得られないようだった。

「もし何か思い出したら連絡をください。電話番号は昨日お伝えしたとおりです」

門脇はそう言うと、福原香奈恵の顔写真をポケットにしまった。


雑居ビルの脇《わき》、ひとけのない自販機コーナーで門脇は足を止めた。

特捜本部に報告を入れたあと、続いて福原の伯母に架電してみた。だが相変わらず応答はない。資料によれば伯母は八十一歳だという。

「携帯電話の扱いに戸惑っているとか、電源を切ったまま忘れているとか、そんな可能性もあるか。まいったな」

次にどう捜査を進めようかと門脇は思案した。闇雲に動き回っても時間を無駄にするだけだろう。何かはっきりした方針が必要だ。

「こういうとき、鷹野だったらどうするんだろうな」

　そうですね、と如月はつぶやいた。

「情報を組み合わせて論理の筋道を考えるのが、鷹野主任のやり方なんですよね。でも、なかなか真似できません。私にできるのは情報を集めることと、組み合わせのきっかけを見つけることぐらいです」

「つまり、俺もおまえも鷹野のようにはできないということだ。……それでも何か捻《ひね》り出さなくちゃならない」

「集めた情報を見直してみますか？」

　如月はメモ帳を開いた。門脇もポケットを探って、自分のメモ帳を取り出す。

「そうだ、ブレインストーミングというのをやってみませんか」如月が言った。「前に本で読んだんですが、思いついたことを何でも話してみて、そこからアイデアを見つける方法です。筋読みの前の段階ですよね。どんなにつまらないと思っても、相手の言うことを否定してはいけないんだとか。とにかく自分の考えを出してみる。いかがですか？」

「わかった。今は何でも試してみよう」

　セルフサービスのカフェを見つけて、ほかの客から離れた席に座った。

　如月はメモ帳のページをめくった。

「今、一番の問題は福原香奈恵さんがどこにいるかということですよね。前回、犯人は足立区関原の廃屋で事件を起こしました。足立区の地理に詳しいのかもしれません。今回も区内の廃屋に閉じ込めているんじゃないでしょうか」

「だとすると、犯人は足立区に住んでいる人間かもしれないな。あるいは通勤、通学で足立区に詳しいのかも」

「事件を起こすと決めてから、近場で廃屋を探していた、とか」

「あり得るな。土地鑑のある場所なら、事前準備もしやすい」

「一方で、こうも考えられます。同じ足立区で事件を起こすと捕まりやすいから、二回目は別の場所にしよう、とか」

「その場合、まったく別の区にするか。それとも足立区の近くを選ぶか」

「いずれにしても、自分がよく知っている町が有利ですよね」

門脇はうなずいたあと、話題を変えた。

「動機について考えてみるか。犯人は井浦と福原、ふたりを恨んでいた。少し飛躍するが、こういうのはどうだろう。福原はもともと何かGGの秘密を握っていたんだ。井浦はGGの批判記事を書くため福原に接触し、その秘密を知った。かなり重大な情報で、世間に知られたらGGは大きなダメージを受けてしまう。困ったGGは井浦と福原、両方を始末することにした……」

「GGの人たちには申し訳ありませんけど、その線は思い浮かびますね。そうだったとして、福原さんがつかんだ秘密というのはGGの違法行為でしょうか。警察沙汰《ざた》になるようなこと、あるいは動物愛護団体としては許されないような不祥事」

「井浦をやったのは三枝という幹部じゃないか？　あいつ冷酷そうだったし」

「ええと……人を見た目で判断するのはよくないですが、でも可能性はありますね。まあ疑わしいといえば、代表の真木山さんもそうなんですけど」

「ほかに、まだ俺たちが会っていないGGのメンバーもいるはずだ。その中に犯人がいたとしても、おかしくはない」

「……そう考えると誰でも被疑者になってしまいますけど、大丈夫でしょうか」

たしかに如月の言うとおりだ。単なる推測といっても、何かしら根拠は必要だろう。

どうしたものかと門脇が考えていると、如月がこんなことを口にした。

「最初の話に戻ってしまうんですけど、いいですか。ちょっと思い出したことがあって」

「もちろんかまわない」

「近場で廃屋を探すという件です。昨日の夜……いえ、今日の未明なんですが、私は過去の通報履歴を調べていました。最近、都内で発生した監禁疑いの一一〇番通報です。幸い、実際に監禁事件だと判明したものはひとつもありませんでした。でもそんな中、ひとつ気になるものがあったんです」

「どんな内容だ？」

如月はメモ帳の文字を指先で追った。

「昨日、五月七日の二十一時二十五分、江戸川区西瑞江四丁目の公衆電話から、空き家での監禁事件を疑う通報があったそうです。でも警察官が駆けつけたとき、通報者は立ち去ってしまって見当たりませんでした。警察官は管轄内の廃屋を何軒か調べたんですが、異状はなかったということです」

「いたずらの通報ということか？」

「わざわざ公衆電話から、というのが珍しいなと思って……。まあ、いたずらだから発信元がわからないよう、携帯を使わなかったのかもしれませんけど」

門脇は腕組みをした。

「昨日の夜、二十一時二十五分か。そうだな、気になる時間だ」

「ただ、場所は西瑞江四丁目で、小松川署の管内なんですよね。関原の廃屋とはだいぶ離れています。それに関原事件の翌日の夜だから……」

そこまで言って、如月は黙り込んでしまった。しばらく頭を働かせる様子だったが、やがて大きく目を見張った。

「もしかして、西瑞江で新しい事件が起こっていた？　いや、でも警察官が廃屋をいくつか調べて、異状はなかったと報告していますし……」

如月はひとり考えを巡らしているようだ。

嫌な予感とでもいうべきものが、門脇の中で膨らみつつあった。昨夜、その公衆電話の近くで何かが起こったのではないか。駆けつけた警察官は大事なものを見落としてしまったのではないだろうか。

門脇はその予感を払拭《ふっしょく》することができなかった。

4

午後六時過ぎ、塔子と門脇は江戸川区西瑞江四丁目に到着した。

タクシーを降りて、少し暗くなってきた住宅街を歩きだす。塔子はバッグから地図帳を取り出した。以前から捜査のときに使っているものだ。

ふと見ると、門脇も自分の地図帳を手にしていた。あちこちに書き込みがあり、付《ふ》箋《せん》が貼られているのがわかる。蛍光ペンでマークが描かれた部分もあった。

「主任、かなり使い込んだ地図ですね」

塔子がそう言うと、門脇もこちらの地図に気づいたようだった。

「如月も持っているのか」

「聞き込みのときに使うんです。事件現場が複数あるときは、距離感も大事ですし」

「なるほど。……俺のほうはいつも地取りをやっているから、これは必需品だ。実際には住宅地図も併用するんだが」

現場付近で情報収集する際、どの家を訪ねたか住宅地図でチェックするのだろう。一ヵ所聞きそびれたために、重要な情報が得られないこともある。だから地取り班の人間は地図を睨みながら、漏れがないよう個人の家や企業を訪問していくのだ。

辺りを見回してから、門脇が口を開いた。

「さっきタクシーで通ってきたのが環七通り。そして新大橋通りを東に行くと新中川《しんなかがわ》に出る。この一帯が西瑞江四丁目だ」

「あれ？　橋を渡った新中川の向こう側も、ここと同じ西瑞江四丁目なんですね」

「そうだ。ちょっとわかりにくいよな」

門脇が先に立って歩きだした。辺りの風景と地図の表記を照らし合わせながら、足早に進んでいく。

やがて前方に公衆電話が見えてきた。コンビニエンスストアの脇に電話のキャビネットがある。電話ボックスよりもコンパクトで、よく店先などに設置されているタイプだ。

メモ帳を確認してから、塔子はその電話に近づいていった。

「五月七日、二十一時二十五分、この公衆電話から一一〇番通報がありました」彼は言った。

門脇はコンビニの建物を見上げた。十メートルほど先の出入り口を指差して、

「あそこに防犯カメラがある。念のためデータを見せてもらおう」

電話とは離れているが、もしかしたら架電した人物が写っているかもしれない。

店のオーナーに事情を話すと、バックヤードにある事務室に案内してもらえた。オーナーの男性は椅子に腰掛け、パソコンを操作し始める。

「ええと、七日の何時ですか」

「夜、九時二十五分です。その五分前から見せてもらえますか」

画面に防犯カメラのデータが表示されたが、塔子はすぐに落胆することになった。カメラの設置された場所からでは、電話キャビネットが見えなかったのだ。

オーナーはマウスを使って撮影時間を進めていった。店には会社帰りの買い物客などが出入りしている。駐車場には乗用車が二台、軽トラックが一台停まっている。

九時二十五分になり、やがて三十分になったが、特に不審な人物は写っていなかった。

「電話は見えないですよねえ」オーナーは門脇の顔を見上げた。「なんだか申し訳な

いです。お役に立てなくて……」

「いや、待ってください。もう一度、九時二十分からお願いできますか。さっき見落としたものがあるかもしれない」

オーナーは再び、九時二十分ごろからの映像を流し始めた。門脇は真剣な目で画面を見ていたが、そのうち鋭い声を出した。

「そこだ！　止めてください」

オーナーがマウスを動かし、流れていた映像をストップさせる。

「ここ、拡大できませんかね」

門脇が指差しているのは画面の隅、道路を挟んだ反対側の歩道だった。コンビニからはかなり離れているため、通行人はごく小さく写っているだけだ。拡大してもらったが、顔はわからない。それでも手がかりには違いなかった。

印刷してもらったものを、門脇はじっと見つめている。塔子も横から覗き込んだ。輪郭《りんかく》のはっきりしない人物が写っていた。黒っぽいウインドブレーカーのようなものを着て、フードをかぶっている。ズボンは黒か紺色だろうか。右手に提げているのはバッグなのか。

——いや、もしかしたらリュックを手に持っているのかも。

塔子は顔を上げ、門脇のほうを向いた。同じことを考えていたのだろう、門脇は深くうなずいた。

　礼を述べて、塔子と門脇はコンビニの外に出た。

　プリントされた不審人物を指し示して、門脇は言う。

「確証はないが、こいつが関原事件の犯人かもしれない」

　関原事件の現場付近で、黒っぽい服の人物が目撃されている。証言によれば、リュックを背負っていたということだった。防犯カメラに写ったこの人物と、よく似ているように思える。

「防犯カメラを意識して、道路の反対側を歩いたのかもしれない。そのあと横断歩道でこちら側に渡って、公衆電話を使った可能性がある」

「そうだったと仮定すると」塔子は振り返って、道路の南西方向を見た。「この人物は向こうから歩いてきましたから、南西のほうに何かあるのかもしれません」

「そういうことだ。行ってみよう」

　門脇はせかせかと歩きだした。塔子の見たところ、たまに左脚の調子がよくないのではないかと思えるのだが、門脇はさらに足を速めていく。それに合わせて、塔子も普段より急いで歩いた。

　道は複雑に交差していて、途中から南西に向かう形ではなくなったが、地図を確認しながら住宅街を進んだ。この辺りにも何軒か空き家がある。荒れた庭を覗き込んで、塔子は門脇に話しかけた。

「なんだか怪しい感じはしますが、警察官が来て調べているはずなんですよね」

「建物の中に入ったわけじゃないだろうが、まあ信用すべきだろうな」

「やっぱり通報はいたずらだったんでしょうか……」

もし五月七日の通報が虚報だったとすれば、今ここを歩き回っていることも無駄だという話になる。

前方から車の音が聞こえてきた。環七通りだ。

片側三車線の大きな道路で、交通量は非常に多い。大型トラックが走るときにはエンジンの唸りが聞こえるし、ときどきパーンとバックファイアの音も響く。

門脇はしばらく地図帳を見ていたが、そのうち首をかしげた。

「待てよ。何かおかしいな」

携帯を出して、門脇はネット検索を始めたようだ。一分ほどのち、彼は言った。

「今わかったんだが、現在我々がいるのは西瑞江四丁目じゃなく、五丁目だ」

「ああ……。歩いているうちに五丁目へ来たわけですね」

塔子はうなずく。それ自体は別に不思議なことではない。

「もうひとつ、わかったことがある。西瑞江四丁目は小松川署の管轄だ。七日の夜、駆けつけて廃屋を調べてくれたのも小松川署の警察官だ」

「そうですね」

「ところが、ここ西瑞江五丁目は葛西《かさい》署の管轄なんだ」

「えっ」塔子は思わずまばたきをした。「そうなんですか？」

自分の地図帳に目を落とした。四丁目と五丁目の境界を調べてみたが、川があるわけでもないし、大きな道路もない。近くに環七通りはあったが、それは五丁目を縦断して走る形になっている。

目に見えて、それとわかるような境界は何もないのだ。知らないうちに、塔子たちは小松川署の管内から葛西署の管内に移動していたことになる。

「ちょっと待ってください。七日の夜、警察官は小松川署管内の廃屋を何軒か調べた、と記録されていました。自分の管轄を調べたのなら、当然そうなりますよね」

「つまり、五丁目は誰も調べていないんじゃないだろうか」

今塔子たちが立っているのは、先ほどのコンビニから南西に歩いて五分ほどの場所だ。この辺りで通報者が何かを目撃し、その後、公衆電話を探して移動したということは充分考えられた。

「驚きました。門脇主任、さすが地取りのプロですね」

「だが、それが正解かどうかはまだわからない。このへんを少し歩いてみよう。通報者は、空き家で監禁事件の疑いがある、と電話してきたんだよな？」

「そうです。この一帯の空き家を探しましょう」

塔子たちは新たな目標をもって捜索活動を再開した。西瑞江五丁目で廃屋を探し、異状はないか確認するのだ。仮に西瑞江五丁目で問題がなくても、その周辺も調べてみるべきではないだろうか。

地図をもとに、漏れのないよう順番に道路を歩いていった。細い道が行き止まりになると、引き返して次のルートに変える。住宅の多い地区なのだが、中には会社の事務所や倉庫などもある。

空き家らしい建物が見つかると、外から様子を窺い、近隣住民に話を聞いた。最近あの家に人の出入りはなかったか。不審な車を見かけなかったか。

そうやって調べていくうち、どこからかざわめきが聞こえてきた。門脇も気づいたようだ。塔子たちは声のするほうへと急いだ。

角を曲がったところで足を止める。

だいぶ暗くなってきた住宅街の一画。古びた民家の前にパトカーが停まっていた。少し離れた場所に野次馬らしい人たちが集まり、建物を指差して何か話している。

この区画の裏は環七通りになっているようで、車の走行音が響いてきた。

「すみません、ちょっと失礼」

門脇は野次馬たちの間を抜けて民家に近づいていった。塔子も足早についていく。

パトカーのそばで若い制服警官が無線を使っていた。その隣には紺色のセーター姿の男性がいる。歳は七十ぐらいだろうか。不安げな表情だ。

制服警官は塔子たちに気づくと、無線交信を終わらせた。

「捜査一課の者です。ここは空き家ですよね。何かあったのかな」

門脇は警察手帳を呈示した。

「お疲れさまです」敬礼をしたあと、制服警官は不思議そうな顔をした。「あの……たった今報告したばかりなんですが、おふたりはいったい……」

「たまたま近くにいたんだ。このへんの空き家で何か事件があったんじゃないかと思って、捜査していた」

制服警官はそばにいる男性をちらりと見たあと、門脇に一歩近づいて言った。

「こちらの方から通報があって駆けつけました。昨夜二十三時半ごろ破裂音のようなものが聞こえた気がした、と言うんです。環七通りをトラックが走るのでバックファイアの音かとも思ったが、気になって今日、明るくなってから散歩がてら外を歩いたと。……そしてこの家に気づいたんですよね？」

男性に向かって制服警官は確認する。男性は慌てた様子で訂正した。

「あ、いえ、そのときは何も気づかなくて一旦家に戻ったんです。だけど夕方になって買い物に行こうとしたら、この空き家の玄関が少し開いているのが見えて……。いや、朝からずっと開いていたのかもしれないんですけど」

「で、どうしました？」門脇は先を促す。

「玄関から中を覗いてみました。奥の部屋まで見通せたんですが、そこに変なものが……。怖くなって警察に通報しました」

話を聞いているところへ、廃屋の玄関から中年の制服警官が出てきた。

門脇はあらためて警察手帳を呈示する。塔子もそれにならった。

「捜査一課の門脇といいます。中の様子を見ましたか？」

「見ました」中年の警察官はうなずいた。顔が少し強張っている。「応援を呼ぶよう、指示したところですが……」

「我々にも見せてもらえますか」

門脇と塔子は素早く白手袋を嵌めた。中年の警察官とともに玄関へ入っていく。

家の中は暗かった。制服警官がハンドライトを点ける。塔子もバッグからミニライトを出して、スイッチを入れた。

玄関から七メートルほど廊下が延びている。その奥のドアが開かれていて、リビングルームの一部が見えた。

塔子は部屋の中に向けてライトの先を動かした。光の束が走って、異様なものが浮かび上がる。息を呑んで、塔子はそれをじっと見つめた。

鉄製の檻だ。その中に誰かが横たわっていた。

リビングルームに入り、塔子はミニライトで檻の中を照らした。

全裸の人物だった。ライトによって明るい部分ははっきり浮かび上がり、陰の部分は黒く沈んで見える。胸の膨らみや陰部の様子から、女性であることがわかった。腹部には傷があり、流れ出た血が檻の中を赤黒く汚している。口枷が嵌められ、両手はワイヤーで縛られていた。関原事件のときと同じ状況だ。

その女性は両目を開き、ぼんやりと天井を眺めているようだった。見覚えのある顔だ。

「……福原香奈恵さんです」

塔子は門脇に報告した。少し声がかすれてしまった。

門脇が唇《くちびる》を引き結び、拳《こぶし》を握り締めるのがわかった。彼の表情には、強い憤りと悔しさが滲《にじ》み出ている。

塔子も同じ思いだった。多くの捜査員が行方を捜していたのに、その甲斐《かい》なく、福原は遺体で見つかってしまった。今回、自分たちは通報を待つのではなく、足で稼ぎ、最後には門脇の推理でここにたどり着いた。それなのに間に合わなかった。

そして、もうひとつ後悔することがあった。

昨日の夜、誰かが通報してくれていたのに、警察はそれを活かせなかったのだ。

通報者は昨夜二十一時二十五分には、この廃屋に異状があると気づいて警察に連絡していた。それを受けて警察官が駆けつけ、西瑞江四丁目などの廃屋を確認した。だが、西瑞江五丁目までは捜索しなかった。

いや、しかし、と塔子は思った。

――なぜ、通報者は廃屋の場所を伝えてくれなかったんだろう。

通報者が場所を詳しく教えてくれていれば、昨夜の警察官はこの廃屋を見つけられたのではないか。近隣住民の証言では、破裂音がしたのは二十三時半ごろだったという。それが発砲の時間だとすれば、通報から約二時間、被害者は生きていたのではないだろうか。

自分が関わった通報ではない。だが、どうにかできなかったのか、という気持ちが抑えられない。

塔子がそんなふうに後悔していると、門脇が言った。

「あれこれ考えるのは、あとにしよう。現場の確認をするぞ」

わかりました、と答えて塔子は携帯電話を取り出した。鷹野を真似て、屋内の様子を撮影し始める。まだ鑑識も入っていない今、現場を乱さないよう気をつけながら写真を撮っていった。

「何かで首を絞めた痕がありますね。衣服を切ったときの細かな傷も認められます」

「檻に口枷、ワイヤー、正体不明の凶器。明らかに同一人物の犯行だ」

それを聞いて、そばにいた中年の制服警官が尋ねてきた。

「同じような事件があったんですか」

「残念だが、そのとおりです。連続殺人事件になってしまった」

眉をひそめ、悔しそうな表情を浮かべて門脇は答えた。それから塔子のほうを向いて、低い声で命じた。

「至急、早瀬さんに報告してくれ」

わかりました、とうなずいて、塔子は携帯電話を握り直した。


機動捜査隊と葛西署の応援メンバーがやってきた。

そのあと少し遅れて警視庁本部の鑑識課が到着し、さらに西新井署の特捜本部から何人かの捜査員が駆けつけた。

辺りはすっかり暗くなっていたが、ただちに初動捜査が始まった。現場付近で目撃情報などを集めるのだ。

機捜と役割分担をして、塔子と門脇も情報収集を開始した。近隣の家を訪ね、昨夜不審な人物を見なかったか、見慣れない車は停まっていなかったかと質問していく。

捜査の間にも、環七からは自動車の走行音が響いてきた。

「犯人は自動車の音を利用したんでしょうか」

路地を歩きながら塔子は尋ねた。門脇は暗い空を見上げ、車の音に耳を澄ました。

「かもしれないな。関原のときは暴走族のバイクの音に紛《まぎ》れて発砲。今回はバックファイアか」

「そういう場所を選んだのは、銃の音を気にしていたからですよね。前に予想したとおり、とても慎重で計画的な人間だということに……」

ああ、そうだな、と門脇は答えた。

「拉致して殺害するという手口が許せない。それに加えてあの檻だ。人間を動物のように扱っているわけだろう?」

「人命を軽視する考え方って、極端な動物愛護心から来ているのかも」そこまで言ってから、塔子は慌てて付け加えた。「あ……。こんなことを軽々しく言ってはまずいですかね」

「いや、続けてくれ」

「……私の勝手な想像ですが、やはり犯人はガイア・ガーディアンの一員ではないかと思えます。真木山さんか三枝さんか、ほかのメンバーなのか、それはわかりませんが」

「ただ、動機がはっきりしないな。井浦はGG批判の記事を書いていたから、恨まれるのはわかる。しかし福原香奈恵はどうだろう。彼女がＧＧに狙われる理由があるか？」

門脇の問いに、塔子は少し思案する。しばらくしてから自分の考えを口にした。

「たとえば、彼女はひそかに動物を虐待していた、とか」

「たしかに福原のことはまだよくわかっていない。個人投資家だという話だったが」

そうつぶやいたあと、門脇も考え込んだ。

近隣で目撃情報を集めていくうち、こんな話が出てきた。

「あの空き家、あたしも前から気になってたんだ」髪を金色に染めた、若い女性が答えてくれた。「昨日の夜でしょ？　九時ぐらいだったかな、あの家の近くに男が立ってたよ。黒っぽい服を着た奴」

「本当ですか！」塔子は勢い込んで尋ねた。「ほかに何か特徴は？　身長はどれくらいでしたか」

「うーん、あたしよりちょっと高いぐらいかな」

「百六十五から百七十センチぐらいでしょうか。手に荷物を持っていませんでしたか」

「いやあ、それは覚えてないなあ」

「その男は何をしていたんでしょう？」

「塀の外から、中を覗いているみたいだった。あたしが通りかかると、なんか焦ったような感じで歩きだしたんだけどね。あっちに行ったよ」

彼女が指し示したのは北の方角だった。そこからどういう経路で進んだのかわからないが、西瑞江四丁目に向かったと考えても矛盾はない。

門脇が鞄《かばん》を探ってA4判の紙を取り出した。先ほどコンビニでプリントしてもらったものだ。ぼんやりと写っている人物を指し示す。

「この人でしたかね」

「うーん、そうねえ。はっきりわからないけど、たぶんこんな感じ」

曖昧《あいまい》な証言ではあるが、手がかりになりそうだ。廃屋に何か異変があることを、その男は知った。彼は携帯で連絡するのではなく、公衆電話を探して歩きだした。あるいは、知っている公衆電話の場所まで移動した。西瑞江四丁目のコンビニで、彼はようやく一一〇番通報することができた——。そういう経緯だったのではないか。

話は繋がりそうに思える。だが問題は、なぜそんな面倒な行動をとったのかということだった。その男はいったい何者なのだろうか。

男の正体について、塔子は考えを巡らし始めた。

5

まもなく午後八時だ。ほとんどの刑事は西新井署の特捜本部に戻ってきていた。

門脇と如月、鷹野と針谷、そして徳重や尾留川はすでに自分の席に着いている。今日の捜査について報告する必要があるため、門脇は如月との打ち合わせを済ませていた。

いつものとおり、早瀬係長の司会で捜査会議が始まった。

「すでにみなさんも知っていると思いますが、今日、第二の被害者が出てしまいました。行方がわからなくなっていた福原香奈恵、四十七歳。緊急態勢で彼女を捜索しましたが、残念な結果になってしまいました。痛恨の極みです」

早瀬は唇を引き結び、数秒黙り込んだ。その沈黙が彼の心の内を物語っている。門脇も遺体発見時の様子を回想して、苦い思いを味わっていた。

「今回の西瑞江事件と昨日の関原事件の間には、多くの共通点があります。福原香奈恵は昨日十九時以降に自宅で襲われ、西瑞江五丁目の廃屋に連れていかれたものと思われます。そのとき負傷したらしく、右腕に出血の痕がありました。……廃屋付近の住民によれば、二十三時半ごろ発砲音のようなものが聞こえたとのことです。事実だとすれば、井浦宗雄と同じように二十三時半ごろ銃で撃たれたことになります。しかし今回も弾丸は残っていませんでした」

これを偶然とするのは難しいだろう。犯人がその時刻にこだわっていた可能性があり、その裏には何か理由があるように思われる。

「また、急ぎで福原香奈恵の腹部の傷を調べてもらったところ、抗生物質が検出されました。井浦宗雄の遺体状況と酷似しています」

門脇は資料から顔を上げた。隣の席で如月もわずかに身じろぎをした。

関原事件で傷口に抗生物質が付けられたことには、何らかの事情があったのだろうと思っていた。もしかしたら殺人犯ではなく、第三者がやったことかもしれないという推察もあった。だが二回連続となると、それは考えにくい。

「理由がわからん。犯人はいったい何のためにそんなことをしているんだ」

神谷課長が唸った。早瀬係長は幹部席のほうを向いてうなずく。

「たとえば遺体がひどく損壊されていたというなら、猟奇犯の仕業だと考えることもできます。しかし関原事件、西瑞江事件とも、見た目には『何者かが被害者を治療しようとした』ように思われます。そこが理解できません」

捜査員たちもみな首をかしげている。理由がわからないその行動は不可解であると同時に、どこか不気味なものと感じられる。

　そこからは捜査報告の時間になった。早瀬の指名により、刑事たちは今日の活動内容を報告し始める。

　しばらくして鷹野・針谷組の番になった。鷹野が椅子から立ち上がり、メモ帳を開いた。

「被害者が閉じ込められていた檻ですが、あれを販売した店が特定できました」

　門脇をはじめとして、捜査員たちが一斉に鷹野を見た。ブツ捜査を続けていた彼が、ついに重大な手がかりを得たようだ。

「関原事件の一週間前、四月二十九日の二十時十分ごろ、江東区東陽《こうとうとうよう》のペットショップが、あの組み立て式の檻を三セット販売しました。事件現場で使われた製品に間違いありません。購入した客は男性ですが、顔を隠していたとのこと。今日の夕方、店の防犯カメラの映像を科捜研に回したんですが、どうも人相を確認するのは難しそうです。男は店にあった台車で、駐車場まで三往復したということです」

「三つ買ったのか……」神谷が渋い顔をしてつぶやいた。

「ええ、三つです。そのうちのふたつが、これまでに使われました」

「犯人は第三の事件を起こそうとしているかもしれない。そういうことだな」

「可能性はありますね」

　神谷は腕組みをして、椅子に背をもたせかけた。不機嫌そうに天井を見上げ、それから鷹野のほうに視線を戻した。

「車のナンバーはわからないのか」

「残念ながら、駐車場に防犯カメラはありませんでした」

「沿道の店に設置されたカメラで、不審な車を追跡することはできないか」

「今、カメラの映像データを集めているところです。明日も続けます」

「データ収集の範囲を広げるには人手も必要だろう。鷹野、あとで早瀬と相談して、何人か捜査員を使うようにしてくれ」

「了解です」

明日、さらに沿道の店舗などを訪ねて防犯カメラの映像を集める。データは随時、特捜本部に持ち帰り、データ分析班で解析を進める。そういう段取りになった。

「そのペットショップから車がどう移動したか、経路がわかるといいんだがな」

神谷は指先で机をとんとんと叩きながら言った。その表情は明るいとは言えない。防犯カメラへの期待はあるが、そう簡単に突き止められるものではないとわかっているからだろう。分析に時間がかかることは門脇にも想像がつく。

各員からの報告が済んで、そろそろ会議も終わりかというころ、手代木管理官がみなを見回して言った。

「最後に俺のほうから連絡事項がある。おい門脇」

「え？」急に名前を呼ばれて門脇は面食らった。「……何でしょうか」

「動物愛護団体のガイア・ガーディアンに行ったそうだな。また話を聞かせてほしいと言ったらしいが、これ以上あの事務所には行くな」

門脇は何度かまばたきをした。それから手代木をじっと見つめた。

「管理官、それはどういうことですか」

「おまえたちに押しかけられて迷惑した、という苦情が入った」

「誰からですか」

「……答える必要はない」

「ちょっと待ってください」門脇は椅子から立ち上がった。「そんな一方的な話はないでしょう。GGには井浦宗雄を恨む動機があるんですよ」

手代木は不快そうな表情で何か考えていたが、やがてこう言った。

「GGの真木山代表は都議会議員と繋がりがある。それだけ言えばわかるだろう」

そういうことか、と門脇は思った。GGの本部に行ったとき、東京都議・財前秋代のポスターが貼ってあった。おそらく真木山は財前に献金しているのだろう。GGの運営資金の一部が財前に流れ、その見返りにGGは活動の便宜を図ってもらっている。動物愛護団体としてGGが特に有名になった背景には政治の力があった、ということではないか。

「真木山が都議に頼んで、警察にねじ込んできたってことですか」

「おまえがそう解釈するのは自由だ」

この言葉に、門脇は大きな失望を感じた。はっきり説明してくれればいいものを、手代木は曖昧な答えで逃げようとする。警察は上意下達の組織だとわかってはいるが、これは刑事たちの士気にも関わることだ。

「納得できません」門脇は上司を睨みつけた。

「おまえが納得するかどうかは関係ない。門脇、座れ」

「みんなにも訊いてみてくださいよ。俺たち捜査員は犯人逮捕のため、全力を尽くしているんです。外野から妙な因縁《いんねん》をつけられて、被疑者を取り逃がすようなことはできません」

「はっきりした証拠はないんだ。捜査方法を工夫しろ」

「だからその証拠をつかむために、あそこへ行くんじゃないですか」

まあ待て、という声が聞こえた。神谷課長が宥《なだ》めるような調子で言った。

「門脇、GGへの聞き込みは少し待て。直接当たらなくても彼らの動きは探れるだろう。何人か捜査員を選んでGGの事務所を監視させろ。メンバーが外出するときは行動確認をするように」

出かける者がいれば尾行せよ、ということだ。地味な手段ではあるが、たしかにそういう捜査方法もある。

「わかりました」と答えて、門脇は椅子に腰掛けた。

隣の席で如月がほっと息をつくのがわかった。緊張したやりとりを見て、どうしようかと迷っていたのだろう。

後輩を慌てさせて悪かったが、言うべきことは言わなくてはならない。それが門脇のやり方だった。


会議のあと、午後十一時ごろから門脇たちの打ち合わせが行われた。

場所がとれないということで、今夜も警察車両の中だ。狭いスペースで膝を突き合わせ、門脇たち五人はそれぞれメモ帳やノートを取り出した。

「門脇さん、頼まれていたデータが手に入りましたよ。大事に使ってくださいね」

尾留川は外部メディアを手にして、意味ありげに笑っている。

「なんだよおまえ、変な売人みたいな顔をするな」

「えっ、ひどいなあ。これを提供してほしいって向こうに頼んだら、いったい何に使うんだって問い詰められて、苦労したんですよ。俺の努力というものをですね……」

「わかったわかった。早く聞かせてくれ」

尾留川はメディアをノートパソコンに接続した。タッチパッドを操作し始める。

「何のデータです？」如月が尾留川に尋ねた。

「五月七日の二十一時二十五分、西瑞江四丁目の公衆電話からかかってきた一一〇番通報だよ。門脇さんが聞きたがっていたから、音声データを手に入れたんだ」

如月が門脇のほうをちらりと見た。門脇はポケットから袋を出して、果汁グミを口に放り込む。

「ちょっと気になることがあってな。どんな声なのか聞いてみたかった」

いきますよ、と言って尾留川がタッチパッドをタップした。ノートパソコンのスピーカーから、通報時の音声が流れ出した。

〈はい、一一〇番、警視庁です。どうしました？　事件ですか、事故ですか〉

これは女性の声だった。通信指令センターの職員だ。

〈近くの空き家で、何かあったみたいで……〉

くぐもった声で通報者は言った。男性だ。二十代から四十代といったところだろうか。

〈空き家というのはどこですか。何か目印はありますか〉

通報の際、どこから架電されたかは通信指令センターで把握できるようになっている。この会話のとき、職員の前にある画面には地図が表示され、西瑞江四丁目、コンビニ脇の公衆電話だということはわかっていたはずだ。あとは、問題の空き家がどこにあるかを聞き出す必要がある。

だがここで、男性は思わぬ返事をした。

〈場所は……自分たちで捜してくれよ〉

そのまま黙り込んでしまった。女性職員は少し声の調子を強めた。

〈今、公衆電話からですか。現場はその近くですか〉

返事はない。職員は焦りを感じているようだ。

〈その空き家で何がありましたか〉

〈誰か監禁されているかも……。押し入れとかトランクとか、ちゃんと調べてくれ〉

門脇は息を詰めて、その先を聞こうとした。だがデータはここで終わっていた。通報者が電話を切ってしまったのだろう。

尾留川がパソコンの画面から顔を上げ、みなを見回す。如月が口を開いた。

「違和感だらけですね。わざわざ通報してきたのに場所も伝えていないし、何を見たかも知らせずに……」

「しかも最後の台詞《せりふ》が変だ」尾留川は如月を見つめる。「押し入れやトランクを調べろって、ここだけはやけに具体的だよな」

「今日、鑑識があの廃屋を調べましたよね。でも押し入れに異状があったとは聞いていないし、トランクなども見つかっていません」

「じゃあこの通報者は、どこかほかの家のことを言ってるのかな。福原さんの事件とは別に、まだ何かが起こっていたりして……」

声を低めて尾留川は言う。徳重は怪訝そうな顔をしたが、すぐに首を横に振った。

「それは考えにくいですなあ。タイミングや位置関係から見て、この人物は福原さんの事件を通報してきたはずです」

「だとすると、押し入れやトランクの話は何なのか」つぶやきながら、鷹野は指先でこめかみを掻いた。「話が堂々巡りになってしまう。門脇さん、どうです？」

「まだはっきりしないんだが、ちょっと思うことはある」

「というと……」

「少し時間をくれ。考えをまとめてみたい」

門脇がそう言うと、みな不思議そうな顔をした。如月などは露骨に、どうしたんだろう、という表情で門脇を見ている。

——まあ、明日になればはっきりするはずだ。

自分にそう言い聞かせてから、門脇は咳払いをした。

「それより打ち合わせを進めよう。如月、ノートのほうを頼むぞ」

「あ、はい。わかりました」

如月は新しい情報を捜査ノートにメモし始めた。

■関原事件
（一）被害者は誰か。なぜ狙われたのか。★井浦宗雄と判明。
（二）犯人が檻の中に、全裸で被害者を閉じ込めたのはなぜか。
（三）檻、ワイヤー、口枷はどこで購入されたのか。★檻は江東区東陽のペットショップが三個販売。
（四）腹部の創傷の原因となった凶器は何か。★何らかの銃器だと思われる。
（五）創傷に抗生物質が付着していたのはなぜか。
（六）暴走族・関東紅蓮会は事件と関係あるのか。★バイクの音を利用されただけ？
（七）暴走族のバイクを見ていたのは犯人か。
（八）井浦宗雄がこれまで執筆した記事の中に手がかりはあるのか。★ガイア・ガーディアンの批判記事が関係？

■西瑞江事件
（一）被害者・福原香奈恵はなぜ狙われたのか。
（二）犯人が檻の中に、全裸で被害者を閉じ込めたのはなぜか。
（三）檻、ワイヤー、口枷はどこで購入されたのか。★檻は江東区東陽のペットショップが三個販売。

(四) 腹部の創傷の原因となった凶器は何か。★何らかの銃器だと思われる。

(五) 創傷に抗生物質が付着していたのはなぜか。

(六) 福原のメモ《肝炎　肺がん　ヒフがん　糖尿病　アレルギー　日本橋　YNG》の意味は何か。事件と関係あるのか。

(七) 五月七日の夜、通報してきたのは誰か。なぜコンビニから架電したのか。どうして状況を詳しく説明しなかったのか。

(八) 通報時の「押し入れ」「トランク」は何を意味するのか。

(九) 通報者は関原事件とも関係があるのか。★バイクを見ていたのと同一人物？

(十) 五月七日の夜、廃屋を見ていたのは誰か。通報者と同一人物か。

項目を見ただけでも、第一、第二の事件が酷似していることがよくわかる。

如月がノートを指差して言った。

「それぞれの項番二ですが、被害者を裸で檻に閉じ込めたのは、動物のように扱ったということだと思われますね」

「そうだな」門脇はうなずいた。「動物扱いすることで被害者を辱めたんだろう。人を苦しめる方法はいろいろあるが、今回、犯人はこういう方法を選んだ。動物にこだわりがあると見るべきだろう」

「それでガイア・ガーディアンが疑わしいってことですよね。でも手代木管理官からは、もう聞き込みに行くなと言われてしまったし……」

尾留川の言葉を聞いて、門脇は顔をしかめた。愚痴のひとつも言いたくなる。

「課長も課長だ。手代木さんにああ言わせたわけだが、結局のところ捜査一課は政治家に屈したってことだろう？　そんなもの突っぱねてほしかったよ」

「まあ、課長も立場的にいろいろ難しいんでしょう」徳重が宥める調子で言った。

「そこは大人の事情ということで」

「トクさんは物わかりのいい大人なんですね」

「財前都議は与党の大物議員と親しいそうです。いろんな力関係があるので、今の時点でわあわあ騒ぐのは得策じゃないと思います。時を待つことですよ」

一癖ある策士のような顔をして、徳重は笑った。

ひとりで思案していた鷹野が、何か思い出したという様子で口を開いた。

「福原香奈恵さんが残したというメモですが、病気のことが書かれていますよね。そして、ふたりの被害者の傷口には抗生物質が付着していた。この事件の背後には、医療関係の人物がいるんじゃないでしょうか」

「たしかに医療関係という線はありそうです」如月が鷹野のほうを向いた。「もしかして正体不明の凶器も、医療関係の器具だったりして」

「あ……」鷹野ははっとした表情になった。「驚いたな。今まで考えてもみなかったが、可能性はあるかもしれない。明日以降、調べてみる。……如月、冴《さ》えてるじゃないか」

「いえいえ、そんな……」

そう答えながらも、如月は嬉しそうに見えた。

鷹野がこんなふうに後輩を褒めるのは珍しいな、と門脇は思った。今回、彼と如月は別のコンビになったから、打ち合わせで初めて意見交換をする形になった。もしかしたら、鷹野にはそれが新鮮なのかもしれない。

いずれ鷹野が真面目な顔で、やはり俺の相棒は如月でないと駄目だな、などと言う可能性もあるだろうか。

――いや、あいつの性格だとそれはないか。

グミを嚙みながら、門脇は後輩たちの今後についてあれこれ考えた。

「私のほうから一点、報告です」

徳重が右手を軽く挙げ、みなを見回した。門脇は我に返って彼に注目する。

「さっき連絡がありまして、暴走族・関東紅蓮会の関係者から情報が得られました。彼らと関係の深い組織として、『ブルーギア』という半グレ集団があるそうです。元は北関東から勢力を伸ばしてきたグループですが、ここ十年ぐらいは都心部でも活動しているとのことで」

「あ、知ってますよ俺」尾留川が言った。「何年か前、別件でメンバーに話を聞いたことがありました。あそこってけっこう武闘派ですよね」

「そこに『マウス』と呼ばれる男がいたらしいんですね。武闘派も武闘派。ひどく残虐で、キレると手がつけられなかったとか。その男は敵対グループの人間を監禁しては、ひどい暴行を加えていたというんです」

「監禁……ですか」門脇は眉をひそめる。

「ただ、マウスは五年前にブルーギアをやめて、今は消息不明です。当時二十代半ばだったそうですが」

かなり気になる話だった。門脇は徳重に尋ねた。

「その男のこと、詳細はわからないんですかね」

「本名や出身地はまだつかめていません。せめて写真だけでもと思ったんですが、普段から顔を隠していたみたいです。警戒心の強い男だったんでしょうな」

徳重は引き続き、その男について情報を集めてくれるという。

人を監禁して暴行を加えるという残虐さが気になった。確証はないが、もしかしたらその男が今回の連続殺人に関係あるのでは、という気がする。

門脇が考えを巡らしていると、如月がバッグの中を探りだした。携帯電話が振動していたようだ。

「はい、如月です。すみません、と門脇に断ったあと、彼女は電話に出た。

え？　夕食ですか。まだですけど……。そう言う河上さんも、しっかり食べてくださいね」

科捜研の河上からの電話らしい。鷹野が聞き耳を立てているのがわかった。

「それで、何かあったんですか。……はい……はい……。え？　どういうことです？」

如月は真剣な顔で相手の話を聞いている。何か大事な情報が寄せられたようだ。

「……わかりました。わざわざありがとうございます。ちょうど先輩たちと打ち合わせをしているところだったので助かりました。……ええ、そうですね。ではまた」

如月は電話を切り、ひとり首をかしげる。それから門脇たちのほうを向いた。

「科捜研からの報告なんですが、どうにもおかしな話です。井浦宗雄さん、福原香奈恵さんの傷口を詳しく調べたところ、抗生物質は射創の内側、筋肉や腸管にも付着していたそうです。分析した結果、弾丸……いえ、何らかの物体というべきでしょうか、それが刺さった時点で、抗生物質が腹の中に付着したんじゃないか、と河上さんは言っていました」

「ん？　どういうことだ？」門脇は眉をひそめた。

「つまりですね、抗生物質は銃撃を受けたときに付いたらしいんです。あとから塗りつけたとか、器具を使って注入したというのでは説明がつかない、ということでした」

意表を衝かれた。言っていることはわかるのだが、頭の中で具体的なイメージを描くことができない。門脇は腕組みをした。

「弾丸を受けたときに抗生物質が付着した。……ということは、なんだ？　弾丸に抗生物質が付いていたっていうのか」

「構造はわかりませんが、おそらくそうだろうと」

「なんでそんな……」尾留川がつぶやいた。「過去に聞いたことがないけど」

鷹野も徳重も、じっと考えに沈んでいる。この不可解な事実をどう理解したらいいかと、思案しているのだろう。

「凶器について見方を変える必要がありますね」鷹野が言った。「改造されたエアガンであることは明らかです。そして弾丸も特殊なものでしょう。……現在、檻の輸送経路などの捜査も任されていますが、私と針谷は、銃器関係の捜査に専念すべきだと考えます」

「うん、それがいいと思う」門脇は同意した。「早瀬さんには俺から話しておく」

「では明日の朝から早速、そちらに集中します」

鷹野は携帯電話を取り出した。明日の捜査について、相棒の針谷に連絡をとっているようだ。

「私たちは引き続き、被害者ふたりについての聞き込みですよね？」

如月が尋ねた。門脇はしばらく考えてから、こう答えた。

「ちょっと行ってみたいところがある。明日、朝からつきあってくれるか」

「ええ、それはもちろん」

門脇はメモ帳を開いて、細かい字で行動予定を書き込んでいった。

猟奇的な犯行を続けている殺人者を、門脇は想像しようとした。だが、黒っぽい服を着た男という情報しかない今、具体的な姿はなかなか浮かんでこない。

行き詰まったこの状況を早く打開しなければ、と門脇は考えた。

第三章　フォトグラフ

1

遠くから救急車のサイレンが聞こえてきた。

少年はベッドの中で耳を澄ましてみた。サイレンは東のほうから近づいてくる。いったいどこへ行くのだろう。もしかしたらこの辺りに停まるのかと心配したが、そうではなかった。家の前を通りすぎて、サイレンは西のほうへ遠ざかっていく。ほっとして少年はひとつ息をついた。

枕元《まくらもと》の時計を見ると、午前一時になるところだ。

あくびをしたあと、少年はベッドから起き上がった。ドアを開けて廊下に出る。裸足《はだし》でぺたぺた歩いていくと、足の裏に何かを踏んだ感触があった。拾ってみると、それはヘアピンだった。母が落としていったのだろう。よく見ると、ほかに輪ゴムだの菓子のかけらだの、いろいろなものが落ちている。

まあいいや、と思った。そのままにして廊下を進んだ。

台所の手前、右手の部屋の襖が開いていた。少年は足を止め、そっと様子を窺った。もしかして誰かいるのではないかと、少し怖くなってくる。思い切って壁のスイッチを押すと、部屋が明るくなった。

大丈夫だ。ここには誰もいない。

以前は「猫部屋」と呼ばれていたが、今、そこは物置のようになっていた。多いときには二十匹ぐらいの猫がいた場所だ。しかしどういうわけか、ある日突然、ブリーダーをやめる、と母は言い出した。猫好きだった少年は泣いて抗議したが、もう決めたことだからと、母は取り合ってくれなかった。

静かな部屋の中で、少年は深呼吸をしてみた。猫たちがいなくなってからずいぶん経つが、まだ少し気配が感じられるような気がする。猫はきれい好きな動物で、いつも毛づくろいをしていたから、嫌なにおいは残っていない。わずかに感じられるのは、ビーフジャーキーに似たキャットフードのにおいだろう。

猫たちの姿を思い出しながら、少年はため息をついた。

もっと飼っていたかったのに。もっと可愛がってあげたかったのに。そういう思いが今もある。だがブリーダーをやめ、新しい仕事を始めた母は人が変わったように怖くなった。

母は夕方出かけていき、夜遅くに帰ってくる。仕事で嫌なことがあると、家で泣いたり、ひどく怒ったりするようになった。掃除もしてくれないし、食事も作ってくれない。コンビニの弁当があればいいほうで、何もないとき、少年は冷凍食品を温めて食べるようになった。金が置いてあるときは、自分でスーパーに行くようにもなった。

洗濯はしてくれるのだが、新しい服は買ってもらえない。だから少年は、丈《たけ》の短くなった古い服を着ていた。友達にからかわれるのではないかと、いつも不安だった。

少年は台所に行って麦茶を飲んだ。以前はジュースを飲んでいたのだが、最近はなかなか買ってもらえない。そのわりに、冷蔵庫の中にはいつもビールや缶チューハイが入っている。

自分の部屋に戻ろうとしたとき、玄関のほうから音が聞こえた。鍵を使う音。ドアを開けて誰かが入ってくる音。少年は廊下を走っていった。

「ただいまあ」

母だった。化粧をして、よそ行きの服を着たその姿は華やかだ。

「お客さんからお土産《みやげ》もらったよ」母はにっこり笑って紙袋を掲げた。「お菓子だって。ねえ、一緒に食べようか」

「もう夜だから明日でいいよ」

「なによ、優等生ぶっちゃって」

あはは、と母は笑う。今夜もかなり飲んでいるようだ。

「お母さん、早く寝てよ。疲れてるんでしょう」

少年がそう言うと、母は黙り込んだ。それから急に抱きついてきた。

「いい子ねえ。本当にいい子」

ぎゅっと抱き締められて、少し苦しくなった。だが少年は何も言わず、そのままじっとしていた。

酔っていても、夜遅くに帰ってきても、少年は母の笑顔が大好きだった。

2

東京は今日も朝からよく晴れている。

予報ではこのあと気温がかなり上がって、初夏らしい一日になるそうだ。

五月九日、門脇たちは捜査開始から三日目を迎えていた。

門脇は如月とともに、午前七時半ごろ西新井署を出た。電車で都心に向かい、桜田門の警視庁本部に到着したのは八時二十五分ごろのことだ。移動に時間がかかるため、朝の捜査会議は欠席させてもらった。

「門脇主任、今日はいったい……」如月は不思議そうな顔で門脇を見た。「何か資料を取りに来たんですか。それとも科捜研に用事があるとか？」

「そのどちらでもない。まあ、つきあってくれ」

一昨日来たばかりなのに、わざわざ時間をかけてまた桜田門にやってきたのだ。如月にとっては謎《なぞ》めいた行動に見えるだろう。

エレベーターに乗って四階に上がった。廊下を進んでいくと、ガラス張りになった大きな部屋が見えてきた。

正面に横長の巨大なモニターがあり、東京都の地図が表示されている。その手前に数多くの机が配置され、制服姿の警察官たちが着席していた。各員の机には三つのモニター画面があって、そこにも地図などの情報が映し出されている。警察官たちは受電や各種指示、連絡などを忙しく行っていた。

ここは警視庁の心臓部とも言える、通信指令センターだ。都内各所からの一一〇番通報を受け、事件や事故の詳細を聞き出して捜査に繋げるのが役目だった。状況によって適宜パトカーや所轄署に情報を伝達し、活動の指示を出す。二十四時間、休みなく交代勤務が続けられ、一般市民からの通報に対応していた。

別室に打ち合わせ用のスペースがあった。門脇はアポイントメントがあることを伝え、椅子に腰掛けて待つことにした。一緒に座った如月は真面目な顔をしていたが、先ほどからきょろきょろと目が動いている。

「ここに来るのは初めてか?」

「あ……はい。前に見学したことはありますが、普段仕事で来る場所ではないので」

しばらくして制服姿の男女がやってきた。ひとりは頭に白髪の目立つ中年男性、もうひとりは三十代の女性だ。

その女性は長めの髪をうしろでひとつにまとめていた。眼鏡をかけているせいで地味な感じがあるが、顔立ちは整っている。細くてきれいな指が印象的だ。彼女はこちらに視線を向けた。門脇は小さくうなずいてみせた。

門脇と如月は、揃って椅子から立った。

「お待たせしました。浮田《うきた》と申します」

中年の男性がそう挨拶をすると、隣の女性も頭を下げた。

「幸坂《こうさか》です」

「お忙しいところすみません。捜査一課の門脇です」

「如月です。よろしくお願いします」

四人はそれぞれ椅子に腰掛けた。浮田はテーブルの上にノートと資料を置いた。門脇たちは自分のメモ帳を取り出す。

「突然のお願いで申し訳ありません」門脇は話しだした。「現在、都内で発生した連続殺人事件を捜査しています。二件目が発生したのが五月七日の夜でした。その通報が気になったもので、こうしてお邪魔した次第です」

浮田は手元の資料に目を落とした。

「五月七日、二十一時二十五分に、江東区西瑞江四丁目の公衆電話から架電された通報ですね。ええと……音声データはもうお渡ししてありますよね」

「昨日いただきました。それを聞いて、妙だと感じましてね」

「たしかにそうです」

浮田は資料を一枚、門脇のほうに差し出した。そこには通報内容が文字起こしされている。浮田は難しい顔をして言った。

「通報者は名乗らず、空き家で何かがあったようだ、誰か監禁されているかも、と話しています。名乗らない通報はいくらでもありますが、この人物はわざわざ移動して架電したと思われます」

「ええ。結果的に電話のとおり、我々は空き家で遺体を発見しました。今朝、報告があったんですが、死亡推定時刻は七日の二十三時から八日の午前一時の間でした。……善意の通報だったと考えられますが、どうやら通報者は自分の身元を知られたくなかったらしい。想像できるのは、彼がその事件の関係者だったということ。あるいは、何か前歴があって警察に関わりたくなかったのか」

「あとは、厄介な事件に巻き込まれたくなかった、とかでしょうか」

浮田はしきりに首をかしげている。そうかもしれません、と応じたあと、門脇は幸坂のほうを向いた。

「ところで、この通報を受けたのはあなたですよね。話していて、何か気づいたことはありませんでしたか」

急に訊かれて彼女は戸惑う様子だった。浮田の顔をちらりと見てから、門脇のほうに視線を戻す。

「警戒している感じが伝わってきました。さっきの話で言うと、できればこの件には関わりたくない、でも理由があって仕方なく通報している、というような……」

「この男性は、あまり手がかりを与えてくれていませんよね。たとえば警察に恨みがあって、わざとヒントを曖昧にしたという感じは？」

「私は、そうは思いませんでした。どちらかというと怖がっていたんじゃないかと」

記憶をたどりながら、幸坂はそう証言してくれた。

浮田は資料を読み返していたが、そのうち顔を上げた。

「この、押し入れとかトランクというのが何なのか、気になりますよね。今回の事件で、被害者は檻に閉じ込められていたと聞いていますが……」

「そうなんです」門脇は腕組みをした。「一晩考えてみたんですが、たぶん押し入れやトランクは西瑞江の事件とは無関係でしょう。過去の事件のことを言っているんだと思います」

「過去の事件？」

「以前、ある監禁事件で、死体遺棄のためにトランクが用意されたことがあったんです。押し入れにも意味がありましてね。通報者はそのときの情報を出すことで、今また同じような事件が起こっていると伝えたかったのかもしれません」

門脇の横で、如月が驚いたという顔をしていた。無理もない。彼女にはまだトランクなどのことを話していないのだ。

「その件はこちらで調べるとして……」門脇は続けた。「五月七日の通報について、ほかに何か気になったことはありませんか」

浮田は少し思案したあと、隣にいる幸坂を促した。

「君がさっき言っていたこと、門脇さんに話してくれるか」

「あ、はい。……じつは、これに似た電話が過去に何度もかかってきているんです。『空き家で事件が起こっている』といった内容です。トランクや押し入れのことも言っていました。私が受けたものだけでも、この一ヵ月ほどで三回。ほかの人が受理したものもあると思います」

かなり気になる話だった。門脇は彼女のほうに体を向けた。

「通報者が電話をかけた場所は、今回と同じだったんですか？」

「いいえ、その都度、違っていました。でも、かけてきたのは同じ男性だと思います」

「で、警察官が行ってみると、いつも空振りに？」

「空振りだったこともありましたが、私が受けた三回のうちの一回は事件性のあるものでした。廃屋にホームレスが侵入してロウソクを使っていたんです。失火でもしたら大変なことになっていました」

「全部でたらめではないってことか。あるいは、偶然当たりが出ただけなのか……」

門脇は天井を見上げて、じっと考え込む。

ほかにいくつか質問をしてから、門脇は浮田たちに謝意を伝えた。ちょうどそこへ、浮田の携帯に着信があった。「失礼」と言って彼は立ち上がり、テーブルから離れて電話に出る。

その間に、門脇は幸坂に話しかけた。

「やっぱり柴山《しばやま》だったか。音声データを聞いて、そうじゃないかと思ったんだ」

「捜査一課が来ると聞いて、ちょっと身構えていたんです」先ほどとは変わって、幸坂真利子《まりこ》は表情を和らげていた。「普段こんなところに来る捜査員はいませんからね。どんな人だろうと思ったら、門脇さんが現れたでしょう。びっくりしちゃって」

「驚かせるつもりはなかったんだけどな」

如月が不思議そうな顔をしている。門脇はあらためて真利子を紹介した。

「彼女は一年後輩なんだ。俺の同期の幸坂と結婚した。一度退職したんだが、今はシフト制の通信指令センターに勤めている」

真利子は如月に小声で問いかけた。

「如月さん。門脇さんとのコンビはどうですか」

「あ……はい、いろいろ教えていただいているところです」

緊張しているのか、如月は背筋を伸ばして答えた。それを見て、真利子は顔をほころばせた。

「この人、強引に突っ走るところがあって大変でしょう。昔からそうなんです」

「よけいなことを言うなよ。俺の沽券《こけん》に関わる」

そんなことを言いながら、門脇も笑った。

真利子と最後に会ったのは、ふたりの結婚式から一ヵ月ほどあとのことだった。同期の何人かとともに新居を訪ねたのだ。あれからもう七年も経っている。今は年賀状をやりとりするぐらいだが、それでも門脇は幸坂夫妻を忘れたことはなかった。

「ところで」あらたまった調子で門脇は尋ねた。「幸坂の調子はどうだ？」

「ああ……ええ。おかげさまでなんとか」

「俺が会いに行ったら迷惑かな」

「そんなことはないですよ。大丈夫だと思います」

「うん、そうか……」

じきに電話を終えて、浮田がこちらに戻ってきた。このあと、真利子は通報受理のシフトに入るという。

もう一度ふたりに礼を述べて、門脇と如月は椅子から立ち上がった。


幸坂礼一郎《れいいちろう》と真利子の自宅を訪ねたい、と門脇は如月に言った。

もちろん理由を説明する必要があった。今は仕事の最中だ。ふたりの被害者が殺害され、犯人は第三の犯行を計画している可能性がある。そんな中、捜査とは一見関係なさそうな行動をとるのだから、相棒には納得してもらわなければならない。

ただ、門脇の中には予感に似た何かがあった。五月七日の通報は、自分の知っているあの事件と繋がっているような気がする。そして今回の連続殺人事件を解決する手がかりが、そこに隠されているように思えるのだ。

事情を聞くと、如月はすぐにうなずいた。

「行きましょう。門脇主任の勘が当たるかどうか、見てみたいですから」

「そう言ってもらえて助かった。如月に反対されるんじゃないかと心配だった」

「私に気をつかっていただく必要はないと思うんですけど……。黙ってついてこいと命じられれば、私はそうしますよ」

「いや、でもコンビで捜査をしているわけだからさ」

「門脇主任はもっと突っ走るタイプかと思っていました。幸坂さんもそう言っていたし」

「俺だって、一応いろいろ考えてるんだよ」

顔をしかめて門脇は言った。如月は苦笑いを浮かべている。少し緊張がほぐれてきたかな、と門脇は思った。

電車で江東区へ移動し、大島《おおじま》にある幸坂宅に向かった。

七階建ての賃貸マンションに着き、エレベーターで五階に上がる。事前に電話しておいたから、幸坂が家にいることはわかっていた。

インターホンで返事をしたあと、幸坂礼一郎はドアを開けてくれた。

「久しぶりだな、門脇」

ジーンズに緑色のカーディガンというラフな服装だ。細面で几帳面《きちょうめん》なイメージがあるところは変わっていない。だが以前会っていたころは清潔に整えられていた髪が、今はやや長めに伸び、乱れているように感じられた。

「突然すまないな」門脇は笑顔を見せて言った。「今日、奥さんに会ったんだ」

「さっきメールが来たよ。急に門脇さんが来たから驚いた、と書いてあった」

まあ上がってくれ、と幸坂は促した。踵《きびす》を返して、彼は廊下を戻っていく。そのうしろ姿を見て門脇は気づいた。幸坂はときどき壁に手をつきながら歩いているようだ。

「どうした門脇。遠慮するなよ」

幸坂の声が聞こえた。ああ、と答えて門脇は靴を脱ぐ。如月とふたり、廊下に上がってスリッパを履いた。

ダイニングキッチンに案内され、門脇と如月は勧められて椅子に腰掛けた。テーブルの上にはパステルカラーのランチョンマットが敷かれている。

「悪いな。ペットボトルのコーヒーしかないんだ」と幸坂。

「いや、気をつかわないでくれ。大丈夫だから」

「まあそう言うなよ」

幸坂が冷蔵庫を覗き込んでいる間、門脇は流し台に目をやった。シンクの横に盆があり、鏡、脱脂綿、注射器のシリンジ、中に小さな風船のようなものが入ったプラスチック容器などが置いてある。それらを見て門脇はいくらか後悔した。訪ねてくるにしても、タイミングがよくなかったのではないか。

幸坂はコーヒーのペットボトルを三本持ってきた。ほかに、個包装になった焼き菓子も出してくれた。

「しかし、なつかしいな。おまえは全然変わらない」幸坂は椅子に座りながら言った。「そちらの人は門脇の相棒？」

「ご挨拶が遅れました。如月塔子と申します」如月は深く頭を下げた。「門脇主任と一緒に捜査をさせていただいています」

「ああ、あなたが如月さんね。お目にかかれて光栄です」

「私のことをご存じなんですか？」

「俺は所轄にいたんだが、捜一の如月塔子さんは有名だったよ。……いや、待てよ。別の刑事とコンビを組んでいたんじゃなかったかな」

「はい、これまでは鷹野主任という方と一緒でした」

「そうそう、鷹野さんだ。誰よりも検挙率が高い人だよね。それが、今はどうして門脇と組んでるの？」

「武者修行みたいなものだよな」

門脇は如月の顔を覗き込む。そうですね、と彼女は苦笑しながら答えた。

コーヒーのキャップを開けて一口飲んだ。しばらく他愛《たわい》のない話を続けたが、やがて門脇はあらたまった調子で尋ねてみた。

「最近、体のほうはどうなんだ」

「……うん、まあ、ぼちぼちといったところかな」

「病院には通っているんだろう？」

「月に二、三回ね。あとはずっと、うちでごろごろしている」

幸坂が病気治療のため休職したのは、一年ほど前のことだった。以前は生活安全課の捜査員として働いていた人物だが、実力的には自分より上ではないかと門脇は思っていた。同期の中では、門脇が唯一認めた男だと言ってもいい。

——だから、柴山との結婚も祝ってやれたんだけどな。

一年下の柴山真利子は、門脇たちの間でもかなり人気のある女性だった。派手なところはないが、真面目で堅実だし、適度にユーモアのセンスもある。それが門脇たちには大きな魅力と映ったのだ。

一度退職した真利子が通信指令センターで働くようになったのは、幸坂の休職と無関係ではないだろう。病気のことや家計のことなど、訊いてみたい話は山ほどあった。だがここでその話題を出すのは相手に失礼だと思った。それに如月の目もある。

門脇は居住まいを正して本題に入った。

「休職中のところ申し訳ないが、幸坂の知恵を貸してほしい。俺たちは今、拉致監禁・殺害事件の捜査をしている。あまり詳しいことは話せないんだが……」

「わかっている。俺のほうも現場を離れて一年だからな。難しい話をされても、頭が回らないよ」

そんなことを言って幸坂は口元を緩めた。

「すまない。それで、今回の事件を調べているうち、俺は以前起こった事件を思い出したんだ」

「どこか似たところがあるのか？」

「五月七日の夜、公衆電話から一一〇番通報してきた男がいた。その内容が気になる」

門脇はポケットからＩＣレコーダーを取り出した。スイッチを押すと、録音された会話が流れ出した。

〈はい、一一〇番、警視庁です。どうしました？　事件ですか、事故ですか〉

〈近くの空き家で、何かあったみたいで……〉

〈空き家というのはどこですか。何か目印はありますか〉

〈場所は……自分たちで捜してくれよ〉

〈今、公衆電話からですか。現場はその近くですか〉

〈その空き家で何がありましたか〉

〈誰か監禁されているかも……。押し入れとかトランクとか、ちゃんと調べてくれ〉

昨日、尾留川が入手してきたものだ。許可を得てデータをコピーさせてもらい、持ってきたのだった。

「これを聞いて真利子の声だと気づいたわけか。……だが、それだけじゃないだろう？」

幸坂は意味ありげな目をして尋ねた。察しがいいな、と門脇は感じた。

「まずは、この男の口にした言葉だ。押し入れとかトランクとか、と言っているだろう。十年前に荒川区町屋《まちや》で起こった事件を覚えているか？」

「もちろんだ。今でも被害者の顔が忘れられない」

「だよな。俺もそうだよ」門脇は如月のほうを向いた。「前に少し話したと思うが、若い会社員が拉致監禁され、殺害された事件のことだ」

「門脇さんがずっと気にしている事件ですよね」

幸坂との間に記憶のずれがあってはいけない。細かい状況を再確認したほうがいいだろうと思い、門脇は過去の出来事を話し始めた。

「十年前、俺は所轄の新米刑事だった。同じ署の生活安全課少年係に幸坂がいて、ふたりでよく飲みに行っていた。俺はまだ実力もないのに、早く成果を挙げて捜査一課に行きたいなんて息巻いていた。周りから見たら、はた迷惑な男だったと思うよ」

当時を思い出したのだろう、幸坂が含み笑いをしている。

「管内で捜査を続けるうち、傷害事件で逮捕した男が、あるグループと関係していることを知った。不良グループとでも言うべきかな、二十歳前後の若い連中が集まって、窃盗だの傷害だのを繰り返しているらしかった。あの年代の奴らはときどき信じられないような事件を起こすから、早めにしょっぴいたほうがいいと思った。俺は彼らを調べ始めた。

グループのおもなメンバーは六人で、彼らはリーダーである吉良京輔《きらきょうすけ》の家にたむろしていた。未成年者を含めて飲酒、喫煙をしていたが、親は見て見ぬふりだったようだ。地元で有名なワルが集まっていたから、注意できなかったんだろう」

こういう場合、親の責任が問われることが多い。だが実際には、その親も暴行の被害者で人間扱いされていなかったようなケースもある。

「俺は先輩と一緒にそのグループを調べていった。聞き込みを続けるうち、先輩が有力な情報を手に入れた。吉良の家には違法な薬物や凶器が隠されている、というんだ。ほかに俺が集めた情報の中にも、薬物販売を疑わせるような話があった。俺は先輩とふたりで上司に報告した。ガサ入れをすれば一発です、と進言した。しかし上司はもう少し待てと言った」

「補足すると、俺たち少年係も彼らには目をつけていたんだ」幸坂が口を開いた。

「連中がいくつかの事件に関わっている疑いが濃くなっていたから、事情聴取のタイミングをはかっていた」

「少年係と連携しようかという話も出たんだが、そのうち刑事課でガサ状が取れた。俺たちは踏み込んで家宅捜索をした。薬物や凶器はすぐに見つかった。だがそれ以上に衝撃的なものを発見してしまった。二階の部屋で若い男が死んでいたんだ。口枷を嵌められ、犬の首輪みたいなものをつけられ、鎖で繋がれていた。体中に痣《あざ》があって、暴行を受けたことは明らかだった。あとでわかったんだが、彼は細野建一《ほそのけんいち》という会社員で、行方不明者として届が出されていた。当時まだ十九歳だった」

以前、如月には簡単に話したことがある。だが今、彼女の表情はひどく険しくなっていた。凄惨《せいさん》な現場の様子を、はっきりと想像したに違いない。

「俺たちは取調べを始めた。メンバーの中には未成年者もいたから、生安の少年係が加わることになった。俺はリーダーの吉良を厳しく追及したが、奴はあの家を溜まり場として提供していただけだと主張した。薬物販売や凶器の準備には無関係だし、まして細野の殺害などには関わっていないと言う。疑うのならほかの連中に訊いてくれ、とも言った。たしかにほかのメンバーは、吉良は無関係だと証言した。だがそんな話は嘘だと俺は思った。吉良が口止めをしたんだろう」

あのときの吉良の態度には本当に腹が立った。先入観を持って被疑者を調べるべきではないが、どう考えても細野殺しは吉良の仕業に違いない。仮に吉良がみずから手を下していないにしても、殺害を命じたのはリーダーの彼だろう。だがメンバーを取調べても、吉良が関与したと話す者はひとりもいなかった。

　手詰まり感が出てきたある日、少年係から報告があった。

　記憶をたどりながら、門脇は話を続けた。

「俺たち刑事課が手こずっている間に、少年係の幸坂が重要な証言を引き出した。あれには驚かされたな。メンバーの中に青葉《あおば》幹夫《みきお》という男がいて、当時十九歳……二十歳の誕生日を迎える少し前だったか」

「そうだったな」幸坂はうなずいた。「事件のあと誕生日を迎えたんだ」

「幸坂が根気よく話を聞いて、いろいろ諭して、ついに証言をとった。吉良の命令で、青葉は知り合いの細野を誘い出し、監禁したそうだ。吉良はキャッシュカードを奪って、メンバーに金を引き出させた。貯金がゼロになると、細野を犬みたいに繋いで暴行を加えるようになった。そして最後に、吉良は細野を殺害するようメンバーに命じた。青葉たちは逆らえず、みんなで細野を殺してしまった……」

「青葉は細野を殺害したことをずっと後悔していたんだ。元は仲のいい友達だったのに、吉良の命令に逆らえず、事件に巻き込んでしまったわけだからね。結局、青葉の自供がきっかけになって、吉良の罪も明らかになった。こうして事件は解決した」

　そう言って幸坂は小さくため息をついた。捜査は無事終わったわけだが、被害者のことを考えるとやりきれない気分になるのだろう。

もちろん門脇もそうだった。

「もっと早く吉良の家に踏み込んでいれば、細野は死ななくて済んだかもしれない。そう思うと残念でならない」

「まったくだ。……その後の話だが、彼らはみんな出所したよ。青葉も、リーダーの吉良もね」

「そうなのか」

「刑期のあと、俺は青葉と何度か会った。飯を奢《おご》ってやったら喜んでいたよ」

なるほど、とつぶやいてから門脇は体の向きを変えた。

じっと話を聞いていた如月に、あらためて説明する。

「ここまでが事件の概要だが、例の押し入れとトランクの件だ。家宅捜索のとき、吉良の家の押し入れには大きなトランクがあった。彼らは拉致・監禁して細野を殺害したあと、遺体をトランクに入れて遺棄しようとしていたんだ」

「ということは、もう少しガサ入れが遅かったら……」

「山奥かどこかに遺棄されていただろう。そうなっていたら、細野の事件は明るみに出なかった可能性がある」

それを聞いて、如月は眉間《みけん》に皺を寄せた。彼女にしては非常に厳しい表情だった。

門脇はもう一度ICレコーダーで、通報のやりとりを再生した。幸坂は真剣な表情で聞いている。

「この台詞、この声」門脇は幸坂の顔を見つめた。「どう思う?」

「……うん。青葉かもしれない」

「やはりそうか。俺は青葉の取調べを担当していないから自信がなかった。でも、彼の声に似ているような気がしたんだ。当時マスコミには、押し入れとトランクの件は公表されていない。だが青葉なら当然そのことも知っている」

「今回の通報で押し入れやらトランクやらを口にしたのは、どうしてかな」

「警察の中で町屋事件を覚えている者がいれば、拉致・監禁事件を疑うはずだ、と期待したのかもしれない。この通報はいたずらじゃない、空き家の中をしっかり調べてくれ、と伝えたかったんじゃないだろうか」

幸坂はしばらく思案する様子だった。だが、やがてひとりで何度かうなずいた。

「遠回しなやり方だと感じるが、青葉ならそうするかもしれない。あんなグループにいたが、彼は臆病《おくびょう》な男なんだよ。吉良が怖くて、抜けることもできなかったんだから」

それまで話を聞いていた如月が、小さく右手を挙げた。

「通報者が青葉幹夫だったとして、彼はなぜこんな電話をかけたんでしょう。しかも幸坂さんの奥さんの話では、何度も繰り返していたみたいですよね」

「さあ、どうしてだろう」幸坂は首をかしげる。

少し考えてから、門脇は一歩踏み込んだ発言をした。

「これは推測でしかないんだが、もしかしたら青葉は、今起こっている殺人事件に関係しているんじゃないだろうか。それを知らせたい気持ちがあった。しかし前歴があるから名乗れなかったのでは……」

門脇の意見を聞いて、幸坂は身じろぎをした。なおも考えているふうだったが、そのうち左右に首を振った。

「俺にはわからないよ。何だったら、あいつに直接訊いてみたらどうだ」

「居場所を知っているのか？」

「年賀状をやりとりしているから、住所も携帯の番号もわかる。奥の部屋にあったはずだ」

幸坂は椅子から立ち上がった。そのとき少しふらついたのを見て、門脇は慌てて右手を伸ばした。如月も腰を上げ、手を差し伸べようとした。

「ああ、大丈夫だ。すまない」

笑みを浮かべてから、幸坂は廊下に出ていった。

如月が不安げな顔をしてこちらを向く。門脇は小さくうなずいてみせた。

3

携帯電話の番号がわかったのは幸いだった。今すぐ本人に連絡することができる。

幸坂の住むマンションを出たあと、門脇はメモを見つめた。しばらくそうしていたが、やがてその紙を塔子の前に差し出した。

「青葉に電話をかけてくれないか。俺だと、ちょっとな……」

「ああ、そうかもしれませんね」

門脇は声が低めで太い。いきなり架電したら相手に警戒されるおそれがある。

塔子はメモの番号を入力して電話をかけた。数回コール音がしたあと、相手が出た。

「はい……」様子を窺うような気配が強く伝わってくる。

「もしもし、青葉さんの携帯でしょうか」

塔子はいつもよりやや高めの声を出した。女性からの電話だと知って、先方は少し緊張を解いたようだ。

「そうですけど……どちらさま？」

「突然のお電話、申し訳ありません。私、警視庁の如月と申します」

「警視庁？」

「警察官の幸坂礼一郎をご存じですよね。青葉さんのことを教えてもらって、ご連絡を差し上げました。このあと、ちょっとお時間をいただけないでしょうか。お訊きしたいことがあるものですから」

「幸坂さんも来るんですか？」

「いいえ、私ともうひとりでお邪魔したいんですが」

「今日は仕事が忙しいもので……」

「じつは今、ある事件を捜査していまして」塔子は続けた。「青葉さんは普段から、いろいろな犯罪を気にしていますよね。そして実際に行動していらっしゃるんじゃないでしょうか。私たちはそのことを理解した上で、ご協力をお願いしたいと思っています」

そう水を向けると青葉は黙り込んだ。塔子の言葉を、頭の中で反芻《はんすう》しているのだろう。

「場所はどこにしましょうか。工務店にお勤めですよね。会社の近くまでうかがいますよ」

「……じゃあ、浦安《うらやす》まで来てもらえますか。カフェでどうです？」

指定された時間や店の目印を、手早くメモした。

「お忙しいところすみません。では、よろしくお願いします」

電話を切って、塔子は今の会話を門脇に報告した。よしよし、と彼はうなずいている。

このあとすぐ会ってもらえるのはありがたかった。時間を無駄にしなくて済む。

塔子たちはバスと地下鉄東西線を使って浦安駅に向かった。その途中、門脇が小声で話しかけてきた。

「さっきの電話だが、如月もずいぶん手際がよくなったよな」

急にそんなことを言われて戸惑った。そのあと「だがな」と続くのではないかと身構えていると、門脇が不思議そうに尋ねた。

「どうした。なんで困ったような顔をしてるんだ」

「いえ、あの……何か注意されるのかと思って」

「別に注意なんかしない。ここは素直にありがとうございます、だろ？」

「あ、はい。ありがとうございます」

地下鉄車内の中吊《なかづ》り広告に目をやったあと、門脇は少し考えてから塔子に視線を戻した。

「なんかおまえ、ずっと緊張していないか？　普段、鷹野とはこんな感じじゃないだろう」

「それはまあ、鷹野主任とはコンビが長いですから」

「俺と一緒だと気をつかうか」

「もちろんです。あ……ええと、仕事ですから適度な緊張感があったほうがいいかと」

「うん、それはそうだ。仕事だもんな」門脇は納得したというふうにうなずく。「しかし、まあ、なんだ。俺はお世辞なんか言わないから、素直に受け取っておいたほうがいいぞ」

「はい、ありがとうございます。恐縮です」

「恐縮するなよ。おかしな奴だな」

門脇は笑いだした。その様子を見て、塔子も口元を緩めた。


カフェは思ったより混んでいたが、塔子は目的の人をすぐ見つけることができた。フロアの隅にある四人掛けの席に、薄いグレーの作業服を着た男性がいた。工務店に勤務していると聞いていたから、その服装で本人だと見当がついた。

近づいていって、周囲の客に見えないよう手早く警察手帳を呈示する。

「如月です。急にすみませんでした」塔子は丁寧に頭を下げた。

「どうも。青葉です」

彼は硬い口調で挨拶し、名刺を差し出した。

十年前に二十歳だったから、誕生日を迎えていれば今は三十歳のはずだ。髪は短めに刈られていて、スポーツ選手を連想させる。眉が太く、左の頬に小さな古傷があった。一見して真面目そうな人物だと感じられた。

塔子と門脇は、彼の向かい側の席に腰掛けた。

じきにウエイトレスがやってきた。青葉はコーヒーを飲んでいたようだ。塔子と門脇も同じものを頼んだ。一礼してウエイトレスは去っていった。

「最近、幸坂さんはどうしてますか」

青葉は小声で尋ねてきた。ほかのテーブルとは離れているし、店内にはBGMも流れている。だがそれでも、周囲の客に話を聞かれないかと気にしているようだ。

塔子も彼に合わせて、声のトーンを落とすことにした。

「ええ……頑張っていますよ。さっき会ってきたばかりです」

「あの人のことを考えると複雑な気分になりますよ」青葉は昔を思い出す様子だったが、すぐに続けた。「取調べが始まったときは不安しかなかった。これから自分はどうなるのか、罰を受けて二度とまともな暮らしはできないんじゃないかと心配しました。でも幸坂さんに説得されて、全部話したら気持ちが楽になりました。細野を死なせてしまったことを後悔していたから、すべて話して救われたように思ったんです」

「あなたのおかげで、警察は事件を解決することができました」

「でも、そのあと別の後悔がやってきた。だって俺は仲間を裏切ってしまったんです。特に吉良が怖かった」

塔子は吉良という人物のことを考えた。違法薬物を販売したり窃盗事件を計画したりと、かなり頭が回るタイプなのだろう。その一方で青葉の知人である細野を監禁し、配下の者に殺害させた。残酷な男なのだ。

「だけど、罰を受けたあと世間に戻って、俺はまた幸坂さんに感謝することになりました。飯をご馳走《ちそう》になったからじゃないですよ。あの人のおかげで、俺は普通の人間になれたんだ。ごく普通の人間にです。……まあこんな話、刑事さんには関係ないでしょうけど」

「そんなことはありません」塔子は首を横に振った。「あなたのような人がいると知って、ほっとしています。私たちには事件のあとのことって、なかなかわからないので」

「俺、結婚して子供がいるんです。今の会社に入って、妻と知り合ったんですよ」

「そうだったんですか。奥さんに十年前のことは……」

「話しました。それでも俺と一緒になってくれたんです。家族のためにも、俺は真面目に働かなくちゃいけない」

そうですね、と塔子はうなずいた。

ウエイトレスがコーヒーを運んできた。塔子は会釈をして、カップが置かれるのを待つ。

彼女がカウンターに戻っていってから、青葉はあらたまった調子で言った。

「それで、今日はいったい何の用ですか」

「電話でも少しお話ししましたが、私たちは青葉さんが、ある行動をとったのではないかと考えています。具体的には五月七日の夜、二十一時二十五分に、西瑞江四丁目の公衆電話から一一〇番通報をしてくださったのではないかと」

具体的な時刻、場所を挙げることで、調べはついているのだと伝えたかった。

しばらく沈黙していたが、そのうち青葉は軽くため息をついた。

「そのとおりです。通報したのは俺ですよ」

彼の言葉を聞いて、それまで黙っていた門脇が口を開いた。

「七日の夜九時ごろ、西瑞江五丁目の廃屋付近で若い男性が目撃されている。君だよな？　廃屋で何かが起こったのを知って、君はコンビニの公衆電話から通報した。そうだろう」

「ええ、刑事さん……門脇さんでしたっけ。あなたの言うとおりです」

もはや隠し事をする気はないようだ。青葉は冷めたコーヒーを一口飲んだあと、記憶をたどりながら説明し始めた。

「俺は十年前の監禁事件が忘れられませんでした。妻や子供と食事をしていても、ふっと頭に甦《よみがえ》ってくるんです。そのたびに胸が締め付けられて、吐き気を感じたりしました。あんなひどいことをした自分が曲がりなりにも更生して、家族を作って、普通に暮らしていていいんだろうか、と悩むようになりました」

目を伏せて、青葉はテーブルの上の水滴を見つめた。彼は紙ナプキンでそれを丁寧に拭《ぬぐ》った。

「工務店に勤めている関係で、俺は住宅街に行くことが多いんです。いろんな町を見ているうち、空き家がすごく多いことに気づきました。ガラスが割れている家や、ドアの鍵が壊れている家もあった。仕事柄、危ないと感じました。台風が来たり、地震が起きたりしたら家が壊れるんじゃないかと心配だった。あるとき、そういう空き家で小学生が遊んでいたんです。駄目だぞ、危ないぞ、と俺は子供たちを叱りました。でも、あれは子供が悪いんじゃないんです。空き家を放置している大人が悪いんです。

何かあってからでは遅い。だから俺はあちこちで廃屋を見つけると、地図帳に書き込むようになりました。特に自分の住む町や、仕事でよく出かける町では、気になる廃屋をときどき見にいくようにしました。恰好よく言えばパトロールですね。そうこうするうち、廃屋に不良っぽい学生が集まったり、ホームレスの男性が居着いたりするのを見つけるようになったんです。そういうとき、どうすればいいと思いますか？」

青葉は塔子の目を覗き込んできた。咳払いをしてから塔子は答える。

「相手は小学生ではないですから、注意しても聞き入れない可能性がありますね。その場合は通報していただくのがいいかと……」

「そうでしょう。だから俺は、不法侵入している人間を見つけると、一一〇番に連絡していたんです。五月七日もそうでした。西瑞江五丁目の廃屋は前から気になっていました。あの夜、いつものように見に行ったら様子が変だったんです。耳を澄ますと、中に人がいる気配がありました。何か争っているような感じも……。事件が起こっているんじゃないかと思って、俺は通報することにしたんです」

「それで、公衆電話のあるコンビニまで移動したわけですね」

塔子の問いに、青葉は深くうなずいた。

「今はきちんと働いているけど、俺は前歴者です。二年ぐらい前、たまたま職務質問を受けたとき、前歴のことで警察官からすごく嫌な思いをさせられました。そういう経験をしていたから、警察官には会いたくなかったんです。それで俺は匿名で電話をかけました」

「空き家の場所ぐらい、はっきり伝えてくれてもよかったんじゃないのか」

いくらか声の調子を強めて門脇が訊いた。責めるような雰囲気がある。

青葉は眉をひそめ、不機嫌そうな表情を浮かべた。

「それはあなた方警察の仕事ですよ。通報してもらえただけでも、善意の市民に感謝すべきでしょう?」

「そうかもしれないが、君がコンビニまで移動して電話をかけたため、警察官はあの廃屋を見つけられなかった。できれば所在地をきちんと教えてほしかった」

「俺のせいだって言うんですか?」

「そんなことはありません」塔子は間に入って、宥めるように言った。「もちろん青葉さんには感謝しています。あなたの行動は立派なことだと思います」

門脇は黙って青葉を見つめている。青葉もまた口を引き結んでいたが、しばらく経ってから低い声を出した。

「まあ正直に言うと、少し意地悪なことをしたいという気持ちもありました。今まで俺が何回通報しても、警察は感謝ひとつしなかった。あなた方、空き家のパトロールなんて考えたこともないでしょう。だから何か事件でも起こって、このまま放置しておいてはまずいんだと、警察の中で問題になればいいと思ったんです。俺に言わせれば、空き家を見て回らないなんて手抜きもいいところですよ。どうなんですか、門脇さん」

今度は青葉のほうが相手を責めるような口調になった。

どうしたものか、と塔子は考えた。取り成したほうがいいのか、それとも黙っていたほうがいいのか。戸惑いを感じながら門脇の様子を窺う。

すると、門脇が意外な行動をとった。突然、青葉に向かって頭を下げたのだ。

「気分を悪くしたのなら申し訳ない。謝ります」

この言葉には青葉も驚いたようだった。椅子の上でわずかに体を動かしてから、門脇に向かって言った。

「これだけはわかってほしいんですけど、俺は善意で通報しているんですからね」

「そうだよな。感謝しています。捜査の関係で少し焦りがあって、失礼な発言をしてしまった。勘弁してほしい」

「まあ、そういうことなら……」

険しかった青葉の表情が少し和らいだ。門脇は辺りに目を走らせてから、話を続けた。

「じつは今起こっている事件が、かなり特殊な監禁・殺害事件でね。昔のことをほじくり返すようで悪いんだが、できれば君の意見を聞きたい」

「意見を？」

「かつて、そういう場にいた当事者としての意見だ」

「俺にそんなことを訊くんですか。あれは十年も前のことですよ。今はもう、こうして真面目に働いているんだし……」

「犯罪者を捕らえるのに必要なことなんだ。そいつは、君がパトロールをしてくれていた廃屋で事件を起こした。君にとっても憎い奴だろう。どうか俺たちに力を貸してくれ」

門脇はこれ以上ないぐらいの真剣な目を青葉に向けている。渋る様子だった青葉も、どうやら拒絶できなくなったようだ。

「今回の事件って、どんな状態だったんですか」

「現場はふたつある」

門脇は捜査に支障のない範囲で、現場の状況を説明した。

青葉はときどき相づちを打ちながら聞いていたが、やがて「なるほど」とつぶやいた。

「監禁・殺害事件が二件……。その犯人の心理はどうなのかってことですね」

「デリケートな問題ではあるが、君の考えを聞かせてほしい」

そうだなあ、と言って青葉は首をかしげる。彼はテーブルクロスの模様を目で追い始めた。

「……十年前のあのときは、みんな二十歳前後でしたからね。その年代だと変に競争心が出るでしょう。監禁して暴行する日が続くと、全員感覚が麻痺《まひ》してきます。誰が一番ひどいことができるか、競い合うようになるんです」

「大人は誰も見ていない。だから、どんなこともできたわけだな」

「みんなで痛めつけるから、被害者の体にはたくさんの傷が残ります。細野のときもそうでした。でも今起きている事件では違うんですよね？」

「ああ、複数人で被害者を痛めつけたような傷はない。……ということは、俺たちが追っているのは単独犯で、暴行を加えるような攻撃性は持っていない、ということだよな」

「いや、攻撃性はあるでしょう。実際ひどい殺し方だったみたいだし」

「まあ、それはそうか」

過去を振り返っている様子だったが、そのうち門脇はコーヒーカップに手を伸ばした。彼のコーヒーもすっかり冷めてしまっている。ブラックのまま、門脇は一息で飲んだ。

青葉の顔がまた険しくなっていることに、塔子は気づいた。だがその険しさは、先ほどまでとは少し違う。表情の中に、何か暗い影のようなものがある。

塔子の視線を感じたのだろう、青葉は咳払いをしてから言った。

「話しているうち、昔の事件をはっきり思い出してしまって……。将来うちの子が事件に巻き込まれたりしたら、俺は生きていけないかもしれません。そんなことを言える立場じゃないのはわかっているけど、でも本当に怖い」

かつて加害者だった人間から、そういう言葉が出たのは意外だった。社会人になって仕事を始めたこと。結婚をしたこと。そして子供が出来たこと。さまざまな変化が、青葉の考えに影響を与えているのだろう、と塔子は思った。

青葉はこのあと、作業の現場に向かうという。

時間をとってくれたことに対して、塔子は感謝の言葉を述べた。嫌な過去を思い出させて申し訳なかった、という気持ちもある。

カフェを出て青葉と別れたあと、塔子は門脇に話しかけた。

「十年経てば、人も変わりますよね。青葉さんが口にした更生という言葉について、いろいろ考えさせられました」

「青葉はきちんと更生できたかな」

「そう思います。他人を傷つけたり殺害したりするのは許されませんが、青葉さんは罪を償ったわけですよね。そして生き方を変えました。だとしたら、私たち警察官がしていることも無駄ではないはずです」

なるほどな、と門脇は言った。それから携帯電話を取り出して、どこかへ架電した。

「ああ、トクさんですか」相手は鑑取り班の徳重らしい。「五月七日、西端江事件を通報してきた人物が特定できました。青葉幹夫。青い葉っぱに、木の幹の幹、妻と夫の夫。……前歴があります。十年前、町屋で会社員の監禁殺害事件が起こったんですが、その犯人グループのひとりです。勤務先は浦安市の……」

一通り説明が済むと、門脇は真剣な表情になった。

「この青葉について調べてもらえませんか。……そうです。五月六日と七日、事件の起こった夜にアリバイがあるかどうかです」

その言葉を聞いて、塔子ははっとした。

電話を終えた門脇がこちらに視線を向けた。ひとつ呼吸をしてから彼は言った。

「俺はまだ青葉を信用していない。人間、更生したとしても、いつまた犯罪に手を染めるかわからないからな」

厳しい言葉だった。だが警察官としてはすべてを疑う必要がある。門脇の言うことは正論だ。

とはいえ、塔子の中には割り切れない思いがあった。

「甘いかもしれませんが……」塔子は言った。「私は青葉さんを信じたいと思っています。十年前、彼は幸坂さんに協力して、吉良たちのことを話してくれたんですよね。その時点で、彼は変わったんじゃないでしょうか」

「そうか。如月はそういう立場か」

「すみません。これが甘い考えだというのは、自分でもわかっているんですが……」

塔子をしばらく見つめてから、門脇はつぶやくように言った。

「謝ることはない。しかし、おまえは本当に真面目だよな」

ありがとうございます、と答えてから、塔子は深く頭を下げた。

4

青葉幹夫の件は鑑取り班に任せて、門脇たちは独自の捜査を続けることにした。自分たちは遊撃班として自由に行動するよう命じられている。地取り、鑑取り、ナシ割りなどの担当に縛られず、事件全体を俯瞰《ふかん》して筋読みすることを求められている。

公園のベンチに腰掛け、門脇は如月に向かって言った。

「この間のあれ、よかったよな。ブレインストーミングだっけ？　もう一度やってみよう。何かに気がつくかもしれない」

「そうですね。ええと」如月は捜査ノートを広げた。「今、私たちが調べるべきことは何か。檻や凶器といったブツ関係は鷹野主任たちが担当してくれています。被害者の友人・知人関係は鑑取り班の担当です。……じゃあ、動機について考えるというのはどうでしょう」

「そうだな。そこはあまり深掘りできていないかもしれない」

「単純に考えれば、記事で批判されたガイア・ガーディアンが、井浦さんを恨んでいた可能性が高いですよね。でも第二の被害者である福原さんは、批判記事と関係あるかどうか不明です」

「想像するなら、福原香奈恵がネタ元だったという感じだろう。彼女がGGの内情を知っていてそれを井浦に流した、とかな。ふたりは会っていたというし」

「ただ、鑑取り班が調べても、まだふたりの関係は詳しくわかっていません。別の線も考えてみる必要があるのでは」

「GGに恨まれていたとすると、福原もやはり彼らを批判していたんだろうか」

「あるいはGGへの批判とは関係なく、別の理由で殺害された、とか」

「何か個人的な行動によってGGに目をつけられたのかな。それとも、いっそ犯人はGGではないと考えるべきか。どうなんだろう」

門脇は首をかしげて唸った。もしGGの犯行ではないとすると、動機を探すのも難しくなりそうだ。

「情報が足りないんだよなあ」門脇はメモ帳のページをめくり始めた。「何かないか。まだ俺たちが検討していない項目が……」

「未検討の項目といったら、これがありますよ」

如月は捜査ノートの項目を指差した。

《肝炎　肺がん　ヒフがん　糖尿病　アレルギー　日本橋　YNG》

と書かれている。

「そうだった。福原香奈恵が残したメモだな。たしかに、これはまだ解明できていない」

「日本橋に行ってみませんか」如月が顔を上げて言った。「何かわかるかもしれませんよ」

「勝算があるのか？」

「ありませんけど、刑事は足で稼ぐものでしょう」

「如月の口からそんな言葉が出るとは思わなかった」門脇はまばたきをした。「だが真理だな。頭で考えるのは鷹野のやり方であって、俺たちのやり方ではない」

行くぞ、と言って門脇はベンチから立ち上がる。

地下鉄東西線で日本橋に移動した。

中央区日本橋というと、まず門脇の頭に浮かぶのは地下鉄日本橋駅だ。しかし、それ以外にも日本橋と名の付く地名は多い。如月が地図帳を開いていた。

「日本橋茅場町《にほんばしかやばちょう》、日本橋小伝馬町《こでんまちょう》、日本橋人形町《にんぎょうちょう》……まだまだありますね。ちなみにJR新日本橋駅があるのは日本橋室町《むろまち》です」

「ちょっと侮っていたな。こりゃあ、かなり広範囲だぞ」

「歩いてみましょう。私、写真を撮りますね」

如月は携帯電話のカメラ機能で、辺りの風景を撮影し始めた。鷹野と同じ発想だ。今は気がつかなくても、写真を残せばあとで役に立つ可能性がある、ということだろう。

中央通り沿いには百貨店や商業ビル、各種の専門店などがあって賑やかだ。しかし一本逸れればオフィスビルの並ぶビジネス街になる。道は比較的広いのだが、一方通行路が多かった。会社の営業車やトラック、宅配会社の車などがあちこちに見える。

「ブレストの続きです」如月が言った。「思いつくまま喋ってみましょう。門脇主任、肝炎といったら？」

「よく知らないが、あれだ。肝臓に炎症が起こる病気だろう」

「A型とかB型とか、たくさんの種類があるんですよね」

「そういえば血液で感染するものもあると聞いたな」

「肺癌《がん》や皮膚癌についてはどうです？」

「癌は想像がつきやすいな。怖い病気だ」

「早期に発見できれば、治療の方法はあると言われていますよね。新しい薬も出来ているようだし」

「……糖尿病はどうだ。これもよく聞く病気だよな。知り合いの捜査員が、治療を続けていると話していた」

「血糖値が高くなってしまうんですよね。生活習慣によって糖尿病になるケースもあるそうです」

「やっぱり規則正しい生活が大事か……」

「刑事の仕事をしていると、なかなか難しいですけど」

如月は苦笑いを浮かべる。

「アレルギーというのはたぶん比喩《ひゆ》的《てき》なほうじゃなくて、本物のアレルギーだろうな」

「だと思います。免疫反応が過剰になるんでしたっけ？　食べ物のアレルギーとか花粉症、ハウスダストが原因のものとか、いろいろありますよね」

「……そういった病気の名前を、福原香奈恵は書き残した。そして最後のふたつが引っかかる。日本橋というのはここらへん一帯のことだと思うが、最後のＹＮＧは何だろう」

「YNG、YNG……何かの略でしょうか。Youngで『若い』とか?」

「日本橋に若者はあまり来そうにないが」

「場所柄、そうですよね。このへんの百貨店に来るのは中高年層でしょうし」

「いや、待てよ。俺たちが知らないだけで、ひょっとしたら若者向けの店があるのかもしれない」

門脇は如月とともに捜索を続けた。如月がネット検索してくれたが、若者向けだとはっきりわかる店は見つからなかった。それでも何かあるのではないかと、路地のひとつひとつを見て回ることにする。

横断歩道を渡っているとき、歩行者用の青信号が点滅し始めた。これはいかんと思って走りだしたが、いくぶん無理をしたようだ。大通りを渡りきる前に、左脚が少し痛んだ。

先に歩道に着いていた如月は、こちらを振り返って「大丈夫ですか」と言った。

「すまんすまん。ちょっと油断した」

「あの……気になっていたんですが、門脇主任、脚が痛むんじゃありませんか?」

如月が遠慮がちに尋ねてきた。まいったな、と門脇は思った。いつから彼女にばれていたのだろう。

「たいしたことはない」門脇は首を振った。「今のは、たまたまだよ」

「何だったら、少し休んでいただいて、あとの捜索は私ひとりでも……」

「大丈夫だ。急に走ったりしなければ問題ない」

そう答えて門脇は歩きだした。怪訝そうな顔をしながら如月はついてくる。

後輩に体の心配をされるとは、なんとも情けないことだった。門脇は咳払いをした。

「一昨日、病院に行ったが、あれは定期検診だからな。もう治療は済んでるんだ」

「だったらいいんですけど」

「……気をつかわせて悪かったな」

「いえ、こちらこそすみません。よけいなことを」

如月は門脇に向かって軽く頭を下げた。

意地を張るような形になったが、じつを言うと、町を歩き続けて脚に負担がかかっていた。普段門脇は地取りを担当しているが、あれは限られた区域をしらみつぶしに調べていく捜査だ。案外、長い距離を歩いてはいないことが多い。

そんなことを思いながら辺りを見回すうち、製薬会社の看板が目に入った。そういえば、先ほどからいくつか薬関係の会社を見かけている。

門脇の頭にある考えが浮かんだ。あの福原のメモは薬と関係があるのではないか。

しかしYNGだのヤングだのという名前の会社は聞いたことがない。

――いや、待てよ。ひとつ可能性がある。

ポケットから携帯を取り出し、尾留川に架電した。相手はすぐに出た。

「お疲れさまです。門脇さん、どうかしましたか」

「調べてほしいことがある。前に何かの捜査で知ったんだが、製薬会社の団体がそれぞれの会社コードを取り決めているはずなんだ。そこに『YNG』というのはないか」

「了解。調べて連絡します」

電話は一旦切れたが、わずか三分ほどでコールバックがあった。報告する尾留川の声は弾んでいた。

「門脇さん、お見事！　柳《やなぎ》木製薬という会社のコードがYNGですよ。本社は日本橋本町《ほんちょう》……」

「それだ。尾留川、助かった！」

思ったとおりだった。通話を終えて、門脇は如月とともに日本橋本町へ向かった。

よく考えてみればヒントはあったのだ。

日本橋付近には江戸時代から薬問屋が集まっていて、現在も製薬会社の本社が多い。病気の名前に気を取られてしまって、それらの病気を治療する薬という視点が欠けていた。

門脇たちは柳木製薬の本社を訪ねた。こちらが警察手帳を見せると、受付の女性はすぐ上司に報告し、応接室を準備してくれた。話が早くてありがたい。

ソファに腰掛け、しばらく待った。壁を見ると大きな油彩画が飾ってある。門脇には価値がわからないが、おそらく高価なものなのだろう。如月はメモ帳を開いて、何か調べているようだ。

五分ほどで応接室のドアが開かれた。現れたのは縦縞《たてじま》模様のスーツを着た男性で、歳は四十代後半といったところだろう。緊張しているのか、硬い表情で近づいてきた。

「お待たせしてすみません。総務課長の堀江《ほりえ》と申します」

彼は名刺を差し出した。門脇は素早く警察手帳を呈示する。

「警視庁の門脇です。突然すみませんが、じつはお訊きしたいことがありまして」

「はあ、いったいどんなことでしょうか」

不安げな顔で堀江は尋ねてきた。

門脇は資料ファイルから一枚の紙を取り出した。そこには、福原の残したメモがコピーされている。

「ある事件の捜査をしていて、こんなメモを見つけました。意味がわかりますか？」

堀江は紙を受け取り、真剣な顔でじっと見つめた。だが、じきに大きく首をかしげた。

「いったい何でしょうか……」

「日本橋、ＹＮＧというのは柳木製薬さんのことだと思うんです。ほかに病気の名前がいくつも書かれていますが、もしかしたらこれらを治療する薬を作っているのでは？」

もう一度メモを見たあと、「ちょっと失礼」と言って堀江はテーブルの隅に手を伸ばした。内線電話の受話器を取り、誰かと小声で話し始める。

数分後、元どおり受話器を置いて、堀江は顔を上げた。

「肝炎、肺癌、皮膚癌の薬は製造していますが、糖尿病やアレルギー関係の薬はありません。過去にも発売したことはないはずです」

門脇は眉をひそめた。ここまで来て、予想が外れるとは思わなかった。

「もうじき発売される可能性は？」

「研究はしていますが、近々発売ということはないですね」

門脇は渋い表情を浮かべて、如月をちらりと見た。彼女も腑《ふ》に落ちないという顔をしている。

「福原香奈恵という人を知りませんか」

今度は福原の写真を見せてみた。だが、堀江の反応は先ほどと変わらない。

「いえ、存じ上げません」

ほかにも質問を重ねてみたが、堀江は首を横に振るばかりだ。門脇の勘では、相手が嘘をついているとは思えなかった。

結局、大きな収穫はないまま引き揚げることになった。

柳木製薬の本社を出て、門脇は唸った。あのメモと福原の写真を見せれば、何か手がかりが得られるのではないか。そう考えていただけに落胆が大きい。

「空振りだったか。どこかで思い違いをしていたのかな」

「別の角度から考え直しましょうか。きっといいアイデアが出ますよ」

慰めるように如月が言う。先輩としてはどうにも恰好がつかない状況だ。

ポケットの中で携帯電話が振動した。慌てて携帯を取り出し、通話ボタンを押す。

「はい、門脇……」

「早瀬だ。重要な情報がつかめた」

そう言う早瀬のうしろで、何人かの捜査員が同時に架電している声が聞こえた。今、緊急の連絡が行われているようだ。

「鷹野の報告を覚えているか。四月二十九日にペットショップで檻を買った男がいたんだが、その人物が乗ったと思われる白いワゴン車が判明した。データ分析班が防犯カメラの映像を調べた結果だ」

「本当ですか。……で、そのワゴン車はどこに？」

「現在の所在地は不明だが、走った経路が一部特定できた。車はペットショップを出たあと、葛飾《かつしか》区立石《たていし》に移動したようだ」

「立石ですね」門脇は頭の中に地図を思い浮かべる。

「このあとメールで詳細を送るが、ワゴン車はその夜、ある住宅街のどこかに二時間ほど停まっていた可能性が高い」

「そこで何かをしていたわけですね」

「その住宅街にアジトがあって、少し立ち寄ったのかもしれない。もしそこで遺留品が見つかれば、捜査が進展する。今から行けるか？」

「大丈夫です。至急、動きます」

「ほかのメンバーも立石に向かわせている。捜索地区の分担はメールで確認してくれ」

「了解」

通話を終えて隣を見ると、如月が厳しい表情でこちらを見ていた。門脇の言葉から、だいたいの内容は想像できたようだ。

「犯人のアジトを捜しに行く。場所は立石だ」

「わかりました」

姿勢を正して如月はうなずく。緊張感の中に、刑事としての覚悟が窺える。

いよいよ犯人の正体に迫れるかもしれない、と門脇は思った。これまでずっと振り回されてきたが、今こそ手がかりが得られるのではないか。

重要な局面だぞ、と門脇は自分に言い聞かせた。

5

早瀬からのメールで詳しい情報が入ってきた。

四月二十九日の二十時十分ごろ、江東区東陽のペットショップで組み立て式の檻が三つ販売された。購入したのは二十代から四十代ぐらいの男性で、人相は不明。レジに記録された時刻をもとに店舗周辺の防犯カメラを確認したところ、白いワゴン車が捜査線上に浮かんだ。犯人はその車に乗っていた可能性が高い。データ分析班は沿道の防犯カメラをひとつずつ調べていき、車の動きを追った。自動車ナンバー自動読取装置、通称「Nシステム」も使った結果、ワゴン車は荒川を越えて葛飾区立石の住宅街に入ったことがわかった。

防犯カメラのデータ上、その区画に入ったのが二十時三十九分。区画内ではカメラに引っかからなかったようで、どこにいたのかは不明だ。次に車が別のカメラに写ったのは二十二時四十五分で、亀有《かめあり》方面に走り去った。それ以降は追跡できていないという。

「ワゴン車は二時間ほど、この区画にいたわけですね」

辺りを見回しながら塔子は言った。細い道が縦横に走る住宅街で、建物はかなり密集している。それだけ身を隠す場所も多いわけだから、捜索にも時間がかかりそうだ。

「早瀬さんの言うとおり、一時的にアジトに立ち寄ったのかもな。檻の保管場所として使ったのかもしれない」

「やっぱり廃屋でしょうか」

「それが一番怪しいだろう。……ああ、あそこだ。あの店の防犯カメラにワゴン車が写っていたらしい」

門脇は酒販店を指し示したあと、地図帳を開いて塔子のほうに向けた。

「今、我々がいる場所がここ。そして当日、二時間後に車がカメラに写ったのがここだ。この辺りのどこかに、奴はいたはずなんだ」

京成《けいせい》電鉄の京成本線と京成押上《おしあげ》線、そして水戸《みと》街道《かいどう》。これらに囲まれた一画、あるいはその周辺に、犯人は約二時間滞在していたと考えられる。

「ほかの捜査員の担当地区はこうなっている。俺たちが調べるのは、指定された区画の南端だな」

門脇は地図帳を指差した。その部分だけに限定しても、対象区画にはかなりの建物があるようだ。

「順番に見ていくしかありませんね」

「狭い道が多いから、路上駐車したとは考えにくい。車を停めておける場所に注目しよう」

割り当てられた区域に着くと、門脇は左右に目を配りながら歩きだした。塔子も見落としがないよう注意して進んでいく。

なかなか一筆書きのようにはいかないから、同じ道を行きつ戻りつすることになる。民家の車庫、会社の駐車スペース、少し広めの駐車場などを見つけるたび、付近に廃屋などがないか確認してみた。また、地域の住民にも当日の夜、白いワゴン車を見なかったかと訊いて回った。

四十分ほど捜索を続けたが、これといった発見はない。わかっていたことだが、相当根気のいる作業になりそうだ。

「やはり時間がかかるなあ」門脇はつぶやいた。

「何かもうひとつ、手がかりがあるといいんですけど……」

塔子がそう言うと、門脇は急に立ち止まった。おや、と思って塔子は尋ねる。

「大丈夫ですか？　少し休みましょうか」

「ああ……いや、ちょっと待ってくれ」門脇は携帯を取り出し、画面を見つめた。

「二十時三十九分から二十二時四十五分だったよな」

携帯でネット検索をしているようだ。やがて何かを見つけたらしい。

「こっちだ」門脇は歩きだした。

住宅街を進むうち、前方に宅配会社の営業所が見えてきた。迷うことなく門脇はそこに向かう。

営業所の奥にいた中年男性に、門脇は声をかけた。

「警察の者ですが、ちょっと話を聞かせてください」

「え……。何かありましたか」

伝票を整理していた男性は怪訝そうな顔を見せた。いえいえ、と門脇は首を振る。

「四月二十九日の夜、この辺りで荷物の配達をした人はいませんか。一番遅い時間帯です」

「一番遅いというと、夜八時から九時の間の配達指定ですね」

男性はドアの向こうに姿を消したが、一分ほどで戻ってきた。三十代の女性と一緒だった。

「お待たせしました」男性はその女性を門脇に紹介した。「四月二十九日でしたね。その時間帯は彼女が配達を担当しました。パートの従業員なんですが……」

「警視庁の門脇といいます。……当日、白いワゴン車を見ませんでしたか。普段この辺りにはいない車じゃないかと思うんです。配達なさっていて、何か違和感がなかったかなと思いまして」

そういうことか、と塔子は納得した。送り主の指定により、夜八時から九時という遅い時間帯にも配達が行われている。この女性従業員はパートだというから、リヤカー付き電動自転車などを使って集配業務をしているのだろう。だとすれば、見慣れない車両などに注意が向いた可能性がある。

「どうでしょう。四月二十九日の夜です」

「すみません、ちょっと記憶が曖昧で……」

女性は困ったという顔をした。日々忙しく走り回っているから、ピンポイントでこの日のことを思い出してくれと言われても難しいようだ。

門脇は鞄からテレビ番組ガイドを取り出した。ページをめくって彼女の前に差し出す。

「この日です。ちょっと見ていただけますか。ワイドショーでは前日に起こった放火事件を特集していました。芸能関係だと男性アイドルグループが解散するという話題が出ています。夜の時間帯だと……たとえばこれ、半年に一度の歌謡祭が放送されていますね」

「あ、その歌番組は覚えています」女性は何度かうなずいた。「私は仕事があったので録画していたんです。早く終わらせて帰りたいと焦っていて……」

ここで彼女は、隣にいる男性をちらりと見た。まずいことを言ったかな、という気持ちが滲み出ている。

「配達中に、何か気になることはなかったでしょうか」

「そういえば邪魔な車がいました。好きなアーティストの歌にワゴン車が出てくるんですよ。それで覚えていて……。その邪魔な車、敷地の中に停めてたんですけど、もともと場所が狭い上、車が大きいものだから少し道路にはみ出していたんです。白い車でした」

「どこですか？　場所を教えてください」

門脇は机の上に地図帳を広げた。女性は真剣な顔で覗き込んでいたが、人差し指で鉄道の部分をなぞった。

「京成押上線の向こう側ですね。ここに古いアパートがあって……。もう誰も住んでいないんですけど」

好都合だろう。

塔子ははっとした。誰も住んでいないアパートなら、犯罪者にとってはこの上なく好都合だろう。

女性の記憶にも助けられたが、それを引き出した門脇のアシストも見事だった。

「ありがとうございます。助かりました」

地図帳やテレビ番組の雑誌を鞄にしまいながら、門脇が塔子に視線を向けた。塔子はこくりとうなずいてみせる。

これから乗り込んでいく建物を想像して、塔子は気持ちを引き締めた。


前方から電車の走る音が響いてくる。

京成押上線のすぐ近く、民家が建ち並ぶ一画に古めかしいアパートが見えた。築四十年ぐらい経っていそうな二階建てだ。暗い灰色の壁にはあちこちひび割れが走っている。コンクリートブロックで造られた塀は長年の風雨で変色していた。雨樋《あまどい》は途中からふたつに折れていて、下には小さな水溜まりが出来ている。二階に通じる外階段は赤錆《あかさび》ですっかり汚れていた。

敷地には駐車スペースがあるが、先ほど聞いたとおり、あまり広いとはいえない。軽自動車ならともかく、大きなワゴン車であれば車体がはみ出してしまうだろう。

建物を見上げてから、塔子は門脇の様子を窺った。

門脇は携帯電話を耳に当て、小声で誰かと話している。おそらく早瀬係長に報告をしているのだろう。やがて通話を終了し、彼は携帯をポケットにしまい込んだ。

「応援が来たら、一緒に中を調べろという指示だ。所有者への連絡は、早瀬さんに頼んでおいた」

五分ほど経ったころ、二名の応援捜査員がやってきた。いずれも西新井署の刑事で、塔子も捜査会議のとき顔を見たことがある。ひとりは無精ひげを生やした三十代の男性、もうひとりは整髪料で髪を固めた二十代の男性だ。

「四月二十九日、犯人がこの建物に立ち寄った可能性がある」門脇はみなを見回して言った。「犯人のアジトかもしれない。今は無人だと思われるが、油断しないでくれ。現場のものにはできるだけ触れないように」

はい、と塔子たちはうなずいた。ここがアジトだとすれば、多くのものが証拠品となり得る。指紋ひとつにしても、自分たちが消してしまうわけにはいかない。

万一に備え、二十代の刑事には外で待機してもらうことになった。

白手袋を嵌めて、門脇はアパートの敷地に入っていく。そのあとに塔子が、そして三十代のひげの刑事が従った。

アパートには一階に三部屋、二階に三部屋ある。門脇はその中の、駐車スペースにもっとも近い一階左端《ひだりはし》の部屋へ近づいていった。ドアノブに手をかけると、施錠されていないことがわかった。管理の都合上、鍵をかけないというのは考えにくい。誰かがこじ開けた可能性がある。

振り返って塔子たちに目配せしたあと、門脇は玄関のドアを開けた。

ぎー、ぎぎ、ぎ、と嫌な音がした。

門脇がするりとドアの中に入り、塔子とひげの刑事が続く。

照明は点かないが、窓からの明かりがあるので助かった。塔子たちは玄関に立って、室内を観察する。入ってすぐの部屋は六畳ほどのダイニングキッチンで、床はリノリウム張りだった。右手にあるのはユニットバスの入り口だ。この位置から中が見えたが、脱衣所にも浴室にも異状はないようだった。

左手には流し台と、ガスレンジを設置するスペースがある。テーブルが置かれていたはずの場所には現在何もなく、部屋はがらんとした状態だった。壁に一年前のカレンダーが掛けてある。いくつかの日付の欄に書き込みが残っていた。

「警察です。誰かいますか」

門脇が声をかけた。中に人がいるとは思えないが、念のためそうしたのだ。

返事はない。

靴を脱いで門脇は部屋に上がった。塔子もそれにならったが、床を見て眉をひそめた。溜まった埃《ほこり》の上に靴の跡が付いている。住人が出ていってしまったあと、何者かがこの部屋に入ったのだ。土足で上がっていることから、侵入者に間違いないと思われる。

――やはり、犯人が来ていたのかも……。

確証はないが、その疑いが濃くなった。緊張感を抱いて、塔子は拳を握り締める。

靴跡を踏まないよう注意しながら、門脇は進んでいった。ダイニングキッチンの奥に、ドアと引き戸があった。ドアは右手奥の部屋へ、引き戸は正面奥の部屋へ続いているようだ。

門脇は右手のドアに近づき、そっとノブをひねった。

そこは寝室として使われていたらしい。ベッドはなかったが、汚れた布団が一組、雑に畳んで置いてある。床には雑誌や新聞紙、レジ袋などが散らばっていた。

一旦ダイニングキッチンに戻った。次に調べるのは、正面奥へと通じる引き戸だ。引き戸は三枚あり、どこからでも動かせる構造になっていた。右側の戸に手をかけ、門脇はそろそろと左へスライドさせていく。

そのとき、建物の外から大きな音が響いてきた。塔子ははっと息を呑む。

電車の走行音だった。

門脇も驚いたのだろう、身を硬くしていた。電車が通り過ぎ、音が遠ざかっていくのを待ってから、彼はもう一度引き戸に手をかける。

戸が一枚開かれて、奥の部屋が見えるようになった。

八畳ほどの洋室だった。掃き出し窓にはカーテンが掛かっていたが、隙間から射《さ》し込む光で室内の様子がわかった。以前は壁際にテレビや書棚やオーディオラックなどが並んでいたのかもしれない。だが今、室内に実用的な家具は何もなかった。

それらの代わりに、部屋には奇妙なものが置かれていた。

鉄の檻だ。

畳一枚ほどの床板に、ぐるりと巡らされた頑丈な鉄格子。

その檻の中で誰かが仰向けに倒れていた。洋服は着ていない。ワイヤーで縛られた両手を、胸の前で合わせていた。口枷が嵌められている。腹部から流れ出た血が、檻の床を赤く汚しているのがわかった。

「ちくしょう、なんてことだ！」

門脇が部屋に踏み込んだ。塔子と所轄の刑事もあとに続く。

胸の膨らみや下腹部の状態から、女性であることがわかった。塔子の頭に、西瑞江事件の被害者・福原香奈恵の顔が浮かんでくる。あのときと同じような衝撃に襲われた。それに続いて、強い後悔と憤りに苛《さいな》まれた。

門脇と塔子は床に膝をつき、檻の中を覗き込む。カーテンの隙間から射し込む光で、その女性の顔を確認することができた。

年齢は三十代後半だろうか。黒いストレートの髪が、裸の肩から床へこぼれ落ちている。眉は細く、その下の両目は固く閉じられていた。

「門脇主任、この人！」

思わず塔子は声を上げた。門脇も気づいたようだ。

「いったい、どうして……」

両目を開いていたなら、その女性の凜とした美しさが伝わってきたに違いない。塔子たちは彼女を知っている。昨日、早稲田で会ったばかりなのだ。

それはガイア・ガーディアンの幹部、三枝千鶴だった。

6

線路際の住宅街で、警察車両の回転灯がいくつも光っている。

白黒のパトカーに覆面パトカー、ワンボックスタイプの車両。制服警官やスーツ姿の刑事、活動服を着た鑑識課員などが忙しく現場に出入りしていた。

立入禁止テープが張られた廃アパートを、近隣住民が遠くからじっと見ている。あとからやってきた者は、これまで様子を窺っていた者から事情を聞いているらしい。携帯電話で写真を撮る者、小声で誰かと通話している者などもいる。

「門脇さん」

うしろから声をかけられた。はっとして振り返ると、鷹野が足早にやってくるのが見えた。一緒にいるのは相棒の針谷だ。

「来てくれたのか、鷹野」

「あまり離れていない場所にいたんです。また遺体が見つかったと聞いて驚きました」

「今、鑑識が調べているところだ。もう少し待ってくれればホトケさんを拝める」

そうですか、とつぶやいて鷹野はアパートを見上げた。それから如月のほうを向いた。

「よく見つけたな。たいしたものだ」

「いえ……。発見したのは門脇主任ですから」

「如月だって、ただ歩いていたわけじゃないだろう。手柄は誇っていい。だが、三つ目の遺体が出てしまったのは本当に残念だし、悔しくて仕方がない」

「そしてショックでした」如月は声を低めて言った。「なぜ三枝さんだったのか……。門脇主任も私も、ずっとガイア・ガーディアンが怪しいと思っていたんです」

「俺たちもそう考えていた。井浦宗雄さんも福原香奈恵さんも、何らかの形でGGの恨みを買ったんじゃないか、とね。ところが、GGの幹部である三枝さんが殺害されてしまった」

「筋読みを一からやり直さないと……」

「そうだな。厄介なことになった」鷹野は渋い顔をして唸った。

そこへ大きな音が近づいてきた。並んで停車した警察車両の向こうを、ごうごうと電車が通過していく。しばらく会話が中断された。

音が静まったあと、門脇は鷹野に話しかけた。

「今回はこの音が利用されたんだろうな」

「ええ。電車が通るタイミングで、銃が使われたんでしょう」

「ほかの状況も、第一、第二の事件とほぼ同じだ」門脇は腕組みをした。「だとすると、わからないことがある。早瀬さんをはじめとして我々はみんな、ここが犯人のアジトだと思っていた。それなのに、ここに遺体があった。どう考えればいい？」

鷹野は宙を睨み、指先で顎を掻いた。しばらくして如月のほうへ視線を向ける。

「地図帳を持っているか？」

「はい、あります」

如月はバッグから自分の地図帳を取り出した。鷹野はそれを受け取り、ページをめくっていく。開かれたのは東京都の広域地図だ。

「第一の現場は足立区関原、第二の現場は江戸川区西瑞江。そしてここが現在地の葛飾区立石です。ざっくり言うと立石は関原と西瑞江の中間にあって、どちらにも移動しやすい。俺は、やはりここが犯人のアジトだったんだと思います」

門脇は横から地図を覗き込んだ。たしかに鷹野の言うとおりだ。北から関原、立石、西瑞江という配置になっていて、いずれも都心部から荒川を渡った先にある。

「犯人は四月二十九日にここへ二時間立ち寄った。それから移動しているよな」

「想像になりますが……」鷹野は自分の考えを説明し始めた。「四月二十九日、犯人はこのアパートに檻を持ち込んだ。三つともここに保管したか、あるいはひとつかふたつをここに残したのかもしれません。そのあとどこかのタイミングで関原へ行き、廃屋の中で檻を組み立てた。そうやって準備をしておいて、五月六日になると井浦さんを連れていき、檻に閉じ込め、暴走族のバイクの音に合わせて発砲、さらに首を絞めて殺害したんだと思います。

その翌日、五月七日の夜には、同じように檻を準備していた西瑞江五丁目の廃屋で、福原香奈恵さんを殺害。このときは環七通りのトラックの騒音を利用しました。……そして昨夜、五月八日には三枝千鶴さんを拉致して殺害したんでしょう。別の廃屋を用意する手間を省いて、このアジトを使った。今回は電車の騒音が利用されたというわけです」

結局、三つの事件が発生し、門脇たちはどれひとつ未然に防ぐことができなかった。特に第二の事件では、福原が行方不明だとわかっていただけに残念でならない。

　ふと見ると、また一台、警察車両が到着したところだった。

　後部座席から出てきた男性ふたりを見て、門脇は意外に思った。ひとりは早瀬係長で、これは納得できる。だがもうひとりは早瀬の上司、手代木管理官だった。普段、特捜本部で捜査の進行をチェックしている手代木が、なぜ現場に出てきたのだろう。

　第三の事件が起こってしまった今、前線の視察が必要だと手代木は考えたのか。それとも至急、事件現場に行くようにと神谷課長に命じられたのか。いずれにせよ、幹部たちが焦っていることは間違いなかった。とにかく現場に出て、捜査員たちを叱咤《しった》するという意図がありそうだ。

「お疲れさまです」

　隣にいた如月が挨拶をした。門脇は黙ったまま、早瀬たちに頭を下げる。

「よく見つけてくれた」早瀬は部下たちを見回して言った。「だが正直なところ、複雑な気分だ。今回、なぜGGの三枝千鶴が狙われたのか」

　一歩前に進み出てから、鷹野が口を開いた。

「係長、我々は大きな勘違いをしていた可能性があります。僭越《せんえつ》ですが、捜査方針を見直す必要があるかと……」

「まったく僭越な話だ」

そう言ったのは手代木管理官だった。明らかに不機嫌そうな顔をしていた。

「方針は幹部が決める。おまえたちは指示されたとおり、捜査を進めればいい」

「ちょっと待ってください」門脇は眉をひそめて手代木を見た。「部下の考えを頭から否定し、押さえつけるというのはいかがなものでしょうか」

「なんだ門脇、文句があるのか」

「そうじゃありませんが、こんな事態になってしまったわけですから、見方を変えることも必要でしょう。いろいろな意見を聞いて、多くの捜査方針を検討すべきだと思います」

「だから、それを決めるのは我々幹部だと言っている」

「決める前に意見を聞いてくださいという話です」

門脇さん、と鷹野が声をかけてきた。まあまあ、という手振りをしている。一方、早瀬は手代木を宥めているようだ。

「事件が続いて、みんな焦りが出ているんでしょう」鷹野は言った。「門脇さんも手代木管理官も、普段から馬が合わないのはわかりますが、少し落ち着くべきです」

門脇は黙り込んだ。手代木も、とりあえず様子を見ることにしたようだ。

そこへ電話がかかってきた。門脇はポケットで振動している携帯を取り出す。尾留川からだ。

「はい、門脇……」

「忙しいところすみません。今、大変らしいですね。早瀬係長たちも向かっているとか」

「ああ、もう到着している。GGの三枝千鶴が殺害された。同じ手口で三件目だ」

「悪いニュースがあります。係長にも伝えてほしいんですが、犯人が用意した檻はたぶん四つです」

「なに？」驚いて門脇は聞き返した。「どういうことだ」

「江東区東陽のペットショップには、檻の在庫が三つしかなかったんですよ。その日、白いワゴン車は立石に移動しましたが、途中でホームセンターに寄っていたことがわかりました。奴はそこでもうひとつ檻を買っています」

まったく予想外の話だった。うしろから頭を殴られたような気分だ。

電話を切ったあと、門脇は今の情報を早瀬たちに伝えた。みな眉をひそめ、険しい表情でその話を聞いていた。

「つまり、このあとまだ、四つ目の事件が起こるということか？」手代木が尋ねる。

「その可能性が高いですね」

門脇はうなずいた。無意識のうちに、自分が拳を握り締めていたことに気づいた。体中に力が入り、左脚の傷痕が少し痛んだ。

「早瀬、方針の転換が必要だな」手代木が硬い声で言った。「この現場を確認し次第、特捜本部に戻るぞ。神谷課長に報告しなければならない」

わかりました、と早瀬は緊張した顔で答えた。

手代木は咳払いをしてから、あらためて門脇と如月の顔を見た。

「おまえたちには特別な命令がある。ガイア・ガーディアンの本部に行ってこい」

「え？」門脇はまばたきをした。「でも、都議からクレームが入っていたんですよね？」

「ここに来る前、手を打っておいた。幹部が殺害された以上、GGも他人事という顔はできまい。警察としても、これを放っておくわけにはいかない。本部で事情を訊け」

「拒絶されたらどうします？」

「どうにかして情報を取ってこい」

「強引にやってもいいんですか」

「何かあれば、俺がおまえたちを守ってやる」

これは意外だった。事なかれ主義と見えた手代木の口から、そんな言葉が出るとは思わなかった。門脇は深く頭を下げる。

「ありがとうございます。感謝します」

「感謝なんかしなくていいから、おまえの好きなようにやってこい」

「……言うだけ言っておいて、あとで逃げないでくださいよ」

「馬鹿。俺がそんなことをするか」

手代木は顔をしかめる。門脇はにやりと笑ってみせた。

「じゃあ、あとを頼みます。如月、行くぞ」

「あ、はい。了解です」

門脇はみなに目礼をすると、如月とともに現場を離れた。


第三の事件が起こってしまった今、時間を無駄にはできなかった。タクシーを飛ばして、門脇と如月は早稲田へ移動した。

まだ日没前だが、夜の営業に備えて飲食店はどこも仕込みに忙しいようだ。早いところではサービスタイムの看板を出し、本格的にアルコールを提供している。学生らしいグループが笑い合いながら店に入っていくのが見えた。

不動産会社の脇にあるエレベーターで、門脇たちはペンシルビルの四階に上がった。

インターホンで来意を告げると、すぐにドアが開いた。昨日ここを訪れた際、最初に出てきたのは三枝千鶴だったことを、門脇は思い出した。その三枝はあんな姿で発見されてしまった。一日でここまで事態が変わるとは思ってもみなかった。

事前に電話をかけておいたため、代表の真木山陽治はどこにも外出せず、時間を作ってくれていた。

昨日とはかなり顔つきが違っている。真木山は戸惑いを隠せない様子で、門脇たちをテーブルへと案内した。

「あの……うちの三枝はいったいどんなふうに……」

声を低めて真木山は尋ねてきた。これまで無関係だと思っていた事件が、自分たちに降りかかる災厄となったのだ。彼が真剣になるのは当然のことだった。

「使われていない古いアパートで、ご遺体となって発見されました」門脇は相手の表情を観察しながら言った。「井浦さんのときとよく似た状況で殺害されていました。同じ人物の犯行だと思われます。捜査にご協力いただけますね？」

「ええ、それはもちろん」真木山はゆっくりとうなずく。

これでいろいろな情報が引き出せるようになった。門脇はメモ帳を手にして、真木山に質問し始めた。

「昨夜の三枝さんの行動はわかりますか」

「夜八時ごろ、この本部を出ました。いつもどおりの時間です。人と会うとか、何か用事があるとか、そういう話はしていませんでしたが……」

「最近、三枝さんは誰かとトラブルになっていなかったでしょうか」

「さあ、詳しいことはちょっと……」

「よく思い出してください」門脇は室内を見回しながら言った。「こちらの団体ではいろいろな活動をなさっていますよね。見たところ三枝さんはかなり行動的で、遠慮のない発言をする方だったようです。そうした言動によって恨みを買った可能性は？」

門脇の言葉を受けて、真木山は数秒沈黙した。壁際の事務机に目をやってから、彼は再び口を開いた。

「三枝はたしかに強硬派でした。動物を保護するために、企業や個人に対して強い抗議を繰り返していました」

「雑誌や新聞で報じられたこともありますね。あなたは代表として、三枝さんの行動を容認していた。いや、そういう抗議活動を、あなたは三枝さんに押しつけていたんじゃありませんか？」

「押しつけていたなんて、そんな……」

「言い方がよくないのなら訂正します。あなたは事実上、三枝さんに抗議活動をすべて任せてしまっていた」

真木山は何か言いかけたが、その言葉を呑み込んだようだ。

門脇は相手の目を覗き込んだ。

「まあ、団体の内情については、私に何か言う権利はありません。今お訊きしたいのは、これまでの活動によって三枝さんが誰かに恨まれていたのではないか、ということです。たとえば、フリーライターの井浦宗雄さんとトラブルが起こっていたように……」

「……昨日も話しましたが、あれは井浦さん側に非がありますから」

「では、ほかの抗議活動に関してはどうですか。水族館やペット販売業者にクレームをつけていましたよね。そういう人たちから恨みを買ったということは？」

「たしかに、その可能性は否定できませんが」

「そうでしょう。……では、これまでのトラブルについて情報をいただけませんか。過去、GGに苦情を申し入れてきた人がいると思います。そういう記録が残っていますよね？」

ひとつため息をつくと、真木山は立ち上がった。資料ファイルを取り出し、真剣な目で調べ始める。こちらが思ったよりクレームが多いのだろう、記録が何十枚も残っているようだった。彼は一件ずつ内容を確認しながらコピーをとっている。

その背中に、門脇は声をかけた。

「三枝さんを襲った人物は、ガイア・ガーディアンそのものを恨んでいるのかもしれません。代表であるあなたも狙われるおそれがあります」

「……それはそうですね」

「充分注意してください。何か気になることがあれば警察に連絡を」

門脇はテーブルの上にメモを置いた。そこには特捜本部の電話番号が書いてある。

その紙をちらりと見てから、真木山は資料ファイルに視線を戻した。

「あのう」隣にいた如月が口を開いた。「三枝さんが使っていた机を見せていただけないでしょうか」

「かまいませんが……。いや、ちょっと待ってください」

真木山はコピーの手を止めて、壁際の事務机の前に移動した。

「先に私が確認しますので」

「いや、それでは意味がないですよ」門脇は言った。「何か隠されては困りますから」

「団体にとって大事な資料もあります。まずは私に確認させてください」

そう言われては仕方がない。門脇と如月はしばらく待つことにした。

真木山は書類やノートを調べて分別している。二十分後、高さ十五センチほどに積み上げた資料をテーブルに運んできた。

如月と手分けをして、門脇は資料をチェックし始めた。団体の運営に関することや、抗議活動に関する資料は、真木山に抜き取られてしまっている。だが、三枝の外出記録や日々のメモ、購入品のレシートなどは見せてもらえた。気になるところは携帯電話で撮影していく。

ノートを確認しているうち、スクラップが出てきた。

雑誌から切り取ったらしい男性の写真が貼ってある。歳は四十代というところか。眼鏡をかけ、痩《や》せていて気難しそうな印象の人物だ。名前などはメモされていない。同じページに鯨やイルカの写真が数枚貼られていた。動物愛護団体のスクラップとしては、ごく自然なものだ。ただ、それらの写真の横に英語でメモ書きがあった。

《SPACE》

《PROBE》

と読める。これは何だろう、と門脇は考えた。

スペースといったら場所、空間、あるいは宇宙のことか。そこから連想して、動物のいるスペースといったら動物園だろうか。一方、プローブというのは意味がわからない。

携帯を使ってネット検索すると、調査、探査、探査機、探針などの意味だとわかった。

――スペースとプローブで宇宙の探査機か。いや、ＧＧにしては変だな。

そのページを撮影してから先へ進んだ。

五分ほどのち、如月が振り返って真木山を呼んだ。どうかしましたか、と真木山はこちらにやってくる。

如月はバッグの中から自分の資料を取り出した。以前GGで使われていたというポスターの画像だ。猫や犬、ウサギ、ハムスターなどペットの写真が使われている。

「ちょっと気になったんですが、昨日この写真を見て三枝さんは不機嫌になりましたよね。何か心当たりはありませんか」

「たしか十二年前まで使われていたポスターですね」真木山は記憶をたどる様子だ。

「そのころ私は関西の支部にいたので、詳しいことはわかりませんが」

「当時の代表の方は？」

「何年か前に亡くなりました。私が代表になったとき組織を一新したので、十二年前のことを詳しく知っているのは三枝だけです。ただ、私が聞いた話では、写真の撮影者とトラブルがあって、ポスターを作り直したとか……」

「気になりますね」

如月は印刷された写真を見つめて、しばし考え込む。

何か思い出したらしく、真木山はキャビネットの扉を開いた。ごそごそやっていたが、じきに取っ手付きの紙バッグを出してきた。

「かなり古い記録です。ええと……これだ。十二年前のノートですね」

横から覗こうとしたのだが、真木山は警戒して見せてくれなかった。法に触れるようなメモがあったらまずい、と考えているのかもしれない。

そのうち、彼は目的の記録を発見したようだった。

「これですね。今から十二年前、当時十七歳というから高校二年生かな。加瀬《かせ》雄真《ゆうま》という少年がＧＧに入ったそうです。加瀬くんは動物写真を撮るのが得意だったみたいですね。猫や犬などが写っているあの写真を、幹部たちに見せてくれた。当時の代表はそれが気に入って、ＧＧのポスターを作ったそうです」

「高校生が撮ったものなんですね」如月は感心したように写真を見つめる。

「ええと……しかし何かトラブルがあって、加瀬くんは三ヵ月ほどでＧＧをやめた。権利関係の問題があるため、ＧＧはポスターを作り直すことになった。そういう経緯だったようです。トラブルの詳細についてはわかりませんが……」

そこまで言って、真木山は黙り込んでしまった。眉をひそめてノートの隅を見ている。

「どうしました？　何か書かれているんですか」

門脇が訊くと、真木山はためらうような表情になった。だが、やがてノートをこちらに向け、ページの隅を見せてくれた。

《加瀬は危険　除名すべき》

ボールペンでそう書かれていた。さらに、その文章を丸で囲んで強調してある。

「これは三枝さんの字ですよね」門脇は言った。

借りていたノートの筆跡を見れば、三枝が書いたことは明らかだった。十二年前、彼女は何らかの理由で、加瀬雄真を危険な人物だと考えたのだ。

「じゃあ、三枝さんが加瀬という少年をやめさせたんでしょうか」

如月が首をかしげる。門脇は真木山の顔をちらりと見た。真木山も、どう答えていいかわからないようだ。

「この加瀬という少年のこと、もう少しわかりませんかね」

「ちょっとお待ちください」

真木山はキャビネットの別の扉を開け、ファイルから名簿を取り出した。GGのメンバーをまとめたリストらしい。

「住所は茨城県鹿島郡波崎町《かしまぐんはさきまち》とありますね。電話番号も書いてあります」

門脇はそれらの情報をメモさせてもらった。

「当時十七歳ということは今年、二十九歳ということか」

確認してもらったが、残念ながら彼の顔写真は残っていないということだ。

それにしても、かなり気になる話だった。あの強硬派の三枝が、危険な人物だとメモしたのだ。加瀬雄真という少年は、いったい何をしでかしたのだろう。

門脇は携帯を取り出し、名簿にあった連絡先に架電してみた。しかし現在その番号は使われていないことがわかった。

しばらく考えたあと尾留川に電話をかけた。先ほどの住所を伝え、詳しく調べてもらう。すぐに尾留川は結果を教えてくれた。

「茨城県鹿島郡波崎町というのは、現在の神栖《かみす》市辺りですね。過去のデータに当たってみましたが、さっき門脇さんが言った所番地はもともと存在しません。架空のものだと思います」

門脇は如月と顔を見合わせた。茨城県からやってきたという加瀬少年は、偽の住所を申告していたのだ。GGに加入する時点で、身元を隠そうとしていたのだろうか。

――なんでそんなことを……。

高校生の行動としてはどうにも不自然だった。刑事としての勘が、こいつは怪しいとシグナルを送ってきている。

「ほかに何かないでしょうか、加瀬雄真の情報をいただきたい」

勢い込んで門脇は言った。真木山はさらにキャビネットを調べて、古い冊子を見つけてきた。

「昔の会報ですね。新入会員の挨拶が載っています」

加瀬雄真の自己紹介文が見つかった。自分の住む町について書いている。

神社の境内《けいだい》に猫がいること。公園の池に亀《かめ》がいること。工場の夜景が魅力的で、よく写真を撮っていること。そういう内容が綴《つづ》られていた。

ネットで調べてみると、神社の猫や公園の亀、美しい工場の夜景など、いずれも本当のことらしいとわかった。だとすると、加瀬雄真が旧鹿島郡のどこかに住んでいたことは事実なのかもしれない。

「あ……。写真が出てきました！」

真木山が言ったので、門脇は思わず身を乗り出した。

「どれです？　顔はわかりますか」

「いや、すみません。人は写っていないんですが……」

落胆しながら門脇はその写真を受け取った。如月にも見えるよう机の上に置く。

古いカラー写真だった。遠くに鉄塔が写っている。近くに見えるのはどっしりした塀と、その内側にある大きな民家だ。道路にはガードレールとカーブミラーが設置されている。

「メモが残されていますね。本当はこの写真を会報に載せるつもりだったようですが、編集の都合で写真のスペースがなくなって、お蔵入りになったと……。加瀬くんに返却するのを忘れてしまったんでしょう」

「旧鹿島郡の写真ですかね」

「加瀬くんの自宅近くで撮ったものだと書いてあります。彼は工場とか鉄塔とか、そういうものが好きだったようですね」

「ちょっといいですか」

如月は写真に目を近づけた。しばらく唸っていたが、やがて渋い表情になった。

「家の表札か、あるいは住居表示があれば手がかりになると思ったんですが、何もないですね。遠くに写っている鉄塔の角度から、撮影地点が割り出せるかどうか……」

真木山に断って、如月はその写真を携帯で撮影した。しばらく思案してから、彼女は門脇の顔を見上げた。

「加瀬雄真のことが気になります。写真を解析してもらうよう頼んでみましょう」

古いポスターに使われていた小動物の写真。そして今見つかった鉄塔などの写真。この二枚を、如月はメールに添付して送るという。

「誰に頼む？」

「鑑識の鴨下主任と、念のため科捜研の河上さんにも相談してみます」

「わかった。それでいこう」

如月は早速メールの準備を始めた。

その様子を見ながら、門脇は三枚の残した資料をあらためて手に取った。

7

ガイア・ガーディアンでの資料調べが終わるころ、徳重から電話がかかってきた。徳重は鑑取りのプロだ。何か重要なことがわかったのではないかと塔子は期待した。

「如月です。お疲れさまです」

「ああ、如月ちゃん」徳重の声はいつもと変わらず穏《おだ》やかだ。「今、話せるかな。いい情報なんだけど」

「ちょっとお待ちください」

塔子は真木山と門脇に目礼してから出入り口に向かった。GGの事務所の外、エレベーターの前で通話の続きを始めた。

「お待たせしました。お願いします」

「福原香奈恵さん……第二の被害者だよね。今まで彼女は個人投資家だとされていた。ところが今日の捜査で、じつは『東京バイオサービス』という会社の実質的なオーナーだったことがわかった。彼女の叔父さんが創業した会社なんだけど、その人が亡くなってね」

「東京バイオサービス……。聞いたことがないですね」

「製薬会社や大学、研究機関に実験動物を販売する会社だ」

「実験動物を？」塔子は思わず聞き返した。「そんな会社があるんですか」

「私も知らなかったんだけど、製薬会社なんかは頻繁に実験動物を購入しているらしい。それでね、東京バイオサービスの取引先には柳木製薬の名前もあったんだよ」

そういうことだったのだ。塔子は天を仰いだ。

「ようやく、福原さんと柳木製薬が繋がりました」

「このあと一気に捜査が進むかもしれないね」

徳重は東京バイオサービスの所在地を教えてくれた。文京区《ぶんきょうく》小石川《こいしかわ》にあるという。

「このあとどうする？　私のほうで東京バイオから話を聞こうか」

「いえ、こちらで対応させてください。私と門脇主任で行ってきます」

「わかった。じゃあお願いするよ」

「……あ、トクさん。情報、本当にありがとうございました」

「今度ビールでも奢ってもらおうかな」

冗談めかして、徳重はそんなことを言った。

電話を切ってから、塔子は頭の中で移動経路を考えた。早稲田から小石川までなら、車で十五分もかからないだろう。

至急、門脇に報告しなければならない。塔子は急いでGGの本部事務所に戻った。

夕方になり、すでに営業時間は終わっていたが、電話で訪問の約束がとれた。

タクシーを降りて、塔子たちは辺りを見回した。文京区小石川。民家やマンションの建つ中に寺院があり、そうかと思うとあちこちに企業のビルもあるという、少し変わった一画だ。

目的のビルはすぐに見つかった。受付は閉まっているから、守衛室から入ってくれと指定されている。塔子たちはビルの脇に回り、守衛に警察手帳を見せて来意を伝えた。そのまましばらく待つと、奥にある扉が開いて、スーツ姿の男性が姿を見せた。歳は三十前後だろうか。細い目でこちらを品定めするように見てから、その男性は近づいてきた。

「お待たせしてすみません。沼尾《ぬまお》と申します」彼は名刺を差し出した。

「警視庁の如月です」

塔子は警察手帳を呈示する。門脇もそれにならった。

「この時間なので応接室が取れなくて……。こちらへお願いします」

沼尾は鉄製のドアを抜け、廊下の突き当たりにあるスペースに入っていく。飲み物の自販機などが並んでいる場所で、隅に四人掛けのテーブルがふたつあった。幸い、ほかに利用者はいない。

何か飲みますか、と訊かれたが、塔子も門脇も遠慮した。

「急にお邪魔してすみません」椅子に腰掛け、塔子は頭を下げた。「早速ですが、福原香奈恵さんの件です。電話でお伝えしたとおり、福原さんは何者かに殺害されました」

「本当に驚きました」沼尾は険しい顔でこちらを見た。「新聞やテレビではもう報道されているんでしょうか」

「今日のニュースで流れたと思います。……沼尾さんは福原さんをご存じですか？」

「知っています。うちの会社のオーナーですよ。一般の社員は知らない可能性がありますが、私は福原さんと一緒に仕事をしていたので」

「どういうふうにお仕事を？」

「福原さんは普段、表に出ることはないんです。ただ、前のオーナーのころからお世話になっている大口の取引先がありましてね。そういうところには、トップセールスというんでしょうか、福原さん自身が出かけていたようです。私たちの部署では、指示を受けて商品を準備していました」

「今おっしゃった『商品』というのは、実験動物のことですね？」

塔子が訊くと、沼尾はゆっくりとうなずいた。

「社内では別の呼び方をしますが、世間一般では実験動物という名前で通っていますね」

「福原さんはどういう取引先に動物たちを納めていたんですか。製薬会社や大学、そのほか、もしかしたら病院などにも？」

「ええ。大学病院は研究のために実験動物を必要としています。そういったところに、福原さんは商品を納めていました」

だから、福原はよく病院に通っていたという情報が出てきたのだろう。彼女は患者ではなく、商売で出入りしていた業者だったのだ。

「こちらの会社では実験動物を増やして、販売しているわけですよね。私たちが科学番組などでよく見るのはマウスやラットですが……」

「ほかにもいろいろ取り扱っています。小さいものはショウジョウバエやメダカから。まあ、多いのは哺乳類《ほにゅうるい》ですがね」

「取引先では、そういった動物を使って実験をしている、と……。たとえば製薬会社では、薬を作るための実験を」

「ほかに、病気自体の基礎研究に使われることもあるでしょう。私どもではお客様のご要望に応じた形で動物を製造、販売しています」

製造という言葉にはかなり違和感があった。ブリーダーであれば、繁殖などと表現するところかもしれない。

「要望に応じた形、というのは？」

「遺伝子操作によって、お客様が必要とする商品を作ります。人間の病気によく似た状態の疾患モデル動物です」

「それはつまり……あらかじめ病気を持って生まれてくる動物、ということですか」

「おっしゃるとおりです」

沼尾は塔子の目をまっすぐに見ながら答えた。

彼の言っていることは事実だろうし、その業界の人にとっては当たり前のことなのだろう。だが沼尾の話を聞いて、塔子は何とも言えない居心地の悪さを感じた。おそらく、自分が今まで見ようとしなかった部分、目を逸らしてきた部分だ。それがわかっているから、何かうしろめたいような気分になってしまう。

塔子の頭にマウスの姿が浮かんできた。見ただけではわからないが、そのマウスはどこかに疾患を持って、いや、持たされて生まれてきたのだ。実験動物なのだから仕方ない、とするのが普通だろう。だが、簡単には割り切れない思いもある。

塔子があれこれ考えていると、沼尾が椅子の上で大きく体を動かした。彼はため息をついた。

「こういう仕事をしていると、まあ、いろいろ言われるわけですよ。でもよく考えてみてください。実験動物のおかげで医療はここまで進歩してきたんです。みなさんがのんでいる薬は、たいてい動物での実験を経《へ》て発売されています。いきなり人間で治験はできませんからね。私たちは社会に貢献していると自負しています」

「ええ、わかります」塔子は深くうなずいた。「そのとおりだと思います」

そう言うしかなかった。自分は猫を飼っているから、動物には特別な感情を持っている。かわいそうだという気持ちが先に立つ。しかしペットを飼うことと、動物による実験とでは次元が違っていて、どちらがどうだと判断することはできない。

自分は逃げている、という意識はあった。結局のところ「仕方がない」という言葉で片づけるしかないのだ、と塔子は思う。

「話が遠回りしてしまいました」塔子は咳払いをした。「福原香奈恵さんの遺体が発見されたのは昨日の夕方です。内密に願いたいんですが、何と言えばいいんでしょうか……動物のような扱いを受けて殺害されていました」

「……なるほど、そういうことですか」

沼尾は眉間に皺を寄せて、じっと黙り込んだ。彼はおそらく、こちらと同じことを考えているに違いない。塔子はゆっくりと言った。

「今まで実験動物を販売してきた福原さんを、あたかも動物であるかのように扱った。そうやって犯人は意趣返しをしたのではないか、と私は思っています」

「しかし妙ですね」沼尾は思案する表情になった。「今の話のとおりだとしたら、犯人は動物の気持ちを代弁したということでしょうか。人間なのに、なぜ動物の代理人のような顔をするのか」

「犯人には、何か独特な考えがあるのだと思います。捕らえて聞き出す必要があります」

「捕まえてみなければわからない、ということですか。まあ、そうですよね」

完全に納得したという顔ではないが、ある程度、沼尾も状況を理解してくれたようだ。

ここで塔子は話題を変えた。

「御社の取引先に柳木製薬という会社はありませんか？　福原さんはこういうメモを残していたんです。電話をしながら書いたのだと思われます」

塔子は資料ファイルからメモのコピーを取り出した。病気の名前や日本橋、ＹＮＧという名称が列挙されたものだ。

「これらの病気に関連する実験動物を、あなた方は納入していたのでは？」

「すみません、私の口からは何とも……」

沼尾はそう答えたが、表情を見れば明らかだった。彼は柳木製薬を知っているに違いない。だが守秘義務などに引っかかることを恐れているのだろう。

それまで黙っていた門脇が、スーツのポケットから携帯電話を取り出した。「確認しましょう」と言って、その場で架電する。

「柳木製薬さんですか。営業時間外にすみません。この番号は総務課直通ですよね。警視庁の門脇といいますが、課長の堀江さんはまだいらっしゃいますか」

柳木製薬に直接確認しようということらしい。門脇も事を急いでいるのだ。

「……ああ、堀江さん。警視庁の門脇です。今、東京バイオサービスという会社に来ています。福原香奈恵さんはこの会社のオーナーだったことがわかりました。……ええ、あのメモを書いた人物です。……ちょっと調べていただきたいんですが、柳木製薬さんは東京バイオサービスさんと取引していませんかね。薬の開発をするために、実験動物を購入しているんじゃないですか？」

そこまで尋ねてから門脇は口を閉ざした。相手の返事を待っているようだ。堀江は今、担当者に確認をしているのかもしれない。

やがて堀江からの応答があったらしく、門脇は再び話しだした。

「……はい……ええ……。なるほど、そうですか。……やはり福原香奈恵さんが来ていたわけですね。……うん、わかりました。そこは信用しますから」

礼を言って門脇は電話を切った。それから塔子たちのほうを向いた。

「確認がとれましたよ。思ったとおり、福原さんは柳木製薬に出入りしていました。

柳木製薬によると、このメモのうち肝炎、肺癌、皮膚癌の薬はすでに販売しているが、糖尿病とアレルギーの薬は作っていない。しかし糖尿病もアレルギーも、薬の研究自体は進めていて、今は動物を使った実験を行っているそうです。前に福原さんと電話でそういう話をした、と言っていました」

「昼間、聞き込みに行ったときには、福原さんについて何も知らないような感じでしたけど……」

塔子が言うと、門脇は顔をしかめて首を左右に振った。

「福原香奈恵さんが実験動物を納入していたことは、柳木製薬の担当者しか知らなかったらしい。彼女が東京バイオサービスの人間だとわかっていれば、もっと早く調べられた、と堀江課長は釈明していたよ。決して嘘をついたわけじゃない、とね」

「とにかく、これではっきりしましたね」塔子は資料を指差しながら言った。「福原さんと東京バイオサービスさん、そして柳木製薬の関係が明らかになりました。福原さんは、実験動物を納入する会社のオーナーだったせいで恨まれた可能性がありま す。そうだとすれば、仕事の内容を知っていた人物が事件に関与しているのかもしれません」

「たしかにそうだな」門脇は沼尾のほうを向いた。「福原さんと一緒に仕事をしていた人を、リストアップしてもらえませんか。この先、その方々が狙われるおそれがありますので」

「わかりました。明日、上の者に掛け合ってみましょう」

「助かります」

特捜本部の電話番号をメモして、門脇は紙片を差し出した。沼尾は会釈して受け取る。

彼に礼を述べてから、塔子たちは守衛室に向かった。


建物の外に出ると、辺りはすっかり暗くなっていた。

レジ袋を提げて歩いている人がいる。どこかの住宅から夕飯のいい匂いが漂ってくる。そうかと思うと、宅配会社の社員が荷物を持って走っていくのが見えた。会社員らしいスーツ姿の男性は携帯を耳に当て、何か込み入った話をしているようだ。

あまり余裕はないが、塔子たちは自販機で缶コーヒーを買い、短い休憩をとった。

「たぶんGGなら、実験のために動物を使うことを批判するよな」門脇が話しかけてきた。「だから福原香奈恵を殺害した、というのは想像できる。そして井浦宗雄のこともGGは恨んでいただろう。そこまではいいんだが……」

「第三の事件が問題ですよね。三枝千鶴さんはGGの幹部です。GGの人間が犯人だという線は薄くなります」

「いや、待てよ。内輪揉《うちわも》めがあったんじゃないかな。突飛な想像だが、たとえば三枚は真木山に殺害されたとか」

「まあ、ないとは言えませんよね」

バッグの中で携帯電話が振動し始めた。塔子は急いで携帯を取り出し、液晶画面を確認する。科捜研の河上からだ。

「はい、如月です」

「河上です。お忙しいところすみません。じつは写真のことで、至急お伝えしたいことがありまして」

彼には二枚の写真を送ってある。一枚は、以前GGのポスターに使われていた小動物たちの写真。もう一枚は、加瀬雄真少年が自宅付近で撮影したという鉄塔などの写真だ。

「何かわかったんですか?」

「犬や猫なんかが写っている写真なんですが……」河上は少し声を低めた。「あの動物たちは、たぶんみんな死んでいますね」

「え?」塔子は眉をひそめた。「それは……どういうことですか」

「目や口、体の筋肉の状態などからそう判断できました。死骸《しがい》を使って、あたかも生きているように並べたんだと思います。針金やら何やら、道具を使ったんじゃないでしょうか」

　そういえば、と塔子は思った。あの写真を見ていたとき、何か感じるものがあったのだ。寂しさや切なさが伝わってくるような気がした。漠然とではあるが、自分は違和感を抱いていたのだろう。

「でも、なぜそんなことをしたんでしょうか」

「動物を剝製《はくせい》にする人がいるでしょう。そういう感覚なのかなと思ったんですが、でもあのポスターは動物愛護団体のものでしたよね？」

「そのとおりです」

「だったら、どう考えてもおかしいですよ。動物の死骸をポスターに使うなんて、愛護団体としては許されないことだと思います」

　三枝が残したメモ。そこには《加瀬は危険　除名すべき》と書かれていた。実際に加瀬はわずか三ヵ月で団体をやめている。そして彼がやめたあと、ＧＧのポスターは写真を使わないものに変更された。

　――三枝さんは写真の意味に気づいたんだ。

　だから加瀬を除名し、ＧＧから追放したのではないか。

「重要な情報をありがとうございました。捜査に大きな影響があるかもしれません」

「如月さん、充分気をつけてください」河上は言った。「また何かわかったら連絡しますので」

「ええ、お願いします」

電話を切ってから、塔子は門脇に今の情報を伝えた。死骸の写真だと聞いて、さすがの門脇も相当驚いたようだ。

「何かヤバい感じがするな」

「加瀬雄真を調べるべきじゃないでしょうか。確証はありませんが、この人物が事件に関与しているような気がします」

「そうだな。現在、ほかの捜査員は被害者たちの周辺を当たっている。こういう仕事は遊撃班の役目かもしれない」

門脇も賛成してくれている。早速、明日から加瀬を追うことになった。

情報がつかめるまで、どれぐらいかかるだろうか。それまでの間、第四の事件が起こらないようにと塔子は祈った。

第四章　ストランディング

1

店内にはクリスマスソングが流れている。

それを聴いているだけで、少年の心は弾んだ。毎年クリスマスは楽しみなイベントだったが、今年は特別だ。なにしろ、母とファミレスに行けることになったのだ。

クリスマスイブまでにはまだ何日かある。でも、楽しいことは早くてもいいのよ、と母は言った。普段は仕事で忙しく、夜遅くにならないと母は帰ってこない。そんな中、今日は都合がいいからというので、平日だったが外食をすることになった。

この前、ファミレスに来たのはいつだろう、と少年は考えた。ブリーダーをやっていたころは、猫の世話があるからほとんど外出できなかった。そのあとは母が夜に働くようになったため、やはり外での食事はできなかった。ということは、もう二年ぐらいこの店に来ていなかったのだ。

　道路に面した四人掛けの席に、母と向かい合って座った。

　今日の母は、いつもと少し雰囲気が違っていた。夜、仕事に出かけるときは化粧をして、よそ行きのきれいな服を着る。仕事を終えて家にいるときは、だぶだぶしたトレーナー姿だ。しかし今は、落ち着いた紺色のワンピースを着ていた。化粧も薄めで、仕事に行くときのような感じではない。そうだ、と少年は思った。学校の授業参観に来てくれたときのようだ。少年は、母のこういう服装がとても好きだった。

　メニューを開きながら母は言った。

「好きなものを食べていいからね。何にする？」

　うーん、と少年は考え込む。きれいな写真を見ていると迷ってしまう。

「ハンバーグ……。あ、でもドリアもいいなあ」

「じゃあ両方頼もう」

「え？　そんなに食べられないけど」

「いいのいいの。今日は特別」母はメニューのページをめくった。「ジュースにデザートも付けようね。チョコパフェがいい？　アイスにする？」

「プリンも美味しそう」

「これいいんじゃない？　プリン、あら、どうも、だって」

「あらどうもじゃないよ、お母さん。ア・ラ・モード」

「あらあら、それはどうも」

母は笑いだした。その様子を見て、少年も笑った。

もともと母は明るい人だったが、父が亡くなり、猫のブリーダーを始めたころからあまり笑顔を見せなくなった。夜働きだしてからは、酒に酔って泣いたり、物を壊したりすることもあった。

そんなことが続いていたから、今日、母が楽しそうに冗談を言ってくれたのが嬉しかった。以前の母が戻ってきてくれたのだ。

ハンバーグもドリアも美味しかった。母のほうはローストビーフとパスタ、海老フライを食べている。母がこんなに頼むのは珍しい。

「お母さん、ごめんなさい。僕、全部は食べきれなくて……」

「このあとデザートもあるから無理しないで。私も残しちゃう」

「もったいないね」

「いいのよ。今日は特別だって言ったでしょう」

デザートも美味しかった。好きなものばかり、これほど食べたのは初めてだ。ジュースを飲みながら、少年は尋ねてみた。

「こんなに贅沢《ぜいたく》していいの？　クリスマスだから？」

「そうね。クリスマスだから」

「毎月クリスマスだったらいいと思わない？」

少年が訊くと、それは大変だなあ、と言って母はまた笑った。

学校のことや友達のこと、テレビ番組のことなどを少年は話した。母はにこにこしながら、それを聞いてくれた。こんなにゆっくり話をしたのは久しぶりだ。

そのうち、母が窓の外に向かって軽く頭を下げた。少年もそちらに目を向ける。暗くなった道路に、黒いワゴン車が停まっているのが見えた。

「そろそろ行こうか」

会計を済ませると、母は少年を連れて店を出た。

道端《みちばた》に停まったワゴン車から、ジャンパーを着た男性が降りてきた。背の高い人だが、顔つきはとても穏やかだった。

「こんばんは。ご飯は美味しかったかい？」

うん、と少年は答える。

「それはよかった。じゃあ、車に乗って」

男性は後部のスライドドアを開けた。車にはほかの人も乗っているようだ。少年は母の顔を見上げた。

「どこに行くの？」

「ドライブよ」母は言った。「自動車、好きでしょう」

「お母さんの友達？」

「ええ、みんな友達。……そうだ、ペットショップに行って猫を見ようか」

それを聞いて、少年は目を輝かせた。母がブリーダーをやめてから、野良猫ぐらいしか見ることができなかったからだ。

母とともに、車の後部座席に乗り込んだ。知らない人たちも一緒だったが、心配することはないだろう。隣には大好きな母がいるのだから。

シートベルトを着けているとき、運転席のそばの時計が見えた。午後九時四十三分。こんな時間からドライブをするのは初めてだ。わくわくする。

「楽しいね。いいクリスマスだね」

少年が言うと、母はゆっくりうなずいた。それから、優しく頭を撫でてくれた。

2

朝までに、できる限りの準備をしておきたかった。

昨夜、門脇は加瀬雄真とガイア・ガーディアンの関係をもう一度整理し、年表を作成した。トラブルがあったのは今から十二年前、そのとき加瀬は十七歳だったという。当時彼が住んでいたと思われる茨城県鹿島郡——現在の神栖市についての情報を集め、移動のルートを検討した。

加瀬雄真が関原事件、西瑞江事件、立石事件に関与しているとしたら、その理由は何なのか。具体的に誰とどのように接触し、どんな理由で事件に関わったのか。そういったことも、今後考えていく必要がある。

如月は先に休ませた。「大丈夫です。まだやります」と彼女は言ったが、明日、居眠り運転になってはまずいからと説得した。どうも如月は頑張りすぎるところがある。

「チームで仕事をしているんだから、もう少し他人を頼ってもいいんだぞ」

そう諭しておいたのだが、どこまで理解しているものやら——。

門脇も午前四時ごろ床に就き、三時間ほど寝て、すぐに作業を再開したのだった。

五月十日、午前七時二十五分。

門脇が特捜本部で資料を見ていると、如月がやってきて目を丸くした。

「え……。主任、徹夜なさったんですか？」

「心配するな。ちゃんと寝た」門脇は眉を上下させてみせた。「それより如月、そっちは大丈夫だろうな。運転、しっかり頼むぞ」

「はい、それは任せてください」

如月に道路情報の確認を頼んで、門脇は引き続き書類をチェックする。そのうち、携帯にメールが届いた。鷹野からだ。

《今日は直行します。早瀬係長には申告済み。銃について手がかりが得られる可能性あり》

どんな手がかりなのか、これではさっぱりわからない。だが鷹野なりの考えがあるだろうから、任せておくことにした。

八時半から朝の捜査会議が開かれた。

早瀬がいくつかの連絡事項をみなに伝える。

「第三の事件の被害者・三枝千鶴の死亡推定時刻は、五月八日の二十二時三十分から九日の午前零時三十分の間だとわかりました。今回もまた、二十三時半ごろに殺害された可能性があります」

その時刻に、どれほどのこだわりがあるのだろうか。門脇は首をかしげる。

続いて、徳重から急ぎの報告があった。

「昨夜の会議のあと情報がまとまったので、お知らせします。五月七日の西瑞江事件を通報してきた青葉幹夫ですが、これまでの三つの事件に関して、犯行時のアリバイは確認できませんでした。五月七日も、コンビニから電話をかける前後に何をしていたかは不明です。福原香奈恵さんと接触し、拉致・殺害を行った可能性は否定できません」

青葉が福原を捕らえ、みずから通報したあと殺害したのかもしれない、ということだ。なぜそうしたかはともかく、グレーであるからには捜査対象とせざるを得ない。

徳重はほかのメンバーに命じて、現在、青葉の身辺を調べてくれているそうだ。

「青葉幹夫は工務店に勤めています。結婚して子供もいるせいでしょう、勤務態度は真面目で女性関係やギャンブルの噂もなし。ただ、酒が好きらしく週に何度か飲みに出かけています。飲み友達は多いようです」

「その青葉はガイア・ガーディアンと関係あるのか？」

幹部席から手代木管理官が質問した。徳重は首を横に振って、

「いえ、今のところ確認できていません。ですが、何かあるかもしれませんので情報収集を続けます」

「井浦宗雄や福原香奈恵との関係は？」

「そちらも未確認です。どんな可能性も排除せず、捜査を続ける予定です」

それでいい、と手代木は言った。普段ならさらに突っ込んでいきそうな場面だが、どんな可能性も排除しないという徳重の言葉が効いたようだった。

「青葉に関して、もうひとつ情報があります」徳重は続けた。「門脇主任から報告があったとおり、青葉はあちこちの廃屋を見て回り、ときどき庭に入ったりしているよ

うです。住居侵入といえばそのとおりですね。疑わしい存在ではありります」

徳重が着席すると、早瀬は今日の活動計画を指示した。

「……門脇たちは、GGと関わりのある加瀬雄真という男を調べるんだったな。以前住んでいた場所はわかりそうか？」

「写真が手がかりです。鉄塔との位置関係を見て、現地で聞き込みを行う予定です」

「時間を無駄にはできないぞ」神谷課長が重々しい口調で言った。「しっかり情報を集めてくれ。期待している」

「了解です」

門脇は力強く答えた。隣で如月も深くうなずいている。

会議のあと、門脇たちはすぐ出発することにした。如月は予備班から車のキーを受け取っている。

そこへ、鑑識の鴨下が慌てた様子でやってきた。

「よかった。間に合った」鴨下は息を切らしながら言った。「昨日もらった写真の解析ができたよ。場所が特定できた」

「えっ」如月は声を上げた。「本当ですか。いったいどうやって……」

「画像を処理してカーブミラーを拡大した。そうしたら、鏡に映り込んでいる住居表示が読めたんだ。門脇の言うとおり、以前の鹿島郡、現在の神栖市だった。所番地もわかった。利根川《とねがわ》の河口付近にある場所だよ」

鴨下はメモを手渡してくれた。

「さすがですね、鴨下さん」門脇は笑顔を見せた。「信じてましたよ」

「俺たち鑑識にできるのは、ここまでだ。あとはよろしく頼む」

「ええ、急ぎます」

鞄を手に取り、門脇は如月とともに特捜本部を出た。

仲間たちがこれだけ頑張ってくれているのだ。その期待には必ず応《こた》えなければならないだろう。


覆面パトカーで移動している間にメールが届いた。

相手は通信指令センター勤務の幸坂真利子だ。仕事の邪魔にならないようにと、今朝、門脇はメールを送っておいた。それを見て彼女は返信してくれたのだ。今なら休憩中なので通話が可能だと書いてある。門脇は架電してみた。

「忙しいところ申し訳ない。メールで返事をもらえれば充分だったんだが」

「いいえ、大丈夫ですよ。私も気になっていましたから」

穏やかな口調で真利子は答えた。門脇は彼女の姿を思い浮かべる。整った顔立ち、長い髪、生真面目《きまじめ》さを感じさせる眼鏡。地味な中にも凛とした美しさがある。その容姿は彼女が入庁したころからほとんど変わっていない。

「昨日から今朝にかけての通報状況ですよね？」

「ああ。特捜本部には連絡が来ていないんだが、念のため訊いておきたくてな」

「確認しましたが、捜査一課に関係しそうな通報はなかったようです。例の、廃屋で何か起こっているという電話もありませんし……」

それはないだろうな、と門脇は思った。昨日青葉と会って、その件はすでにはっきりしている。廃屋を見回って通報を繰り返していることを、青葉は門脇に告白した。この状況の中、また一一〇番に電話するような真似はしないだろう。

「わかった。ありがとう」門脇は言った。「通信指令センターは縁の下の力持ちだ。君たちのおかげで、俺たち捜一も迅速に動くことができる」

「どうしたんです？　なんだか門脇さんらしくないですね」

電話の向こうで真利子は笑ったようだ。門脇も苦笑いをした。

「俺のほうも頑張らないとな。声が聞けてよかった。それじゃ、また」

通話を終えて、門脇はひとつため息をつく。

運転席にいる如月が、信号待ちの間にこちらを見た。

「情報、ありましたか？」

「昨夜は何も起こらなかったようだ。……いや、まだ発見されていないだけなのかもしれないが」

如月は前方に視線を戻したが、その表情が曇ったことに門脇は気づいた。途端に、後悔の思いが膨らんだ。

「すまん。よけいなことを言った」

「いえ……。可能性は否定できませんよね」

信号が青に変わる。如月はアクセルを踏んで、面パトを発進させた。

途中で渋滞もなく、二時間かからずに茨城県神栖市に到着することができた。

カーナビを見ながら、如月は市内の道を運転していく。門脇は助手席で、前方や左右に注意深く目を配る。

しばらくして、門脇はフロントガラスの向こうを指差した。

「あった。あそこだ」

ハザードランプを点灯させ、如月は面パトを路肩に停めた。

門脇は車から降りて、資料写真と実際の風景を比較してみた。はるか遠くに鉄塔が見える。そして目の前にあるのは頑丈そうな塀と、地方都市によく見られる古びた民家だ。

「さすが鴨下さんだな。どんぴしゃだ」

写真を見ながら右へ二歩、左へ三歩と動いてみる。やがて微調整ができて、写真が撮影された地点がわかった。ガードレールやカーブミラーから十数メートル離れた場所だ。

門脇は辺りを見回した。道路の様子は写真とほとんど変化がない。しかし建物のいくつかは、撮影されたころに比べると変わっているようだ。

如月とともに聞き込みを開始した。警察手帳を呈示しつつ、話を聞いていく。

近くに加瀬という家はないか。今はなくても以前、建っていなかったか。十数年前、この辺りでよく写真を撮っている少年を見なかったか。その少年は、動物に関心を持つ人物だった可能性がある——。

近隣の人たちを訪ねて質問を続けたが、なかなか収穫は得られなかった。

小学校や中学校で話を聞いたほうがいいだろうか。門脇がそう思いかけたとき、ついに当たりが出た。

「加瀬さんならその角を曲がって、マンションの東側にね……」

古くからこの町に住むという初老の男性が教えてくれた。ありがとうございます、と門脇が頭を下げると、男性は申し訳なさそうにこう続けた。

「だけど、もう十五年ぐらい前かな、その家は取り壊されてしまってね」

「今、加瀬雄真さんはどちらに？」

「さあ、それはわからない」男性は首を振ってから、門脇と如月を順番に見た。「あんた方、加瀬さんのところで何があったか知ってます？　母子家庭だったみたいなんだけど、お母さんが亡くなってね」

「病気か何かですか」

「いや、集団自殺だったらしいよ」

「集団自殺？」

門脇は如月と顔を見合わせる。まったく予想もしない情報だった。

如月が声を低めて男性に尋ねた。

「それで、雄真さんはどうなったんですか」

「幸い無事でね、どこかに引き取られたみたいだ。そのあと、しばらくして家もなくなった」

「どなたか、詳しいことをご存じの方はいらっしゃらないでしょうか」

ちょっと待ってくださいね、と言って男性は家の奥に引っ込んだ。誰かと話しているようだったが、じきにこちらへ戻ってきた。

「うちの婆《ばあ》さんが言うには、栗橋《くりはし》さんって人が、男の子と親しかったみたいだね。観光協会に勤めているらしいよ。話を聞いてみたら？」

「ありがとうございます。そうします」

一度は落胆したものの、なんとか情報が得られそうだ。男性によく礼を言ってから、門脇と如月は塀沿いに道を歩きだした。

角を曲がり、加瀬宅があったという場所に行ってみる。出窓のあるマンションの東側を見ると、たしかにもう建物はなく、砂利敷きの駐車場になっていた。

念のため近くで話を聞いてみたが、加瀬家を知っている者はいないようだ。

ここでの情報収集は諦めて、門脇たちは面パトに戻った。


昼休みの時間だったが、観光協会を訪ねてみた。

栗橋充《みつる》は事務所にいたが、弁当を食べているところだという。あとで面会したいと申し入れると、彼はすぐに食事を済ませ、時間を作ってくれた。

窓際にある応接セットで、門脇たちは相手と向き合った。栗橋は協会の名前の入った、青いブルゾンを着ていた。歳は三十五だそうで、穏やかな話しぶりから実直な人柄が感じられる。

自分の所属などを説明したあと、門脇は早速本題に入った。

「だいぶ前の話なんですが、栗橋さんは加瀬雄真さんと親しくなさっていたと聞きまして」

加瀬の名を聞いて、栗橋は少し驚いたようだった。

「なつかしいですね。雄真くんとはもうずいぶん会っていませんけど」

「現在、彼について調べています。ご存じのことを教えていただけませんか」

「……雄真くんが、何かしでかしたんでしょうか」

「なぜそう思われたんです？」

門脇が問うと、栗橋は言葉を切って何か思案する表情になった。

「すみません、私がそんなふうに言うべきじゃありませんでした」

「いえ、気になることがあればすべて聞かせてください」門脇は栗橋の顔をじっと見つめた。「加瀬さんのお母さんは、集団自殺で亡くなったそうですね」

ソファの上で栗橋は身じろぎをした。その反応から、聞き込みで得た情報は事実だったことが見て取れる。

「……まあ、私が隠す必要もないと思いますので」

そう前置きしてから、栗橋はいくぶん声を低めて話しだした。

「今から……十八年前ですね。当時雄真くんは小学五年生、十一歳だったと思います。この町の東側には太平洋に面した長い砂浜があって、夏には海水浴もできるんですが、その年の十二月、たしかクリスマスの少し前に集団自殺事件が起こりました。成人男性がふたり、成人女性がふたり、小学生がひとり。この五人がワゴン車に乗って、煉炭《れんたん》自殺を図ったんです。小学生というのは雄真くん、そして成人女性のひとりはお母さんでした。雄真くんのところは母子家庭でね。お父さんは彼が六歳のとき病気で亡くなったそうです」

　加瀬は大人たちの事件に巻き込まれてしまったのだろう。物事を判断できない小学生が、そのような目に遭うのは本当に痛ましいことだ。

「加瀬雄真さんとは、いつからお知り合いだったんですか」

「集団自殺の前年ですね。当時私は十六歳でした。商業施設で高校写真部の展覧会を開かせてもらったんですが、そのとき雄真くんがやってきたんですよ。小学生なのに珍しいなと思って、声をかけてみました。すると、亡くなったお父さんに写真の趣味があって、家にカメラが残されていると教えてくれました。あまり友達がいなかった彼は、無料で見られると知って、私たちの展覧会に来ていたんです。聞けば、お母さんは夜の仕事をしているそうで、雄真くんはあまりかまってもらえないということでした。どうやら生活も苦しいらしい。

　話を聞くうち気の毒になって、彼の面倒を見てあげるようになりました。高校生ですからお金を出すのは無理でしたが、おやつを持っていったり、写真雑誌を貸したり、勉強を見てあげたりしました。彼は人見知りな性格でしたが、私にだけはなついてくれたようでした。弟が出来たみたいで、私もちょっと嬉しかったんですよね」

　当時のことを思い出したのだろう、栗橋はなつかしそうな顔になった。だがそのあと、すぐに表情を引き締めた。

「ここから事件の話です。十二月のその日、夜十二時前だったと思いますが、近くで救急車のサイレンが聞こえたんですよ。何だろうと思って、私は母親と一緒に様子を見に行きました。私の家は海岸の近くにありましてね。行ってみると野次馬が集まっていて、集団自殺があったと聞かされました。その夜、砂浜の近くにずっと車が停まっているので通行人が通報したんだそうです。当時、車を使った煉炭自殺のニュースが続いていたので、不審に思ったんでしょうね。

私が砂浜に下りていくと、まだブルーシートの目隠しが出来ていなくて、問題のワゴン車が見えました。救急隊に保護されている子供を見て、私はびっくりしました。二、三日前に会ったばかりの雄真くんだったんですから」

「彼は運よく助かったわけですね？」

門脇が訊くと、栗橋は深くうなずいた。

「ドアのロックができていなかったのか、ひとりだけ逃げ出せたみたいですね。車の陰で気を失って倒れていたところを、救急隊に助けられたそうです。ほかの大人たち四人は駄目でした。見てはいけないものだったんでしょうが、私は救助の様子から目が離せませんでした。砂浜に大人たちの遺体が横たえられていて……。ショックでしたよ。まるで動物の死骸みたいでね」

「動物の死骸……ですか」

隣にいた如月がつぶやくように言った。責めるようなニュアンスはなかったし、不快感を見せたわけでもない。だが彼女の言葉を聞くと、栗橋は慌てた様子で釈明した。

「ああ、すみません。配慮の足りない言い方でした。……じつはそういう場面を見たことがあったものですから。あの浜では鯨やイルカのストランディングがよくあるんですよ」

「ストランディング？」

「座礁です。方向感覚を失ったせいじゃないかと言われていますが、鯨やイルカが陸に向かって泳いできてしまうんです。その結果、砂浜に打ち上げられて動けなくなる。そういうニュースをご覧になったことはありませんか」

「ええ、あります」如月は思い出したようだ。

門脇も聞いたことがあった。鯨やイルカは魚と違って肺呼吸をするから、海から出てもすぐに息絶えるわけではない。だが動けなくなってしまった以上、弱って死ぬのは避けられないことだ。ボランティアの人たちが水をかけるのをテレビで見た記憶があるが、助けてやれる可能性はあまり高くないだろう。

「私たちが見ている中、雄真くんはふらふらしながら、砂浜に寝かされた大人たちに近づいていきました。彼はお母さんの遺体をじっと見つめていました。すぐ救急隊員に引き離されましたけどね。……あのときの雄真くんの顔は今でも忘れられません」

「泣いていたんですか？」

如月が小声で尋ねた。栗橋はゆっくりと首を左右に振った。

「いえ、彼の顔に表情らしいものはありませんでした。なんというんでしょう……。心が空っぽになってしまったように見えました」

まだ十一歳のときに、四人もの遺体を見てしまったのだ。そして運が悪ければ彼自身も死んでいたかもしれない。加瀬雄真は心に大きな傷を負ったのではないだろうか。

「あとで噂を聞いたんですが、お母さんは勤務先のスナックで知り合った男性と懇意になっていたようです。ふたりで悩みを分かち合っているうち、どんどん深刻な話になってしまったんでしょう。どちらが先に言い出したかわかりませんが、煉炭自殺の計画が進んでいった。そこへもうふたり男女が加わって、雄真くんも交えて五人で自殺することになった、と……。それぞれ病気とか借金とか事情はあったんでしょうけど、それにしてもねえ」

栗橋はテーブルの上を見つめて、深いため息をつく。

どうにもやりきれないな、と門脇は思った。今の話を聞く限りでは、加瀬雄真に同情せざるを得ない。

「その後、雄真くんは親戚に引き取られました。内向的な子でしたから、環境が大きく変わって相当苦労したんじゃないかと思います。……観光協会では海の案内もするんですよ。今もちょうど、私はこの夏の海水浴のことを考えていました。そこへ雄真くんの話が出たから、びっくりしたんです。もう十八年経ちますけど、彼がトラウマを抱《かか》えて生きてきたとしたら、何かを起こしたとしてもおかしくない、という気がして……」

「加瀬さんの親戚の住まいはわかりますか？」

「はい。最後に別れる前、念のため雄真くんから聞きました」

手帳のアドレス帳を調べてもらうと、親戚の住所がわかった。電話してみたところ、今もその女性は同じ場所に住んでいるということだった。しかし加瀬自身はすでに家を出ていて、現在の住所はわからないそうだ。情報収集のため、あとで彼女を訪ねて話を聞かせてもらうことにした。

電話を切って、門脇は栗橋のほうを向いた。

「もし加瀬雄真さんから連絡があったら、すぐに教えてください」

特捜本部の電話番号をメモして手渡す。

「わかりました。でも、その気があるのなら、今までに連絡してきていると思いますけどね」

そう言って、栗橋は寂しそうに笑った。

食事を済ませてから、門脇と如月は集団自殺の現場に向かった。

車を降りると強い潮風が吹き付けてきた。磯《いそ》の匂いが、どこかなつかしく感じられる。子供のころ、こうした場所へ海水浴にやってきたことを門脇は思い出した。

防風林を抜けて砂浜に下りてみる。この時間帯、辺りに人の姿は見えない。

如月とともに砂を踏み締めていった。靴を履いていては歩きにくいのだが、そんな感触もまた少年時代を思い出させる。さらさらした砂の上に、ふたり分の足跡が残されていく。

目の前に広大な太平洋があった。荒い波が次々打ち寄せ、長く延びる砂浜を洗っている。

ここで起こった痛ましい事件のことを、門脇は考えた。先ほどの栗橋の言葉が頭に浮かんできた。冬の夜、浜辺に並んだ四つの遺体は、座礁した鯨やイルカのように見えたという。

「そういえば……」如月が言った。「GGの三枝さんのノートにも、鯨やイルカの写真がいくつか貼ってありました」

「鯨やイルカといったら、保護すべき動物の筆頭かもしれないな」

「たしかに、特別視されているところがありますよね」

ひときわ強い風が吹いてきた。乱れる髪を押さえて、如月は海を見つめている。

三つの殺人事件と三枝のノートとは、何か関係がありそうな気がする。だが、それが何なのか、今の門脇にはわからなかった。

3

面パトに戻ると、塔子は特捜本部に電話をかけた。

早瀬係長に代わってもらい、これまでにわかったことを報告する。加瀬雄真が集団自殺の生き残りだったことを聞くと、早瀬もかなり驚いたようだった。

「信じていた母親にそんなことをされたんだ。トラウマになっただろうな」

「そこから先、なぜ加瀬さんがガイア・ガーディアンに入ったかは不明なんですが……」

「母親が亡くなったあと、加瀬は親戚に引き取られたんだよな。連絡はつくのか？」

「さっき電話をして、このあと話を聞くことになりました。親戚の家は千葉県旭市《あさひ》ですから、一時間以内に行けます」

「よろしく頼む。……ほかのメンバーからは、まだこれといった報告は上がってきていない。何かわかったら如月たちにもメールを流す」

「了解しました」

電話を切って、塔子は門脇のほうを向いた。メモ帳に何か書き付けていた門脇は、渋い表情で尋ねてきた。

「みんな苦戦しているって？」

「そのようです。手がかりが少なすぎますからね。でも犯人が用意した檻は四つ。次に誰かが狙われる可能性はあるわけで……」

「その誰かについてもヒントがない。助けに行きたくても、ターゲットがわからないんじゃどうにもできない」

門脇は悔しそうな顔をして、助手席のシートに体を預けた。

ウインカーを出して、塔子は覆面パトカーをスタートさせた。

移動中、道の確認をする以外はふたりともほとんど無言だった。捜査に行き詰まりが感じられる中、これから訪ねる人物はヒントを与えてくれるだろうか。何か収穫がありますように、と塔子は祈るような気持ちでいた。

五十分ほどで、旭市にある久川《ひさかわ》という家に到着した。

住宅街の中にある、かなり古い木造の二階家だ。少し補修などが行われた形跡はあるが、全体的に経年劣化が目立っていた。壁の色はくすんでいるし、網戸はあちこち歪んでいる。トイレの格子には蜘蛛《くも》の巣《す》がかかっていた。

事前の電話で、相手は中高年の女性だとわかっている。門脇の判断もあって、ここでは塔子が話を聞くことになった。

インターホンのボタンを押すと、じきに玄関のガラス戸がからからと開いた。出てきたのは六十過ぎと思われる女性だ。髪を栗色《くりいろ》に染めている。濃いグレーのセーターを着て、チェック柄のズボンを穿《は》いていた。

「お電話を差し上げた、警視庁の如月です」塔子は頭を下げた。

「早く上がってちょうだい。人に見られると嫌だから」

塔子は門脇のほうをちらりと見た。彼も意外そうな顔をしている。

畳敷きの居間に案内された。来客のために片づけたという気配もなく、室内は雑然としている。もう五月なのだが、こたつが出されたままだった。テレビのそばには雑誌の山が出来ている。部屋の隅には通販会社の段ボール箱が積まれていた。

「お茶でよろしいかしら？」

女性は座卓の上に湯呑みを置いた。ありがとうございます、と塔子は礼を述べる。

門脇も軽く頭を下げた。

彼女は久川史子《ふみこ》と名乗った。

「私ね、いつもこの時間は図書館に行ってるんだけど」

「それはすみませんでした」

「いいのよ。主人は遅くならないと仕事から戻らないし、話し相手が出来て嬉しいわ」

たいして嬉しくもなさそうに久川は言った。言葉を額面どおりに受け取っていいのかどうか、よくわからない人だ。

塔子は咳払いをしてから話し始めた。

「お電話でもお伝えしましたが、私たちは加瀬雄真さんのことを調べています。ここへ来る前、加瀬さんが前に住んでいた場所を訪ねました。子供のころ親しくしていた、栗橋さんという方にも会いました」

「ああ、栗橋さん。観光協会の」

「今から十八年前、加瀬さんのお母さんが亡くなったことを知りました。ほかの方々と一緒に自死なさったと……」

言葉を選びながら塔子は言った。すると、思いのほか無頓着な口調で久川は答えた。

「そう、集団自殺ね。車の中で煉炭を使って……。あれにはまいったわ。だってねえ、あの人――暢代《のぶよ》さんというんだけど、急に子供を残して死んじゃってさ。こっちの身にもなってほしいわ」

愚痴が始まった。塔子は座布団の上で身じろぎしてから問いかけた。

「当時十一歳だった雄真くんを引き取られたとか。大変でしたね」

「そうよ、大変よ。うちは子供がいないから、どう扱っていいかわからなくてね。だけど雄真もほかに行くところがないでしょう。仕方ないから、うちで面倒見ることにしたのよ」

「それまで、加瀬暢代さんとは……」

「うちの夫の妹だから、法事や何かで会っていましたよ。たまに向こうから電話がかかってくることもあった。だけど、お金に困っているという話ばかりだったの」

はっとして塔子は久川の顔を見つめた。

「暢代さんは、久川さんに借金を申し込んでいたんですか？」

「はっきり頼まれたわけじゃないけど、そういう雰囲気でした。じつはね、暢代さんは知り合いから、かなり借金していたみたいなの。それが返済できなくて自殺しちゃったんでしょうね」

「ご主人が亡くなったのは、雄真くんが六歳のときですよね」

「ええ。暢代さんもいろいろ苦労しただろうとは思いますよ。あの人、スナックで働く前は猫のブリーダーをやっていたんですって」

えっ、と塔子は思わず声を出してしまった。

「自宅で猫を繁殖させていたわけですか」

「鳴き声がするものだから、ご近所からはちょっと苦情が出ていたんだとか。……でも身近なところに猫がいたせいで、雄真も動物の世話をするようになったのよね」

なるほど、それでガイア・ガーディアンに入ったのか、と塔子は納得した。

でもねえ、と久川は続けた。

「母親はブリーダーの仕事で失敗して、水商売の世界に行って、その挙げ句に自殺してしまったわけよ。雄真はショックを受けてね。あの子をうちで引き取ったあと、ときどき癇癪《かんしゃく》を起こして大変だった。学校が終わると日が暮れるまでずっと出かけていて、外で動物を虐待していたらしいのよ。犬や猫を殺したこともあったみたい」

「久川さんもご覧になったんですか？」

「いえ、私は見ていません。ただ、学校の先生からそういう疑いがあるって聞かされて、びっくりしました。家で雄真を問い詰めたんだけど、あの子、黙り込んでしまって答えないの。本当に何を考えてるのか、わからない子でねえ」

「その疑いが出たのはいつですか」横から門脇が尋ねた。

「中学生のころですよ」

塔子は首をかしげた。加瀬がＧＧに所属していたのは十七歳、高校生のときだ。中学生のころ、すでに動物虐待を始めていたのに、なぜＧＧに入ったのだろう。

それはともかく、いくつか納得できることがあった。加瀬がＧＧのポスター用に撮影した写真は、科捜研の調べで、死んだ動物たちだったとわかっている。もしかしたら加瀬は、虐待の成果を自慢するような気持ちでその写真を提供したのではないか。

「雄真くんはいつごろまで、この家にいたんですか」

「高校を卒業するまでです。そのあとアパートを借りて、千葉市の食品加工会社に就職したのよ。だけどね、聞いてくれる？　半年ぐらい経ったころ急に会社を辞めてしまったの。アパートも引き払って、私のところにも連絡なし。そのまま行方不明よ」

「本当ですか？」

「もう十年以上、何も言ってこないの。どこで何をしているんだか」

「何か事件に巻き込まれたという可能性は……」

「それはないでしょう。半年に一度、私の口座にお金が振り込まれるのよ。就職するときの約束で、育ててもらったからお金を払うってことでね。うん、まあ、律儀なところもあるのよ。そこは褒めてやりたかったんだけど……」

そう言って久川は、小さくため息をついた。

以前、加瀬が使っていた部屋を見せてもらうことができた。

二階にある六畳の和室で、今は物置同然になっているという。久川が窓を開けると、外の風が流れ込んできた。斜めに射し込む陽光の中、室内を埃が舞っていた。

「雄真が使っていたのは学習机と本棚ね。あとは押し入れの中に段ボール箱があったはず。何か見つかったら、持っていってもらってもいいわ。私は下にいるから」

久川は手すりにつかまりながら、階段をゆっくり下りていった。

念のため、塔子と門脇は白手袋を嵌めて捜索を始めた。古い品ばかりなので、今の加瀬に繋がる情報は出てこないかもしれない。だが少年時代の加瀬を知れば、彼の性格や癖、ものの考え方などが見えてくるだろう。とにかく手がかりがほしかった。

学習机や書棚を調べるうち、加瀬のことが少しわかってきた。

「高校生のころからパソコンが好きだったんですね」塔子は古いノートを見ながら言った。「ネットでいろいろ調べていたようです。ただ、通知表を見ると学校の成績はあまりよくなかったみたいで……」

「こっちにはカメラ関係の古い雑誌がある。たしか、小学生時代から写真が好きだったという話だったよな」

続いて塔子たちは、押し入れから段ボール箱を引っ張り出した。蓋を開けて、中のものを順番に確認していく。

メモやノート、大事にしていたらしい漫画本などが出てきたが、これといった発見はなかった。ほかに何かないだろうかと、塔子はあらためて室内を確認していく。

そのうち、学習机のうしろに何かが落ちていることに気づいた。机と壁の間にわずかな隙間があり、そこに挟まるような形になっている。本か雑誌だろうか。いや、もっとサイズの大きいものだ。

塔子は腰を屈めた。できるだけ左手を伸ばしてみたのだが――。

――と、届かない……。

あと数センチなのだが、腕の長さが足りなかった。どうにかできないかと体をひねってみる。そうやってじたばたしているところへ門脇がやってきた。

「どうした。罠《わな》にかかったタヌキみたいだな」

「え……。タヌキはひどいです」

門脇が力を込めて、机を前に引き出してくれた。おかげで隙間が広がった。

落ちていたのはスケッチブックだった。表紙はかなり汚れていて、使い込まれたものだとわかる。早速ページをめくってみた。

「これは……」

塔子は眉をひそめた。タッチからすると、小学生の落書きのように感じられる。だが黒や緑、群青《ぐんじょう》色など濃い色のクレヨンで描かれていて、暗い印象の絵だった。

星が光る夜空、横に長く広がる地面。そこに倒れている四人の人物。頭は人の形をしているが、体は魚のようだ。

いや、違う、と塔子は思った。

よく見ると、四人のそばには《クジラ》と書かれていた。これは鯨の胴体に、人の頭が付いた奇妙な生き物だ。

加瀬はおそらく、鯨がよく座礁することを知っていたのだろう。だから集団自殺した母親たちを、こうして鯨になぞらえたのではないか。

この絵を描いたときの加瀬の心境を思うと心が痛んだ。夜の絵だから、暗い色になるのは当然のことだ。だが、この執拗《しつよう》なまでの黒や群青色の使い方を見ると、心理的な要因がかなり強いように感じられる。

横からスケッチブックを覗いていた門脇が、つぶやくように言った。

「集団自殺の現場か。同情に値するとは思うが……」

「あまりにも暗い絵ですよね。なんだか子供の悲鳴が聞こえてきそうです」

ほかにも鯨の絵が何枚か出てきた。やはり加瀬は鯨にこだわりを感じていたらしい。

「そっちの絵は何だ？」

門脇が別のページを指差した。性別不明の人間がひとり倒れている。何かの液体で体が濡《ぬ》れているようだ。水色のクレヨンが使われているから、血ではないだろう。その人物のそばには《knockout》と書かれていた。

「ノックアウト？」門脇は首をかしげた。「ボクシングで相手に倒されたのかな。この水色のは汗か？　それにしては、びしょびしょに見える」

「加瀬雄真は、自分を敗北者と捉《とら》えていたのかもしれませんね」

塔子たちは段ボール箱の中にスケッチブックやメモ、ノートなどをしまった。箱のまま借用していこうという考えだ。雄真にはカメラの趣味があったはずだが、写真は一枚も残っていなかった。アパートに引っ越すとき、持っていってしまったのだろう。

門脇が箱を抱えて階段を下りていく。塔子もあとに続いた。

部屋の捜索が終わったことを伝えてから、塔子は久川に尋ねてみた。

「雄真さんの顔写真はありませんか。ぜひお借りしたいんですが」

「写真ねえ……。ちょっと待ってください」

久川は隣の部屋に行って箪笥《たんす》を調べているようだ。あちこち引き出しを開け閉めする音が聞こえたが、しばらくして彼女は居間に戻ってきた。

「古くてすみません。これ、高校一年生のときだと思います」

塔子は久川から受け取った写真に目を向けた。高校生にしては生気のない、痩せ細った少年が写っている。表情に乏《とぼ》しく、顔色が悪い。左目の下に特徴的な大きいほくろがあった。

これまで聞き込みをしてきた人たちの顔を、塔子は思い浮かべた。こういうほくろのある人物は、ひとりもいなかったはずだ。

あらためて写真の少年をじっと見た。

――まだ小学生だったのに、彼は一度、生死の境をさまよっていたんだ。

塔子の中にやりきれない思いが広がった。気の毒だとか、かわいそうだとか、そんな言葉で表現できるものではない。死の淵《ふち》を覗き込んだ者、死の一歩手前まで行った者でなければ理解し得ない、恐怖と絶望。

そのとき、塔子はひとりの犯罪者を思い出した。母親とともに誘拐され、命を落としかけた不遇の子。彼はのちに犯罪者となり、「トレミー」と名乗った。

本来なら、暖かく幸せな家庭に育っていたかもしれない子供たちだ。それなのに、彼らは大人の勝手な行動に巻き込まれ、人生をくるわされることになった。そういう子供たちが減らないのは、警察官の力不足のせいなのだろうか。

写真を見つめたまま、塔子は自分たちの職務について考えていた。

4

午後も遅くなり、空には雲が出てきたようだ。

如月の運転で面パトは都心への道を走っている。神栖市、旭市での聞き込みを終えて、車は西新井署に向かっているところだった。

助手席に座って、門脇はじっとメモ帳を見つめている。自分が書き付けたことを読み直し、これまで集めてきた情報を整理したい。そう思って運転席の如月をちらりと見た。

「少し話してもいいか？」

「え……。はい、もちろんです。どうぞ」

ハンドルを操作しながら如月は答えた。本題に入る前、門脇がわざわざ尋ねてきたことに驚いているのだろう。

「栗橋さんや久川さんから、新しい情報を得ることができた。そろそろ筋読みができないかと思ってな」

「ああ、私もいくつかの可能性を考えていたところです」

「じゃあ、ふたりでまたブレインストーミングといこう。つまらないアイデアだと感じても、批判はしないこと。そうだったよな？」

わかりました、と如月はうなずく。しばらく思案してから門脇は言った。

「まず、被害者の特徴についてだ。三枝千鶴はＧＧの幹部だった。そのＧＧを、フリーライターの井浦宗雄は批判していた。ふたりの立場は逆だったが、動物愛護という部分では関係が深いと見ることができる」

「そうですね。ふたりとも動物の保護について、詳しく調べていたはずです」

「一方、第二の被害者・福原香奈恵は実験動物の販売を行っていた。価値観の違いはあるだろうが、動物を保護したいという立場からすると、福原の行動は許しがたいことかもしれない」

「たしかに、GGが抗議をしていた可能性はあります」

「そこで推測してみる。……GGの三枝は実験動物の販売に強く反対し、福原にクレームをつけていたんじゃないだろうか。大切な命を実験に使うなど信じられない、そんな商売は今すぐやめろ、と抗議していた。しかし福原としては受け入れられない。これは人間の病気治療や薬品開発に役立つことなのだ、と突っぱねた。両者の関係はこじれて、三枝は福原を憎むようになった」

「三枝さんは強硬派だった、と真木山代表も言っていましたからね」

「井浦はそのトラブルを知って福原を取材した。GGのやり方はひどい、ということで意見は一致。ふたりで協力していこう、となったんだろう。それに気づいた三枝が井浦と福原を殺害した」

「GGにとって、邪魔者はいなくなったわけですね」

「その段階になって首謀者の真木山が動いた。口封じのため、部下である三枝を始末したんだ。檻や特殊な銃を使うことは事前に決めてあったから、真木山も同じ手口で実行した。……どうだろう」

門脇はあらためて運転席のほうに目を向ける。如月は何か考える様子だったが、じきに口を開いた。

「その筋とは別に、新たなファクターとして、加瀬雄真のことを考えなくちゃいけませんよね。十二年前、三枝さんとの間に確執があったように思えます」

「母親の死が、加瀬のトラウマになったことは間違いない。その後、彼は動物を虐待するようになったらしい。ポスターに使われた写真の動物はみんな死んでいた。たぶん彼が殺害したんだろう」

「ただ、ここでわからないのは、なぜ彼がGGに入ったかということです。動物を虐待する人間が、どうして動物愛護団体に？」

「そこだよな」門脇は腕組みをした。「何か考えがあったんだろうが、結局、彼は三枝によってじきに追い出されてしまった。となると、加瀬が三枝を恨んでいた可能性も……」

「ええ、その線はあるでしょう」

ふたりでしばらく意見交換をしたが、どうしてもこれまでの繰り返しになってしまう。まだ推理のための材料が足りないのだろうか。それとも門脇たちが気づいていない手がかりがあるのか。

ぱらぱらとメモ帳のページをめくって、門脇は言った。

「そうだ、これはどうも気になる。ほら、三枝千鶴のノートに鯨やイルカの写真が貼ってあっただろう。その横にSPACEと書かれていたが、いったい何のことなのか……」

あれ、と如月がつぶやいた。面パトを運転しながら、彼女はわずかに首をかしげた。

「そういえば『宇宙』と『鯨』とか、『宇宙』と『イルカ』とかのキーワードでは、まだネット検索していませんよね。試してみたら何かヒットしますかね」

「やってみよう」

門脇は携帯電話を取り出し、それらのキーワードで検索してみた。たいして期待していなかったのだが、結果を見て、おや、と思った。

「何だろう。沖康則《おきやすのり》という名前がいくつも出てくるな。城北《じょうほく》工業大学で航空宇宙工学を研究している教授らしいが……」

「航空宇宙工学と鯨って、何か関係あるんでしょうか」

「謎だよなあ」

研究室のページを調べていく。やがて沖康則本人の顔写真が見つかった。

年齢はおそらく四十代。痩せた男性で、眼鏡をかけている。どこか気難しそうな雰囲気がある人物だ。

「ちょっと待った。この顔、見たことがあるぞ」

門脇は記憶をたどった。どこだろう。たしか最近どこかで見たはずだ。考え続けるうち、ようやく思い出した。

「あのノートだ。あそこに顔写真が貼ってあった！」

「どういうことですか」

如月はハザードランプを点けて面パトを停車させた。サイドブレーキを引いてから、慌てた様子でこちらを向く。

携帯の画面を見せ、門脇は勢い込んで言った。

「GGの本部で三枝のノートを見せてもらっただろう。鯨やイルカの写真が貼られたページに、この人の顔写真もあったんだ」

「あ……。SPACEとかPROBEとか書かれていたページですね」

「三枝は沖教授のことをマークしていたんじゃないだろうか。俺たちも、この人のことを調べる必要があるぞ」

門脇は携帯を握り直して、尾留川に架電した。こういうときに限って相手はなかなか出ない。いらいらしながら待っていると、八コール目でようやく電話が通じた。

「お待たせしました。すみません門脇さん、ばたばたしていて……」

「ちょっと調べてほしいことがある。城北工業大学の沖康則教授のことが知りたいんだ。航空宇宙工学を研究している人だ」

「えっ、沖教授ですか？　それなら……」

「知ってるのか」

「さっき鷹野さんから電話があって、その人の調査を頼まれました。門脇さんは別ルートで名前を知ったんですか？」

「いや、鷹野がどんなルートをたどったのかわからんが……。それで、おまえは沖教授のことを調べたんだな？」

「はい。門脇さんにもメールしておきますよ」

「大至急頼む」

一旦電話を切ってから、門脇は別の番号を呼び出した。如月は隣で聞き耳を立てている。

三コール目で相手が出た。

「お疲れさまです、鷹野です」

「門脇だ。沖教授について調べさせたそうだな」

えっ、という声が聞こえた。鷹野がこんなふうに驚くのは珍しい。

「尾留川から聞いたんですか？　しかし門脇さんがなぜ……」

「捜査をしていて、俺たちも沖さんに行き着いたんだ」

「さすが遊撃班ですね」感心したように鷹野は言った。「俺たちは今、城北工業大学に向かっているところです」

「その沖という人物が鍵を握っているんだな？」

「おそらくね。彼は特殊な銃の届け出を行っていました」

特殊な銃。その言葉を聞いて門脇は眉をひそめた。事件現場のことが頭に浮かんでくる。流れ出した血液。何かが刺さったような腹部の創傷。その傷に付着した抗生物質――。

「我々は大きな勘違いをしていたようです」鷹野は言った。「門脇さん、城北工業大学のキャンパスは上板橋《かみいたばし》にあります。そこで合流しましょう」

わかった、と答えて門脇は電話を切る。

それから如月に今のやりとりを説明し、上板橋に向かうよう指示した。

太陽は西の空、かなり低い位置にある。

門脇と如月の乗った車は、板橋区上板橋にある城北工業大学に到着した。守衛に沖研究室の場所を教えてもらい、車のままキャンパス内に入る。指定されたスペースに面パトを停車させると、先に来ていた銀色の車からふたりの男性が降りてきた。鷹野と相棒の針谷だ。

「すまない、鷹野。遅くなった」門脇は足早に近づいていく。

「いえ、我々もさっき着いたばかりです。それにしても門脇さん、よく沖教授のことに気づきましたね」

「如月のおかげかもしれないな」

「はい？　私ですか……」

こちらを向いて、如月は不思議そうな顔をしている。彼女に聞こえないよう、鷹野のそばで門脇はささやいた。

「おまえの成績がいい理由がわかった。如月はマスコットだったんだな」

「マスコットガールというのは、もっと若い女性のことを言うんじゃありませんか」

「そうじゃない。幸運をもたらす守り神のことだ」

「ん？　そんなふうに考えたことは一度もありませんが……」

鷹野は腑に落ちないという表情だ。彼の背中を叩いてから門脇は言った。

「行こう。沖教授の研究内容は、尾留川のメールに書いてあった」

門脇は振り返り、如月と針谷を手招きした。

工学部の一号館に入り、階段で二階に上がっていく。

沖康則教授の研究室を訪ねると、すぐに打ち合わせ用のスペースへ案内された。青いパーティションで仕切られた部分に六人掛けのテーブルがある。ホワイトボードも用意されていた。

三分ほどでジャケット姿の男性がやってきた。少し猫背で、髪に白いものが交じっていたが、あの写真の人物に間違いない。

「沖です」彼は刑事たちを見回したあと、椅子を指し示した。「お掛けください」

失礼します、と言って門脇たちは椅子に腰掛けた。沖はホワイトボードのそばに行って、テーブルから少し離れた椅子に座った。手の届くところにボード用のマーカーがある。学生との打ち合わせでは、その椅子が彼の定位置になっているのかもしれない。

「お電話を差し上げた、警視庁の鷹野です」代表して鷹野が自己紹介をした。「沖先生、今日は少し込み入った話をさせていただきます」

「三十分で終わりにしていただけますか。あまり時間がないもので」

「それは先生次第かと思います。納得できるよう我々の質問にお答えいただければ……」

「しかし、これは事情聴取ではないでしょう？　あなた方警察がごり押ししても、私は言いなりにはならない。最初にそうお断りしておきます」

沖の表情が若干険しくなっている。厄介な人物だな、と門脇は思った。扱いを間違えると話がこじれそうだ。

だが鷹野は動じることなく、穏やかな口調で話しだした。

「先生、私たちは真実を知るために捜査を行っています。罪を犯した者が見つかれば、力を行使して身柄を確保することもあります。ですが、それは一般の方々を萎縮《いしゅく》させるのが目的ではありません。善良で、誠実で、職務に忠実な方を、犯罪や不当な脅威から守るために、私たちは日々捜査を行っています。……沖先生、お心当たりはありませんか。あなたは何かのトラブルに見舞われていたんじゃありませんか」

鷹野の言葉には重みがあった。事実をすっかり見抜いている、という自信のようなものが感じられる。

沖は黙り込んだ。険しかった表情の中に、わずかだが当惑の色が混じっていた。彼は今まで虚勢を張っていたのではないだろうか。

「……警察は何かつかんでいるんでしょうか」

沖はそっと尋ねてきた。ポーカーフェイスはすでに崩れている。不安の中、どうにかして相手の手札を見たいという気持ちが伝わってきた。

「先ほど不思議なことが起こりましてね」鷹野は門脇のほうをちらりと見た。「この同僚と私と、ふたり同時に沖先生のことを調べていたのがわかったんです。まったく別の捜査をしていたのに、どちらも沖先生に行き着いたわけです。これは偶然ではありません。捜査を続けていけば、いずれ事実は必ず明らかになります。沖先生、あなたが抱えている問題を話していただけませんか？」

相手の目を覗き込むようにして鷹野は問いかけた。沖は居心地悪そうに身じろぎをする。言葉を探しているようだったが、やがて諦めたという様子でため息をついた。

「私は航空宇宙工学を研究しています」沖は言った。「この分野にトラブルは付きもの……いや、むしろ最初のうちは失敗の連続です。だから私は、トラブルによるストレスには慣れているつもりでした。でも、それは間違っていた。私が慣れているのは、あくまで機械系のトラブルだけだったんです。人間系のトラブルにはまるで無防備だった」

「やはりそうでしたか」鷹野は深くうなずいた。「その人間系のトラブルは、先生の研究と深く関わっているわけですね」

「ええ。私が主導していたある研究にクレームがついたんです。自分の専門分野では議論に負けない自信がありますが、ああいうタイプの人たちには手を焼いてしまって……。ガイア・ガーディアンの三枝という人と、もうひとりは加瀬という人だったんですが」

それを聞いて門脇ははっとした。眉をひそめて沖に問いかける。

「加瀬って加瀬雄真のことですか？　いや、彼はGGのメンバーではありませんよ」

今度は沖が驚く番だった。彼は意外そうな顔を門脇に向けた。

「最初にやってきたのは三枝という女性だったんです。とにかく弁の立つ人で、長時間責め立てられ、こちらは音《ね》を上げてしまいました。お恥ずかしい話ですが、金をゆすり取られまして……。そのあと加瀬という男性が来て、また金を取られました。ガイア・ガーディアンの加瀬と名乗っていたので、てっきりそうなんだと思っていましたが……」

思案の表情を浮かべていた鷹野は、右手の指先で顎を掻いた。

「三枝さんは強硬な抗議活動をしていた、という情報がありました。加瀬雄真は現在GGとは無関係ですが、三枝さんの行動を知って恐喝に便乗したんでしょうね」

「詳しい経緯はわかりませんが……私は騙《だま》されてしまったわけですか」

「おそらく、そうです」

沖はじっと考え込む。当然、悔しい思いはあるだろう。だがそれより、刑事たちが突然現れてGGの罪を暴いたことに驚いている様子だ。

「確認のため、お訊きします。沖先生はどんな研究によって脅迫を受けたんですか」

少しためらう素振りを見せたが、ここまで来て隠すことはできないと悟ったのだろう。沖は覚悟を決めたという表情になった。

「じつは、鯨の生態を調べようというプロジェクトがありまして……」

ホワイトボードに図を描きながら、沖は説明を続けた。自分の専門分野のことだから、喋り慣れているようだ。徐々に熱がこもってくる。

門脇たちは驚きをもってその話を聞いた。尾留川からのメールで概要はわかっていたが、詳しく聞くとかなり独創的な研究だ。鷹野はこの事実をどこまで知っていたのか。もちろんすべてを理解していたわけではないだろう。だが、ときどき鷹野が交える質問は、沖にとって的外れなものではなさそうだった。

一通り説明を聞き終えたところで、鷹野は口調をあらためた。

「やはりその件だったんですね。……それで、プロジェクトに使った『銃』は今、どこにありますか？」

そうだ、その件だ、と門脇は思った。鷹野はもともとナシ割り班として、犯行に使われた凶器を追っていたのだ。

「保管場所へご案内します」

マーカーにキャップを嵌めて、沖は椅子から立ち上がった。

彼は一度自分の机に戻って、引き出しから鍵の束を取り出した。それを持って廊下を足早に歩きだす。門脇と鷹野があとに続き、如月と針谷も遅れないようについてきた。

廊下の途中にあるドアに《備品室》という札が掛かっていた。沖は大きめの鍵を使ってドアを開け、照明のスイッチを押す。五人は部屋の中に入った。空気が少し埃っぽく感じられた。

先ほどとは別の鍵を取り出し、沖はスチール製の保管庫を解錠した。慎重に扉を開けて内部を確認する。

沖が大きく目を見開いた。そこには何も入っていなかったのだ。

「おかしい……。たしかに保管しておいたんです。本当です」

慌てているのがよくわかる。まったく想像していなかった事実を前に、彼は動揺を隠せずにいるようだ。

「沖先生、その銃は犯罪に使われたんです」鷹野が言った。「すでに三人殺害されました。もしかしたら四人目の被害者が出るかもしれません」

「どうしてあんなものを……」青ざめた顔で、沖は首を左右に振った。「さっき説明したとおり、あれは武器なんかじゃありません」

「しかし犯人は凶器として使ったんです。理由は犯人にしかわかりません」

馬鹿な、そんな馬鹿な、と沖は何度もつぶやいている。彼は備品室の中をうろうろと歩きだした。

「最後に銃を見たのはいつですか」鷹野が尋ねた。

「いつだったかな。この部屋の掃除をしたときですから……二ヵ月ぐらいは経ってい るかもしれません」

「先生」門脇は沖を見つめた。「廊下に防犯カメラがありましたよね。あのデータを見せてもらえませんか」

「ああ……そうだ。そうですね。不審な人間が写っているかもしれない。あの映像データを見るには、たしか……」

沖は備品室を出ると、小走りになって研究室に戻った。内線電話で施設の管理者に問い合わせ、机に向かってパソコンを操作し始める。左手に受話器を持ち、右手でマウスを動かし続けた。うまくいかないのか、ときどき苛立《いらだ》ったような声を出した。

やがて映像データの再生方法がわかったらしい。沖に呼ばれ、門脇たちはうしろからパソコンの画面を覗き込んだ。

「順番に見ていきましょう。まず、昨日の分です」

沖はアイコンをクリックして動画をスタートさせた。画面の右隅に備品室のドアが写っている。早回しの再生なので、廊下には学生が現れては消え、また現れては消えるといった状態だ。幸い、深夜にもあの廊下の明かりは点いているらしい。

調べていったが、不審者はなかなか見つからなかった。沖は再生速度を上げていく。二日前、三日前、というふうに記録を遡っていく。門脇たちは眉間に皺を寄せ、画面の動きを見守った。

異変が見つかったのは二週間前、午後二時ごろの映像だった。

「今、誰かがドアを開けました！」

如月が画面を指差し、大きな声を上げた。沖はマウスを動かして映像を戻す。あらためて通常の速度で再生を行った。

廊下を歩いていく人影があった。こちらに背を向けているので顔は見えない。その人物が黒いケースを背負っているのを見て、門脇ははっとした。そばにいた如月も、すぐに気づいたようだ。

不審者は手にした鍵を使ってドアを開けた。そのまますると備品室に入っていく。

「午後二時ですよ。人が大勢いるというのに」沖は舌打ちをした。「いや、しかし学生のような恰好をすれば、備品室に入っても怪しまれないのか……。引き出しから鍵を取り出すときと、あとで鍵を戻すとき、その二回さえ失敗しなければよかったわけだ」

しばらくののち、不審者はドアを開けて廊下に出てきた。背負ったケースには、問題の銃が入っているに違いない。

不審者は廊下をこちらへ戻ってくる。防犯カメラに顔が写った。

「そこ、止められますか？」と鷹野。

沖は緊張した表情でマウスを素早く動かした。映像が数秒戻されたあと、人物の顔がクローズアップされた。男性だ。その顔には見覚えがあった。

門脇は目を見張った。ついに犯人の正体がわかったのだ。

「こいつだったのか……」門脇は低い声で唸った。

信じられないという思いがある。だが防犯カメラに写ったこの男は、特殊な銃が備品室にあることを調べ、持ち運ぶためのケースまで用意してきたのだ。おそらく檻や口枷を用意したときと同じ周到さで、銃を盗み出したのだろう。手間をかけ、あえてそんな銃を使うということに、一連の犯行へのこだわりが感じられる。

「この人を知っていますか？」

如月が訊くと、沖はゆっくりとうなずいた。

「加瀬と名乗った人物です。私はこの男に金を脅し取られました」

門脇は鷹野に目配せをした。鷹野もすべてを察したようだ。

一刻も早く奴を見つけなければ、と門脇は自分に言い聞かせた。今なら、まだ第四の事件を阻止できるかもしれないのだ。

──もう、おまえの好きなようにはさせない。

携帯を取り出し、門脇は特捜本部に電話をかけた。

犯人はこれまで、特捜本部をあざ笑うように殺人を繰り返してきた。

5

塔子たち四人は今、その人物の正体を知った。沖教授の協力で、その男が城北工業大学の備品室に侵入したことが確認できたのだ。早瀬係長に報告したところ、所在がわかり次第、事情聴取のため任意同行を求めることになった。

門脇から指示を受け、塔子はその人物が関係する事務所へ電話をかけた。ところが、留守番電話になってしまって誰も出ない。腕時計を見ると午後七時を回ったところだ。もう事務所には誰も残っていないのだろうか。

仕方なく留守番電話にメッセージを残した。折り返し電話をくれるよう吹き込んでおく。

通話を終えたところへ、別の人物から着信があった。

「はい、如月です」

「急ぎの連絡なんだけど、少し話せるかな」相手は徳重だ。

「ええ、お願いします」

「暴走族から聞き出した半グレ集団・ブルーギアの件だけどね。そこにマウスという男が所属していたと言っただろう」

　徳重が情報収集してくれた男のことだ。組織の中でもかなり攻撃的で残虐、キレると手がつけられなかったという。

「マウスについて調べていたんだが、彼が親しくしていたヤクの運び屋から情報が得られたよ。その運び屋はマウスに身の上話をした。彼が子供だったころ、母親が不倫相手と一緒に行方をくらましてしまったそうだ。それを聞いたマウスは同情したのか、自分の過去を明かした。……高校生のとき、マウスは動物愛護団体に入っていた。動物を保護する活動を、逆に利用しようとしたらしい」

「逆に利用？」塔子は眉をひそめた。「どういうことですか」

「保護した動物を盗み出して、殺害しようと考えたんだ。たしかに愛護団体が保護する動物は、もともと虐待を受けていたり、多頭飼育の崩壊で衰弱していたりする。数が多いから、記録を書き換えれば何匹かいなくなっても気づかれない」

「実際、彼はその犬や猫を虐待していたんですか」

「一度だけ動物を盗み出すのに成功したようだ。でもそれが団体の幹部にばれて、除名されたみたいだね」

　そういうことか、と塔子は思った。これで話が繋がった。

「高校時代、彼が入ったのはガイア・ガーディアンですね？」

「間違いないだろう。……高校卒業後マウスは就職したが、仕事に馴染めず退職してしまったそうだ。夜の町をふらついているうち、半グレ集団・ブルーギアのメンバーと知り合った。彼が持っていた残虐さはすぐに認められ、グループに受け入れられた。キレると自制が利かなくなるマウスは、敵グループの人間を半殺しにした。いや、殺してしまったケースもあったんじゃないかな。仲間からも『ヤバい奴』と恐れられていた」

「マウスはその後どうなりました？」

「それはつかめていない。前に話したとおり、五年前にブルーギアを脱退して行方不明のままだよ」

わかりました、と答えてから、塔子は感謝の言葉を伝えた。

「ありがとうございました。助かりました。今の話から、ブルーギアのマウスは加瀬雄真だと考えてよさそうです」

「決定打になると思うけど、マウスの顔写真が手に入った。五年前のものだ」

「本当ですか！」塔子は携帯を握り直した。「送っていただけますか」

「さっき送信しておいたよ。見てもらえるかな」

急いでメールの添付ファイルを確認する。画面に表示された写真を見て、塔子は「ああ！」と声を上げ、深い息を吐いた。思っていたとおりだ。

「トクさん、私たちは今、この男を追っているところです」

「じゃあ、タイミングはばっちりだったわけだね」

加瀬雄真の高校時代の写真は表情に乏しく、顔色が悪く、左目の下に特徴的な大きいほくろがあった。

今、徳重が送ってくれた写真は五年前のものらしいが、顔の輪郭や鼻筋などが高校時代の加瀬とよく似ている。一点だけ異なるのは、ほくろがないということだった。おそらく形成外科や美容クリニックなどで取り除いたのだろう。

そして五年前のその顔を太らせ、血色をよくした姿を想像すると、二週間前に備品室へ侵入した人物と重なるのだ。

塔子と門脇が追っていた、元ガイア・ガーディアンの加瀬雄真。鷹野が追っていた、凶器の窃盗犯。徳重が追っていた、元ブルーギアのマウス。その三人が同一人物であることが判明した。

「この男は現在、ソニックニュースという会社で働いています」塔子は言った。「宇津見祐介と名を変えて、ニュースサイトで記事を書いています。井浦宗雄さんとは仕事上のつきあいがありました」

「そんなところに潜んでいたのか」電話の向こうで徳重は唸った。

「自分にはギターの趣味がある、と宇津見は話していました。銃を盗むのに黒いギターケースが使われたんですが、私たちはそれとよく似たケースを目撃しているんです」

「えっ、そうなのかい」

ソニックニュースの事務所の奥に、同じタイプのギターケースがふたつ置かれていた。事務所に凶器を隠しておくのはリスクがあるから、おそらく彼はもうひとつ別のケースを持っていて、それを犯行時に携行しているのではないだろうか。

「これで宇津見の容疑がさらに濃くなりました。彼の行方を捜します」

電話を切って塔子は顔を上げた。門脇や鷹野、針谷に今の話を伝える。

門脇は何度もうなずき、あらためてその情報を特捜本部に報告した。早瀬と相談をしたようだ。

「早瀬さんが捜査員をソニックニュースへ向かわせた」門脇は携帯をポケットに戻しながら言った。「さっきは留守番電話になってしまったが、誰か記者が事務所に戻ってくれれば話が聞ける。宇津見の連絡先がわかるかもしれない」

そう話しているところへ、また別の人物から塔子に電話がかかってきた。液晶画面には知らない番号が表示されている。

「はい、如月です」

「ソニックニュースの大石と申しますが」

「ああ、大石さん！　よかった」

「事務所にメッセージを残してくれましたよね。今、出先なんですが、留守録を聞いたものですから……」

「助かります」塔子は早口になりながら言った。「宇津見さんの連絡先はわかりますよね。お訊きしたいことがあるんです。電話番号と住所を教えてください」

「ええと、でも私の判断で教えてしまっていいのかどうか……」

「大石さん、聞いてください。宇津見さんは殺人事件に関わっている可能性があります」

「殺人事件って……もしかして井浦さんの？」

「そのとおりです」

こちらの真剣な言葉に、大石は気圧《けお》されているようだ。塔子はもう一押しした。

「また事件が起こるおそれがあります。人が死ぬかもしれません。急がないと間に合わなくなります」

「……わかりました。一度電話を切りますね」

再び着信があったのは、三十秒後のことだった。自分の携帯に登録してあった連絡先を、大石は教えてくれた。塔子が復唱すると、そばで針谷がメモをとった。大石は出先だと言っていたが、住所まで教えてもらえたのは幸いだ。

「ところで今日、宇津見さんは会社にいましたか？」塔子は尋ねた。

「いえ、ライターさんからの原稿をチェックするということで、出社はしませんでした」

「宇津見さんが立ち寄りそうな場所を知りませんか」

「すみません、そういう話はあまりしたことがなくて……」

「そうですか。ご協力ありがとうございました」

礼を述べて塔子は電話を切った。

門脇や鷹野のほうを向き、これからの行動について相談する。犯人の目星はついたものの、慎重な対応が求められる場面だった。

「どうする鷹野。電話してみるか」

真剣な顔をして門脇が訊いた。鷹野は少し迷う様子だったが、じきにうなずいた。

「やってみましょう。向こうはまだ、正体がばれたことに気づいていないはずです」

「問題は、誰が電話をかけるかだな」

門脇と鷹野は顔を見合わせたあと、同時に塔子のほうを向いた。

「私ですね？」塔子は表情を引き締める。

「やってくれるか」門脇が言った。「こちらも、何も気づいていないふりをしよう。重要なことがわかったので確認のために電話した、というシナリオでどうだ。宇津見は気になって、探りを入れてくるかもしれない」

「やりとりする中で、できるだけ奴の情報を引き出してくれ」と鷹野。

「わかりました。やってみます」

細かい部分を打ち合わせたあと、塔子は頭の中を整理した。話していいことと、話してはいけないことをはっきりさせておく。

塔子は携帯を手にして、宇津見の番号を入力し始めた。知らない番号からの電話には出ないのではないか、という懸念はある。そこは賭《か》けだと思った。

三回、四回とコール音が続いた。

塔子の中で徐々に不安が大きくなってきた。やはり警戒されたのだろうか。

だがそのとき、電話が繋がった。緊張を押し隠して、塔子は相手に話しかける。

「もしもし、宇津見さんの携帯でしょうか？」

「ええ、そうですけど……」

怪訝そうな声ではあったが、会話を拒絶するような気配はない。仕事などで使っている携帯だから、取引先からかかってきたと思っているのかもしれない。

「突然すみません。私、一昨日お邪魔した警視庁の如月です」

「あ……はい」

「じつは捜査中に重要なことがわかりました。どうしても宇津見さんにお訊きしたいことがあって、大石編集長から電話番号を教わったんです」

「ああ、大石さんから……」

「宇津見さん、できれば今からお会いしたいんですが」

「……申し訳ないんですが、人と会う約束があるんですよ。すみません」

これは想定内のことだ。宇津見が直接会ってくれるとは思っていなかった。

「では、お電話でお話よろしいでしょうか」断る隙を与えず、塔子は続けた。「もう報道されていますが、一昨日ガイア・ガーディアンの三枝さんが亡くなりました。何者かに殺害されたんです。ご存じですか」

「ニュースで見ました。驚きましたよ」

「それから、前に写真をお見せした福原香奈恵さんも亡くなっています」

「ああ、そうらしいですね」

「私たちは被害者の仕事や生活について調べました。その結果、三人の関係が浮かんできたんですよ」

「……どんな関係です？」

宇津見は様子を探るように尋ねてきた。やはり、警察が何をつかんだのか気になるのだろう。

「井浦さんはGGのことを調べて批判記事を書きました。一方、福原さんは実験動物の販売に関わっていました。どちらもGGからすると、許せない存在だったんでしょう。そう考えると、ふたつの事件の犯人はGGではないか、という疑いが出てきます」

「だけど、次にGGの三枝さんが殺害されたんですよね？」

「ええ、その理由がわからないんです」塔子は困っているという口調で言った。「井浦さんはGGの記事を書くとき、三枝さんに取材したはずです。宇津見さんは何か聞いていませんか」

宇津見は低い声で唸ってから、そうですねえ、とつぶやいた。

「取材はライターさんに任せていますから、そのへんはなんとも……。僕は井浦さんの原稿を読んで、ああ、三枝さんはきつい人なんだなあ、と思っただけでした」

「誰か、第三者がふたりを憎んでいた可能性は？」

「井浦さんと三枝さんは立場が逆ですよね。そのふたりを同時に憎むって、どんな人なんでしょう。想像がつきませんけど」

実際には自分の犯行であるはずだが、宇津見は何もわからないふりをしている。警察の動向を知りたいという気配が伝わってくる。

塔子はひとつ咳払いをした。

「では、私たち警察の見方をお話しします。……犯人はGGに大きなダメージを与えたかったたんじゃないでしょうか」

「ダメージ？」

「井浦さんと福原さんが殺害されたとなれば、警察はGGを疑います。犯人はGGに罪をかぶせようとしたわけです。しかしそのあと三枝さんが殺害されたら、警察の捜査は混乱する。そしてGGも強硬派の幹部を失って大きな打撃を受ける。もしかしたら組織の解体にまで追い込まれるかもしれません。それが犯人の目的だったんだと思います」

じつを言うと、これは鷹野による筋読みだった。電話をかける前、打ち合わせのときに聞いたのだ。確証はないが一定の可能性はある、と彼は話していた。門脇もその考えを支持しているようだった。

「いかがですか、宇津見さん」

「よくわかりませんけど、犯人の最終的な目的はGGへの復讐だったんですか？」

「復讐というか嫌がらせというか、とにかくGGを陥れたかったんでしょう。三人も被害者を出してしまったのは本当に残念です。……でも、これで犯人は目的を果たしたはずなので、事件は終わりになります」

「……そうなんですか？」

「ええ。ご協力いただいて、どうもありがとうございました」

「ああ、いえ、とんでもない」

ここで塔子は「あれ？」とつぶやいた。

「宇津見さん、近くで何か鳴っていませんか。携帯電話じゃないですか？」

え、と言ったあと宇津見は黙り込んだ。耳を澄ましている様子だったが、何も聞こえないのを確認したようだ。

「いや、聞こえませんね。携帯なんてなかったですよ」

「ああ、じゃあ私の聞き違いですね。……宇津見さん、私はこのまま捜査を続けますが、あとでまたお電話してもいいでしょうか」

塔子が尋ねると、今度は宇津見のほうが咳払いをした。

「電話には出られないかもしれません。大事な用があるんです」

「ああ、そうですよね。人と会うっておっしゃっていましたよね。そのあとでもけっこうですから、またお話しさせていただければと……」

「すみませんが、今夜は遅くなると思いますので」

話を続けようとしたが、切られてしまった。

携帯電話を握る手が少し汗ばんでいる。塔子はゆっくりと呼吸をした。

どうだった、と門脇が尋ねてきた。今のやりとりについて、塔子はできるだけ正確に説明し始めた。

それを横目で見ながら、鷹野はどこかへ電話をかけている。

「やはり警察の動きが気になっているんだな」門脇が塔子に言った。「まだ犯人がわかっていないと知って、奴は安心したようだ。人と会う約束があると言っていたが、四人目の被害者のことだろうか」

「その可能性が高い、と私は感じました」

門脇は渋い表情を見せた。それから再び塔子のほうを向く。

「最後の、携帯が鳴っているんじゃないかというのは何だったんだ。鎌《かま》をかけたのか」

「はい。じつは、あの答えで気になったことがあります」塔子は記憶をたどった。「本人が携帯を使っているわけですから、普通なら、あそこで携帯の音がするはずはないですよね。ひとりで二台持っていたとしたら、すぐに画面を見て確認できたでしょう。でも宇津見には、少し動揺するような気配がありました。自分は何か見落としたのではないか、と不安になったんじゃないでしょうか」

「誰か他人の携帯が鳴った可能性がある、と思ったわけか」

「たぶんそうです。『携帯なんてなかったですよ』と彼は言いました。一度、持ち物を調べたときにはなかったからでしょう」

「つまり、奴はすでに誰かを拉致していると……」

門脇は腕組みをして、しばし考え込んだ。塔子はさらに話を続ける。

「それからもうひとつ。人と会ったあとでもいいので電話で話を聞かせてほしい、と私は言いました。それに対して彼は、今夜は遅くなる、と答えました。夜、被害者を殺害するつもりだと思います」

「今までの三件は、どれも二十三時半ごろに起こった可能性が高い。今日もそうなるだろうというわけだな。……逆に言うと、その時間までは被害者は無事かもしれない」

「なんとか、それまでに見つけられれば……」

「だが最大の問題は、誰が被害者なのかわからないってことだ」

門脇は悔しそうに舌打ちをする。これでは警戒も護衛も不可能だ。

電話を終えた鷹野が、こちらを向いて報告した。

「尾留川に頼んで、携帯電話会社に問い合わせをさせています。さっき宇津見がどこで携帯を使ったか調べてもらいます」

通話していた場所がわかれば、捜査員を集めて現場を包囲できる。宇津見に気づかれる前に、踏み込むことも可能だろう。

ただ、携帯電話会社から連絡が来るまでには、どうしても時間がかかる。その間、何もせずにいるわけにはいかなかった。塔子たちは次の行動に移った。

練馬区石神井町《しゃくじいまち》の住宅街に移動した。

大石からの情報に従い、古いマンションの五階に上がる。表札は出ていないが、そこが宇津見宅だった。

共用廊下から見たところ、室内は真っ暗で人はいないようだ。

「やっぱり不在か。これまでの犯行を見ても、自分の家で事件を起こすような奴じゃないのはわかっていたが……」

腹立ちまぎれに、門脇は何度もチャイムを鳴らしている。塔子はドアに近づいて耳を澄ましてみた。だが屋内で誰かが動く気配はない。

塔子たちは同じマンション内の部屋を訪ね、宇津見という人物について情報を集めようとした。だが、宇津見はほかの住人たちとまったく交流がないようだった。

マンションの外に出て、塔子たちは花壇のそばに集まった。街灯の下で情報交換を行う。

「部屋の契約者は宇津見祐介です」管理人に聞き込みをしてきた針谷が、メモ帳を見ながら言った。「ええと……たしか、本名は加瀬雄真ですよね。もしかして、複数の名前を使い分けていたんでしょうか」

「半グレ集団で覚えたんだろうな」門脇は悔しそうな顔をした。「元は集団自殺に巻き込まれた気の毒な子供だった。それなのに、成長して奴は残虐な犯罪者になってしまった。育った環境のせいだとしたら、俺たち警察官はいったい何をしていたんだ。情けない」

門脇がそんなことを言うのは珍しい。焦りのせいだろうか。

もともと門脇は、少年たちの犯罪に特別な憤りを感じていたようだった。ひとりでいるときは地味な少年だとしても、グループになると暴走してしまうケースがある。十年前に町屋事件を起こした青葉たちもそうだし、暴走族・関東紅蓮会もそうだ。半グレ集団・ブルーギアも同様だ――。そんなふうに彼は考えているのかもしれない。

「でも門脇さん」塔子は口を開いた。「同じように不遇だったとしても、犯罪者になる人間とならない人間がいます。それはやっぱり、本人次第なんだと思います」

「わかっているが、ときどき虚《むな》しくならないか？」

「私は逆に考えています。だって、犯罪者にならなかった少年も大勢いるわけでしょう。彼らがしっかりした社会人になったのは、門脇さんの努力が実ったからじゃないですか。情けないことなんてありませんよ」

驚いたという顔をして、門脇は塔子を見つめた。

「如月は達観しているんだなあ」

「そんなことはありませんけど……」

塔子は口元を緩めた。それから、あらためて表情を引き締めた。

メールを見ていた鷹野が、門脇のそばにやってきた。

「尾留川から、よくない報告です。携帯電話の件ですが、先ほど宇津見が通話していたのは東久留米《ひがしくるめ》市のショッピングセンター内だとわかりました。でもその後、居場所が特定できないそうです。携帯の電源を切ったか、あるいは廃棄してしまったのかもしれません」

「そのショッピングセンターを調べてみるか」

「早瀬係長が捜査員を動かしています。何かわかればいいんですが、可能性は低そうですね」

門脇の顔が一段と厳しくなった。花壇のそばで、アスファルトの上をうろうろと歩き回る。彼は左手首に嵌めた腕時計を見た。

「もう八時半になるのか。奴はたぶん、今までとは別の廃屋に向かっているんだろう。いや、すでに被害者を檻に閉じ込めているかもしれない」

殺害の予定時刻が二十三時半だとしたら、残りあと三時間ということになる。ヒントがない中、犯罪者を見つけ出し、被害者を救出することなどできるだろうか。

塔子はメモ帳を開いて、これまでに調べてきたことを見直していった。門脇や針谷は黙って考えを巡らしている。鷹野はデジタルカメラのデータを再確認しているようだ。

「ちくしょう。何かないのか、何か」

門脇は鷹野に近づいて、デジカメの画面を横から覗き込んだ。鷹野はボタンの操作を中断し、右手でこめかめを掻いた。

「いったいどうすればいいのか」鷹野はつぶやいた。「この状態で、奴の居場所を見つけるなんて無理でしょう。ＧＰＳが使えるなら、話は別ですが……」

低い声で唸ってから、鷹野は天を仰いだ。

真っ暗な空に、星のまたたきはあまり見えなかった。汚れた空気のせいで東京の夜はいつもこんな具合だ。星座を見ようとする人も、そう多くはないだろう。

――何か手がかりはないんだろうか。

強い切迫感の中、塔子は頭を働かせた。これまで担当してきた事件では、最後の最後でどうにかなることが多かった。しかし今回ばかりはいい知恵が出ない。犯人の目星がついていて、電話で話もできたというのに、その居場所にたどり着くことができないのだ。このまま諦めるしかないのだろうか。

そのときだった。空を見ていた鷹野が、背筋を伸ばしたまま大きな声を出した。

「いや、ちょっと待った！」

驚いて、塔子たちは彼を見つめる。鷹野はみなを見回した。

「犯人はあの凶器にこだわっているんだ。きっと今回も使うに違いない。そして、もともとあれは別の目的のために作られたもので……だとしたら……」

「おい鷹野、どうした」

門脇が怪訝そうな顔で尋ねた。それには答えず、鷹野はスーツのポケットから携帯を取り出した。

名刺を見ながら、彼はどこかに電話をかけている。やがて相手が出たらしく、早口で話し始めた。

「警視庁の鷹野です。すみません、大至急確認していただきたいことがあります。……ええ、事は重大です。人命がかかっているんです。……例の仕組みですが、今も生きているでしょうか。それを使いたいんです。……なるほど、バッテリーがね。それから、ピンとプローブがどうなっているか、ですか。……でも試してもらえませんか。なんとかなればと思って。……ああ、助かります！　多少時間がかかってもかまいません。このままお待ちしますので。……ええ、よろしくお願いします」

鷹野はしゃがみ込むと、花壇の縁でメモ帳を開いた。ページをめくっていき、相手から聞き出した言葉を書き留めていく。

いったい何事かと塔子たちは彼を見守っている。門脇も針谷も、呆気《あっけ》にとられているようだ。

　そのまま二十分ほど過ぎただろうか。長いやりとりを終えて、鷹野はようやく電話を切った。携帯とメモ帳を手にして立ち上がる。

「見つかりました」鷹野は言った。「清瀬《きよせ》市内の博物館です」

　塔子は門脇と顔を見合わせた。針谷も驚いてまばたきをしている。

「大丈夫なのか？」と門脇。

「奴はそこにいる可能性が高い。いや、きっとそこにいます」

　門脇に向かって、鷹野ははっきりした口調で答えた。この顔だ、と塔子は思った。鷹野は今、確信を持って行動しようとしている。

「鷹野主任、自信があるんですね？」

　塔子が尋ねると、彼は力強くうなずいた。

「今なら間に合うはずだ。……門脇さん、行きましょう」

「わかった、鷹野を信じよう」

　そう言って門脇は大通りのほうへ向かった。脚の傷痕を忘れたのか、小走りになっている。

　塔子たちも、急いで彼のあとに従った。

6

午後十時三十五分。道を歩く人の姿はほとんど見えない。

青白い街灯を頼りに、門脇たちは住宅街を進んでいった。静かな通りに、ときどき食器の音や談笑する声などが聞こえてくる。

仕事や勉強を終えて、多くの人がくつろいでいる時間帯だった。家々の明かりは暖かく、誰もが穏やかな日常生活の中にいるはずだ。

だが門脇たち四人にとって、これから予想されるのはまさに非日常の出来事だった。

三人の男女を拉致監禁し、無残《むざん》な方法で殺害した犯罪者。特殊な凶器を使って被害者を撃つ手口は、これまでに見たことのないものだった。警察はずっと振り回されてきた。だが今、門脇たちは犯人の潜む現場に迫っている。

静かな住宅街に大きな音が聞こえてきた。電車の走行音だ。

道路のすぐ近くに西武池袋線《せいぶいけぶくろ》の線路があった。会社帰りの人たちを乗せて、電車がごうごうと走っていく。あれは池袋始発の各駅停車だろう。清瀬駅を出て、飯能《はんのう》方面に向かう電車だ。

それが通過してしまうと、辺りは再び静かになった。大きな音を聞いたせいか、今までより静けさが増したように感じられる。

前方に黒々とした樹木が見えてきた。敷地の外周に背の高い木が並んでいる。白い塀の間に短い階段があり、それを上がったところに灰色の建物があった。

右側の塀に《清瀬市自然博物館》というプレートが掛かっている。だがその横に《現在休館中》という貼り紙が見えた。

事前に調べていたとおりだ。この博物館は建て直しのため、二週間前から休館している。すぐには工事が始まらず、無人のまま放置されているそうだ。

暗がりに移動し、小声で打ち合わせをした。

「このあと応援が来ることになっている」門脇は言った。「彼らが到着してから行動を開始する。それまでに建物の外周を調べておく。針谷は裏に回ってくれ」

「わかりました」

「建物で何か動きがあったら、随時連絡を」

「了解です」

すでに四人の間で携帯番号は交換してある。いつでも連絡は可能だ。

塀に沿って、針谷は建物の裏手に回っていった。

如月を正門前に残して、門脇と鷹野は敷地内に入った。のちの進入に備え、建物の出入り口を確認するのだ。

灰色の博物館の周りを、ふたりでゆっくり進んでいく。窓から屋内の様子を窺うと、まだ電気は通じているようで、廊下の下部に常夜灯が点いていた。しかし展示室などを覗くことはできない。

西向きの正面玄関のほか、線路に近い南側にひとつ通用口があった。東側には収蔵品用の搬入口が設けられている。いずれも施錠されていて開かなかった。

搬入口近くの駐車場に、白いワゴン車が停めてあるのが見えた。

車内には誰もいない。後部座席を覗き込んで、門脇は目を見張った。工具や梱包《こんぽう》材《ざい》、そしてギターケースが置かれている。オレンジ色の「浮き」のようなものも見えた。これではっきりした。奴は間違いなくこの博物館に来ている。

反時計回りに北側へ回ったとき、鷹野がハンドサインを送ってきた。ここにも通用口があったが、そばの窓ガラスが割られている。奴はここから忍び込んだのだ。一度建物に侵入してしまえば、中からドアを開けることができる。そうやって自由に出入りできるようにしたあと、被害者を連れ込み、再度施錠したのではないか。

門脇と鷹野は正門前に戻って、如月に現在の状況を伝えた。真剣な顔で如月はそれを聞いていた。

「所有者から許可は得ている。人員が揃ったら、割れている窓から中に入ろう」

北のほうを指差して門脇は言った。如月と鷹野は黙ったままうなずく。

門脇は携帯電話をチェックした。今のところ誰からも連絡は入っていない。仲間が到着するまでには、まだ時間がかかりそうだ。

今、中はどうなっているのだろう。犯人がこれまでと同じ行動をとるのなら、二十三時三十分まで被害者は無事なのか。そうであってほしい、と門脇は祈るような気持ちでいた。

そのときだ。建物の中から、何かが倒れるような音が響いてきた。

また聞こえた。今度は物が割れるような音だ。

中に何者かがいるのは間違いない。それがわかったのは収穫と言えるが、今の音はまずい、と思った。

──始まってしまったのか？

門脇はさらに耳を澄ました。定かではないが、呻き声のようなものが聞こえてきた。

誰かが暴行を受けている可能性がある。これを放っておくわけにはいかないだろう。自分たちは被害者を救出するためにやってきたのだ。このまま見過ごしてしまったら、何をしに来たのかわからなくなる。

「緊急事態だ。進入する」門脇はうしろを振り返った。「如月はここに残って、針谷に連絡を。あとで応援が来たら中に入ってくれ」

「了解しました」

如月は携帯を取り出し、電話をかけ始めた。

門脇は鷹野に目配せしたあと、北側へと走った。建物の角を曲がったとき、左脚に痛みが感じられた。ちくしょう、こんなときに、と門脇は舌打ちをする。いや、全力で走ったこんなときだからこそ、痛みが出たわけか。

先ほど見つけた窓に走り寄る。ガラスの割れた部分に右手を突っ込み、クレセント錠を外した。窓は簡単に開いた。アルミサッシに両手をかけて乗り越えようとしたが、そこでもたついた。脚の痛みが気になって、思うように下半身が上がらない。以前の自分なら、こんなことはなかったのに──。

「俺が先に……。ドアを開けます」

門脇の背中を叩いて、鷹野が前に出た。思いのほか身軽に窓枠を乗り越え、彼は暗がりに姿を消した。十秒ほどのち、近くにあった通用口が内側から開いた。鷹野が顔を出し、手招きをした。

すまない、と門脇は手振りで示した。ドアの中に入り、鷹野のあとに続く。

ふたりともミニライトを取り出し、床に向けて明かりを点けた。

先ほどのドアは職員用の出入り口だったようだ。室内にはタイムレコーダーや活動予定表、ロッカー、打ち合わせ用のテーブルなどが並んでいる。確認してみたが、室内に人のいる気配はない。

次へ、と鷹野が手で示した。門脇はうなずいて彼の背中を追う。

ドアを開けると、そこは廊下だった。

足下にぽつりぽつりと常夜灯があるものの、天井の照明は点いていないため、館内はかなり暗い。靴音を立てないよう注意しながら、門脇たちは廊下を進んでいった。そのまましばらく行くと、開けた場所に出た。

この博物館のエントランスホールだ。

西向きの壁に正面玄関の扉があった。二ヵ所ある錠を外して扉を開けると、短い階段の下に如月がいた。目で合図してから、門脇は元どおり扉を閉めた。

ホールの東側を見ると、展示室へ続く通路があった。右手は第一室、左手は第七室だ。事前にウェブサイトで調べたのだが、第一室から観覧していくと「コ」の字形の部屋配置になっていて、最後の第七室を出るとエントランスホールへ戻れるらしい。

工事の関係だろう、第七室へ繋がる通路は大部分、建築資材で封鎖されていた。わずかに隙間があったが、門脇や鷹野の体格では通れそうにない。

となれば、ほかに選択肢はなかった。門脇と鷹野は辺りに注意を払いながら、第一室に入っていった。犯人も同じように行動したはずだ。

展示室の足下にも明かりが点いていたが、かろうじて歩くのに役立つ程度でしかなかった。ミニライトで辺りを照らしたい気持ちはある。だが、どこに犯人が潜んでいるかわからないため迂闊《うかつ》なことはできない。

展示室にはガラスケースが並んだままになっていた。以前は数多くの展示物が収められていたはずだが、近づいて確認するとケースはすべて空になっていた。

第二室、第三室と足を進めていく。部屋の造りはどこも似ていたが、ガラスケースや石膏《せっこう》ボードの配置などで、順路に変化がつけてあった。観覧者を退屈させないための工夫だろうが、門脇たちにとっては厄介な構造だ。見通しが利かないから、誰かが隠れていても気づかないおそれがある。

犯人は何度もこの建物に侵入しているのではないだろうか。それに対して門脇と鷹野は初めてだ。こちらのほうが、圧倒的に条件が悪い。

第四室に入ったとき、建物の外から大きな音が響いてきた。はっとして門脇は動きを止める。

電車の走行音だ。

決められたダイヤどおり、いつものように電車は走っている。当たり前のことだったが、今この薄暗い博物館で聞く音には、ただならぬ迫力が感じられた。

普段の展示期間中であれば、おそらくこれほど走行音は響かないはずだ。今は工事の準備のため、防音設備が一部取り払われているのだろう。それに北側の壁には、窓ガラスの割れているところもある。

門脇は鷹野に向かって隣の部屋を指し示した。次へ進もう、と仕草で伝える。

先に第五室に入ろうとした鷹野が、慌てて壁に身を隠した。振り返り、門脇に向かってハンドサインを出している。

息を詰めて、門脇はゆっくりとその部屋を覗き込んだ。

これまでの展示室とは違って、雑然とした状態だった。作業用の場所として使われていたのかもしれない。室内にはキャビネットがいくつも並び、段ボール箱が積み上げられている。解体しかけた石膏ボードや鉄柱が、壁際に寄せて置かれていた。

その奥に少し広めのスペースがあった。常夜灯の明かりの中、浮かび上がっているのは頑丈そうな四角い檻だ。

やはり現場はこの博物館だったのだ。門脇は目を凝《こ》らして観察する。

檻の中に誰かが横たわっているのがわかった。はっきり視認できないが、薄闇の中、白っぽい肌が見える。被害者はすでに全裸にされているようだ。

犯人はどこにいるのだろう。門脇は檻の周辺に視線を走らせた。見える範囲に不審者の姿はない。

合図を交《か》わして、門脇たちは行動を開始した。

まず鷹野が第五室に入っていった。左手の壁に沿って、キャビネットの裏を確認しつつ檻のほうに進んでいく。門脇は少し離れて、右手の壁をチェックしていった。どこに犯人がいるかわからない。神経を研ぎ澄ます必要がある。

檻のそばに着いた鷹野は、鉄格子の外から被害者の様子を窺っていた。門脇も徐々に近づいていく。

髪の長さや胸の膨らみから、今回の被害者も女性だとわかった。福原香奈恵や三枝千鶴に比べると肉付きがよく、下腹部にはかなり脂肪がついている。過去三件の被害者と同様、口枷を嵌められ、腹の上にある両手はワイヤーで縛られていた。

檻の近くには建築資材が散らばっている。先ほど何かが倒れたり割れたりする音が聞こえたのは、これらのせいかもしれない。

鷹野が小声で女性に話しかけると、すぐに反応があった。檻の中で彼女は体を起こし、横座りになった。衣服を切り裂かれたときに傷が出来たのだろう、体のところどころに赤い筋がついている。

ううう、ううう、という呻き声が聞こえてきた。鷹野は自分の口に人差し指を当て、「静かに」とささやく。女性は何度もうなずいたあと、自分が裸だと気づいて、両手で胸を隠そうとした。

彼女の顔を見て、門脇は思わず眉をひそめた。

──この女性、どこかで見たことがある。

歳は五十代後半だろうか。ふっくらした顔。印象的なボリュームのある髪。

あっ、と思った。

「財前秋代さんですね？」門脇は声を低くして言った。「都議会議員の……」

鷹野も捜査会議で名前だけは聞いているはずだ。納得したという表情になった。

財前はガイア・ガーディアンと関係の深い政治家だ。真木山代表から依頼されたのだろう、五月八日にはＧＧへの捜査を行わないようにと介入してきた。ＧＧと繋がっているのなら、動物に関わる活動をしてきた人物なのかもしれない。そのへんに、犯人から恨まれる理由があったのではないか。

そんなことを考えているうち、隙が生じてしまった。

突然、辺りに強烈な光が満ちた。わずかな時間、門脇は視力を失った。一度閉じたまぶたを上げてみたが、すぐには周りが見えない。

靴音が聞こえた。隣の第六室のほうから誰か走ってくるようだ。

門脇は床にしゃがみ込んだ。身をかわしたと言うより、よろけたと言ったほうが正しいだろう。急に動いたせいで左脚が痛み、バランスを崩したのだ。

その直後、がつん、と鈍い音がした。続いて何かが倒れるような音。そして呻き声。

これは鷹野の声ではないか？

危険を感じて門脇は檻から離れた。低い体勢のまま数メートル後方に戻って何かにぶつかった。硬い感触からするとキャビネットだろう。手探りしながら、そのうしろに回り込む。

ようやく視力が戻ってきた。キャビネットの陰に隠れ、呼吸を整えながら門脇は部屋の奥を覗き見た。

照明が灯り、第五室の中は明るく照らされていた。

檻の中には全裸の財前秋代がいる。檻の外、一メートルほど離れた場所に鷹野が倒れていた。目をつぶっていて動かない。額から出血があった。

鷹野のそばに、ひとりの男が立っていた。手に持っているのは長さ一メートルほどの角材だ。その先端には血が付いている。

門脇はその男を睨みつけた。

「やはりおまえか、宇津見！」

ソニックニュースの記者・宇津見祐介だ。青い縁の、お洒落な眼鏡をかけている。話を聞きに行ったときは、少し抜けているような、愛嬌《あいきょう》のある男性だと感じられた。だが今、彼の表情はひどく険しくなっていて、同じ人物とは思えなかった。

宇津見はその場にしゃがんで、鷹野の両手をワイヤーで縛った。鷹野は意識を失っているようだ。

拘束が済むと、宇津見は冷たい視線をこちらに向けた。

「門脇さんでしたね。どうしてここがわかりました？」

どうすべきか、と門脇は考えた。宇津見は角材を持ち、鷹野のすぐそばにいる。意識のない鷹野に第二、第三の攻撃を加えるのは容易だろう。一方、自分は彼らから七メートルほど離れた場所にいた。これだけ距離があっては飛びつくこともできない。

今は時間を稼ぐことだ、と思った。

小さく呼吸をしてから門脇は口を開いた。

「この場所に気づいたのは俺の同僚だよ。ガイア・ガーディアン——GGはあちこちの企業、団体にクレームをつけていたが、城北工業大学もその対象のひとつだった。おまえも知っていただろう？」

「もちろんです。沖教授からは、僕もこづかいをもらいましたからね」

そのとき宇津見は本名の加瀬雄真を名乗り、GGのメンバーを装ったのだ。

「幹部の三枝千鶴が問題視したのは『鯨衛星プロジェクト』だった」門脇は話を続けた。「探針という意味だそうだが、『プローブ』と呼ばれる発信機を鯨の体に装着する。プローブからは電波が出されるから、人工衛星で受信して鯨の居場所が追跡できる。その結果、移動経路が判明して、生態の解明に繋がるというわけだ。……プローブ自体は『浮き』のようなもので、それを鯨に取り付けるには『ピン』と呼ばれる道具が必要だ。わかりやすく言えば、銛《もり》のようなものだよ。この銛のうしろの部分に、プローブを繋いでおくんだ。鯨の皮は厚いので、銛を打ち込むには改造したエアガンを使う。鯨の体を傷つけてしまうため、化膿《かのう》しないよう銛には抗生物質が仕込まれていた。一連の犯行でおまえが使ったのはそのプローブ銃だったんだ。そうだな？」

宇津見は右手に角材を握ったまま、横へ五十センチほど移動した。左手を段ボール箱の陰に伸ばす。数秒後、見慣れない銃が現れた。左手に持ったその銃を、宇津見はこちらに向けた。

ライフル銃に似た外観だが、口径がかなり大きい。射出された銛は本来、鯨の体を狙うものだったはずだ。しかし一連の事件で、宇津見は人間をターゲットにした。直径約十七ミリ。鯨の体にしっかり刺さるよう設計された銛が、凶器として使われたのだ。

「知ってます？　これ、射撃の練習をするとき畳や電話帳を使うんですよ。それぐらい威力があるんです。沖先生が話していました」

「そうらしいな。俺も聞いた」

「人間の腹に向けて撃ったら見事に突き刺さりました。あの傷じゃ、抗生物質も役に立たない。それはそうですよね」

うん、うん、と宇津見はひとりうなずく。それから「待てよ」と声を上げ、自分の額を手のひらで叩いた。

「あのプローブは今も電波を出し続けていたってことですか？　それは聞いていなかった。そもそも鯨衛星プロジェクトは中止になったはずですよね？」

「そのとおり。鯨にピンを打ち込むというニュースを知って、GGの三枝千鶴がクレームをつけた。のちに衛星自体は打ち上げられたが、結局、鯨の追跡は行われなかった。それはクレームのせいというより、鯨にうまくピンを打ち込めなかったからだ。衛星は今も空を飛んでいる。目的を変えて、別の実験を行うためにな。……しかしプローブの電波を受信するシステムは、使われないままずっと機能していたんだ」

本来の目的には使われなかったそのシステムを、鷹野は利用しようと考えた。犯人がプローブ銃にこだわっているのなら、今回もそれを使うはずだ。犯行時は銛の部分だけを打ち込むだろうが、犯人の車には取り外したプローブが積んであるのではないか。そうであれば衛星を使って場所を特定できる、と推測した。

実際、白いワゴン車の後部座席には、オレンジ色の浮きのようなものがあった。あれがプローブだったのだ。

プローブが今も利用できたこと、衛星が電波を受信できたことは、いずれも幸運だったと言うべきかもしれない。だが、もともと鯨衛星は長期間運用される予定だったから、今回プローブを追跡できる可能性は高かった。衛星は約百分で地球を一周する。宇津見が博物館に来てからすでに何回か、衛星は電波を受信していた。鷹野は沖教授に頼んで、そのデータを調べてもらったのだ。

「おまえがプローブ銃を使おうとしなければ、この場所を割り出すことはできなかっただろう」

門脇が言うと宇津見は、ふん、と鼻を鳴らした。

「まあ、いいですよ。僕はもうじき目的を果たすことができるんだ」

彼は檻のほうに目を転じる。鉄格子の中で財前が体を震わせていた。夜になって気温が下がっているから、全裸では肌寒いのだろう。

財前のそば、檻の外に倒れている鷹野がまた呻いた。頭をひどく殴られて、彼はいまだに起き上がれずにいる。

どうすべきかと門脇が考えていると、外からまた大きな音が響いてきた。鉄道の音だ。

腕時計を確認したあと、宇津見は角材を置いてプローブ銃を構えた。

「もうじき十一時三十分だ。それがこの女の最期のときだよ」

門脇も自分の腕時計を見た。あと数分でその時間がやってくる。

どうにかして、宇津見の気を逸らすことはできないだろうか。門脇は必死に頭を働かせた。

「宇津見、おまえはどうして十一時半にこだわるんだ。その時間に何があった？」

「あなた方に話しても仕方ないですよ」

「もしかしたら、お母さんのことが関係しているんじゃないのか。今から十八年前、十二月の事件だ」

これは一か八《ばち》かの賭けだった。集団自殺を思い出させたら、宇津見は興奮して手がつけられなくなるかもしれない。いくらか危険はあったが、それでも門脇は時間稼ぎがしたかった。

幸い、宇津見は落ち着いているように見えた。

「そうですよ。母たちが自殺を図ったあの夜……」宇津見は首をかしげた。「門脇さん、集団自殺のことをよく知っていますね」

「調べさせてもらった。まだ十一歳だったというのに、本当に気の毒だったと思う。宇津見には同情するよ。きっとおまえの心には大きな傷が……」

「ああ、門脇さん、そういうのはいいですから」宇津見はゆっくりと首を横に振った。「別に同情してもらおうとは思いません。僕は目的が達成できればそれでいいんです」

「その女性――財前秋代は、おまえとは直接関係ないはずだ。どうして狙った？」

「説明しても理解できないと思いますよ」

「そんなことはない。俺にはきっとわかる」

門脇は宇津見の目を見つめる。なんとかして相手の気持ちをこちらに向けさせ、対話を続けたかった。だが、宇津見は冷たい口調でこう言った。

「門脇さん、すみません。そろそろ時間なんですよ」

彼は両手でプローブ銃を構え、銃身を鉄格子の間に差し入れた。檻の中の財前は、怯えた表情で後ずさっていく。だがじきに、背中が鉄格子にぶつかってしまった。彼女は目を見開き、左右に激しく首を振る。

「おい鷹野、しっかりしろ！」

呼びかけてみたが、鷹野は倒れたままだった。この場面でも、彼は起き上がってはくれない。

門脇は左の太ももをさすった。この脚が言うことを聞いてくれれば、七メートルの距離があっても宇津見の射撃を阻止できるだろうか。

だがそこへ過去の記憶が甦ってきた。七ヵ月前の事件で自分は左脚を撃たれた。情けないことだが、そのときの恐怖が門脇を萎縮させた。

——ちくしょう！　動けないのか？

門脇の焦りをよそに、宇津見は腰を落として射撃の体勢に入った。片膝を床について反動に備えている。

「最後だし、今回は頭を狙いますよ。一発で仕留めてやります」

電車の音が近づいてきた。やがて電車は博物館のそばを通過するだろう。それに合わせて宇津見は銃を撃つのだ。射出された金属製の銛は、財前の頭部を破壊するはずだ。

門脇は悔しさに唇を噛んだ。

走行音が大きくなった。射撃の音をかき消してしまうほどの騒音。

「強欲な婆さん、さようなら」宇津見が言った。

そのときだ。

第六室の暗がりから誰かが駆け込んできた。その人物は勢いを緩めず、宇津見に体当たりをした。体勢を崩して宇津見は倒れ込む。走ってきた人物も床の上を転がった。

バン、と大きな音がした。次の瞬間、門脇の耳に風を切る音が聞こえた。すぐそばの段ボール箱を何かが貫通した。銛だ。直径十七ミリ、ペンライトのような円筒が段ボール箱をぶち抜いて、背後の壁に突き刺さっていた。

弾《はじ》かれたように門脇は走りだした。

床の上で揉み合うふたりに覆《おお》い被《かぶ》さった。体が勝手に動いてくれた。関節技を極め、暴れる宇津見をどうにか取り押さえることができた。

「よかった。間に合いましたね！」

駆け込んできたのは如月だった。埃だらけになって、はあはあと息を切らしている。

今の騒ぎで気がついたらしく、鷹野がようやく起き上がった。顔をしかめながらこちらにやってくる。少しふらついたのを、如月がそっと支えた。

如月にワイヤーを外してもらうと、鷹野はポケットから手錠を取り出し、宇津見の両手にかけた。

「くそ、なんだよ。僕の計画が台無しだ」

宇津見は悔しそうに顔を歪めていた。だが、もう抵抗するのは諦めたようだ。

門脇はあらためて如月のほうを向いた。

「いったいどこから来た？」

「エントランスホールに行ったら、第七室の奥のほうから声がしたので、そのまま第七室に入りました」

「あの隙間から？」

「ええ、あの隙間からです。私、小さいですから」

如月は苦笑いしている。呆気にとられながら、門脇はさらに尋ねた。

「応援の捜査員たちはどうした？」

「まだ外にいると思います。もうじき入ってくるんじゃないかと」

「ひとりだけ先に入ったのか。なんで一緒に来なかった？　危険じゃないか」

「『応援が来たら中に入ってくれ』と言われたので、そのとおりにしたんですが……」

門脇は記憶をたどった。たしかに自分はそう言ったかもしれない。

「それにしたっておまえ、常識的に考えて、一緒に入るものだろう？」

「すみません。以後注意しますので」

如月はぺこりと頭を下げる。こいつ、わかっていてやったんだな、と門脇は思った。大勢で進入すれば犯人に気づかれるかもしれない。それは避けたいと考えたのだろう。

「頼むから無茶しないでくれよ、本当に」

「門脇さん、そういう奴なんですよ、如月は」

ハンカチで頭の血を拭いながら鷹野が言う。門脇は彼の創傷部位を確認した。傷は深くないと思われるが、病院で検査をしてもらったほうがいいだろう。

宇津見のポケットから鍵を見つけて、如月は檻の扉を開けた。

「大変な目に遭われましたね。でも、もう大丈夫です」

穏やかな調子で話しかけながら、如月は上着を脱いだ。それから財前のほうへ手を伸ばし、裸の肩にそっと服をかけた。口枷を外し、ワイヤーをほどいていく。

唇を震わせながら、被害者は涙を流し始めた。

7

すでに午前零時を過ぎているが、住宅街は騒然としていた。

あちこちで警察車両の回転灯が光っている。制服警官、スーツを着た捜査員、活動服姿の鑑識課員などが集まり、博物館に出入りしている。それらの姿を周辺住民たちが遠巻きにしていた。この深夜に何が起こったのかと、みな不安げな顔だ。

塔子と門脇は、宇津見を連れて正面玄関を出た。住民たちになるべく見られないよう、足を速めてワンボックスタイプの警察車両に乗り込む。後部座席は向かい合わせのシートになっていた。宇津見を奥に乗せ、門脇がその隣に腰掛ける。塔子はふたりの向かい側に座った。

しばらくしてスライドドアが開いた。乗り込んできたのは早瀬係長だ。

「鷹野主任の様子はどうですか」塔子は小声で尋ねた。

「本人は大丈夫だと言っていたが、救急車で病院に向かわせた。このあと検査だ」

早瀬は塔子の隣に腰掛け、手錠をかけられた被疑者を正面から見据えた。

「君には訊きたいことが山ほどある。宇津見祐介、いや、本名は加瀬雄真だったな。すべて話してもらおう」

加瀬は体をシートにもたせかけた。早瀬と塔子の顔を見たあと、ふん、と鼻で笑った。

「さっき門脇さんには言いましたがね、あなた方には理解できないことですよ」

「理解できるかどうかは関係ない。我々はとにかく、君から正確な話を聞かなければならないんだ」

早瀬は硬い表情を崩さない。眼鏡の奥の目が、いつになく厳しく光っている。

咳払いをしてから、塔子は口を開いた。

「加瀬雄真さん。私の質問に答えてください。会社を辞めたあと、あなたは半グレ集団・ブルーギアに入りましたね。そこではマウスと名乗っていた。敵対グループのメンバーを容赦なく痛めつけることで有名でした。なぜそんなことを？」

「なぜって、わかりませんか。周りがそれを期待していたし、それに応えるのが僕の喜びだったからです」

「喜びというのは……」

「そのままの意味です。人を痛めつけることが楽しかったんですよ。ほかの連中は、偉そうなことを言っても結局どこかでブレーキをかけてしまっていた。……うん、そうじゃないな。リミッターがかかっていたというべきかもしれません。その点、僕は歯止めの利かない人間ですから」

事も無げに加瀬は言う。だがその目つきや仕草から、虚勢を張っているわけではないことがわかった。もちろん、ふざけているわけでもないだろう。

やはりあのことを質問しなければ、と塔子は考えた。

「お母さんが亡くなった事件……。あのせいで、あなたは変わってしまったんですね？」

「変わったというより、もともとあった性格……性癖？　欲望？　そういったものが表に出てきたんでしょう。母親が死んだあとにね」

「それ以来、あなたは動物を虐待するようになった。殺してしまうこともありましたね。ポスターの件ではガイア・ガーディアンの三枝さんとトラブルになっているし」

おや、という顔をして加瀬は塔子を見つめた。

「意外とよく調べているんですね。……そのとおりです。その件があって、十二年前からあの女は大嫌いでした。まあ、当時は殺そうとまでは思いませんでしたが」

「年月が経ってから殺害しようと考えたわけですか。ブルーギアをやめたことと、何か関係あるんでしょうか」

「別に関係ないですよ。……ブルーギアでは裏の世界のことをいろいろ教えてもらったけれど、ちょっと裏切りに遭いましてね。許せなかったから、自分なりにけじめをつけさせてもらったんです。あの組織から何人か行方不明になっているはずですが、まあ僕がやったという証拠はないし、幹部たちは黙っているしかなかったみたいですね。……それで縁が切れて、僕は闇カジノやバーで働くようになりました」

「それなのに、なぜ急に三枝さんを殺害したんですか。きっかけは？」

「聞きたいですか？」

加瀬は、首を十五度ほど右に傾けて尋ねた。からかうような仕草に見えるが、おそらく本人にそんなつもりはないだろう。なぜなら彼の目は驚くほど真剣だったからだ。

早瀬や門脇の様子を窺ってから、塔子は答えた。

「……聞かせてください」

「じゃあ、順番にお話ししましょう」加瀬はまばたきもせず、塔子の目を覗き込んできた。「二年ちょっと前、僕は週刊誌で財前秋代の記事を読んだんです。彼女は以前ブリーダーをやっていて旧鹿島郡、今の神栖市で仕事をしていた、ということでした。僕は驚きました。……十八年前まで、僕が旧鹿島郡に住んでいたことはご存じですか？」

「ええ、今日――いや、日付が変わって昨日ですね。私たちは現地に行ってきました。あなたの写真友達だった栗橋充さんや、親戚の久川史子さんにも会いました」

「僕の母親のことはどこまで調べました？」

塔子ははっとした。ここから母親の話に繋がるのだろうか。

「そういえば、あなたのお母さんはスナックで働く前、ブリーダーだったと聞きました。もしかして財前さんと何か関わりが……」

「僕もそう思って調べたんですよ。その結果、母にブリーダーの仕事を勧めたのは財前だったことがわかりました。当時、財前はまだ議員ではありませんでしたが、ブリーダーとしてガイア・ガーディアンとは繋がりがあったようですね。GGはブリーダーやペット販売業者を敵視していますが、財前はうまく関係を築いたんでしょう。議員になったあと献金を受けて、動物愛護団体としてのGGの活動を支援するようになりました」

「どちらにとってもメリットがあったわけですね」

「僕は三枝のことをあまり考えないようにしてきたんですが、財前がGGと関わっていると知ってから、いろんなことが気になってきました。昔、動物をいたぶって殺していたころの記憶が甦りました。僕は毎日、財前たちのことを考えるようになった。暇さえあれば奴らのことを思い浮かべていた。マイブーム……そう、あれはマイブームでした。怒りとか復讐とかのね」

笑えない冗談だ、と塔子は思った。だが話している加瀬本人は、いたって真面目そうに見える。

「今から一年半ほど前、僕はGGに近づこうと考えました。財前とGGの関係をもっと詳しく知るためです。でも高校生のときGGに入っているから、直接訪ねることはできない。それでソニックニュースの契約社員になりました。ライターの井浦宗雄は二年ぐらい前からGGの批判記事を書いていたので、事情を聞くのに都合がよかった。一年前からは、ソニックニュースでも記事を書いてもらうようになりました。

それと並行して、僕は財前のことを深く調べていきました。やがて驚くべきことがわかった。財前はブリーダーになったばかりの僕の母に、健康状態のよくない猫をどんどん買い取らせていたんです。その結果、母は借金を重ねて、最後には事業が失敗してしまった。それが自殺の遠因になりました。たかが猫と思うかもしれませんが、純血種の子猫はすごく高いんですよ。経験の浅かった母は、完全にカモにされたんです」

「それで財前さんを恨んだ、と……」

「ええと、ちょっと違うんですけど、まあそう考えてもらっても差し支えありません」

気になる言い方だった。早瀬や門脇も腑に落ちないという顔をしている。

塔子が質問を差し挟む前に、加瀬は続きを話し始めた。

「動物愛護を叫ぶGGも目障《めざわ》りな存在ですから、僕は財前を始末して、GGにもダメージを与えようと考えました。……自分で調べたことを井浦に伝えて、それまで以上にGGを批判する記事を寄稿させました。また、井浦がGGを批判していることを、匿名でGGに伝えました。そうやって双方を焚《た》き付けるように、情報を与え続けたわけです」

「その井浦宗雄を殺害したのはどうしてだ？　口封じのためだったのか」

早瀬が水を向けると、加瀬は窓の外に目をやった。ほかの警察車両の回転灯をしばらく見ていたが、やがてこちらへ視線を戻した。

「井浦は日本酒と煮込みが好きだったんですよ」加瀬は言った。「一緒に飲むうち、けっこう深い話を聞けるようになりました。そうして僕はあいつの本性を知ったんです。井浦は自分がつかんだスキャンダルで、芸能人をゆすっていました。脅迫が続く中、ノイローゼになって芸能活動をやめてしまった女優もいたそうです。GG批判についても、じつは金目当てだったというんですよ」

「それは妙だな」門脇が首をかしげた。腕組みをしながら加瀬に尋ねる。「井浦がGGをゆすっていたというのか？　真木山や三枝を相手に、それは考えにくいが……」

「GGは企業や団体にクレームをつけていたでしょう。その裏で、事を荒立ててほしくなければ『協力金』を払え、と脅していたんです」

「ああ、知っている。だから城北工業大学の沖教授も、金を払っていたわけだ」

「GGがやっていたのは企業恐喝ですからね。そのGGから献金を受けていたと報道されたら、財前も立場が悪くなる。GGだけの問題ではなくなります。そういうことをネタとして、井浦はGGばかりか財前までも脅すつもりだったんですよ。井浦はこれを『すごい鉱脈』だと話していました」

そういうことか、と塔子は思った。以前ソニックニュースを訪ねたとき、大石編集長が話していた。井浦は「何かでかいネタをつかんだ」とか「すごい鉱脈を見つけた」と言って喜んでいた、と。

「井浦はそういうゲスな男でした。でも僕があいつを殺そうと思った背景には、別の理由があったんです。一緒に飲んでいるとき、僕は子供のころ母親を亡くしたことを話したんですよ。そのとき井浦が何と言ったと思います？」

塔子は少し考えてから、ゆっくりと首を横に振ってみせた。

「何かひどいことを言われたんですか？」

「たしか、こんなふうだったと思います」加瀬は声色を変えて、映画の吹き替えのように話しだした。「『それは大変でしたねえ。でもお母さんはいつでもあなたを見守っているると思います。じつは俺も母親を早くに亡くしていましてね、寂しい思いをしました。でも何かの折、ふと母親の気配を感じることがあるんです。不思議なものですよねえ。こちらが想《おも》っていれば、亡くなった人にもきっと気持ちが通じますよ』……そう言って井浦は笑いました。そのとき僕は、この男を殺そうと決めたんです」

塔子は思わず眉をひそめた。声を低めて相手に尋ねる。

「その言葉の、どこが問題なんです？」

「わかりませんか？　死んだあとまでずっと母親につきまとわれるなんて冗談じゃない。あの女は集団自殺に加わって僕を殺そうとしたんです。もし母親が生き延びていたら、僕はいつかこの手で殺していたでしょうね」

思いがけない話を聞かされ、塔子は身じろぎをした。

加瀬は口元を緩めている。本当にそう思っているのか、それとも冷笑主義を気取っているのか、塔子にはわからない。

「でも……あなたはお母さんの復讐のために、財前さんを狙ったんでしょう？」

「母の復讐とは違いますね。財前は母を騙して自殺に導いた。結果的に僕も殺されかけた。だから僕は財前という女を憎むべきなんです。憎んでいいんです。当然の帰結です」

「たしかに憎まれても仕方ないとは思いますが……」

「しかし実際には、それよりもっと大きな理由がありました。僕は福原香奈恵という女も殺しましたが、その理由はわかりますか？」

「実験動物を販売していたからですよね」

塔子が答えると、加瀬はぱちんと指を鳴らした。手錠の鎖が小さな音を立てた。

「正解。少しはわかっていただけたようですね。井浦も福原も三枝も財前も、みんな僕に殺されなくてはいけなかった。僕は動物を使って汚い金儲けをする人間を心底嫌っているんです。だから行動したわけです。……うん、今日はうまく説明できたな。これは予想外の収穫ですね」

加瀬はひとりで何度もうなずいている。警察車両の中にいることを、すっかり忘れてしまったような態度だ。

「GGと井浦の対立が激しくなったところで、凶器の入手です」加瀬は得意げに続けた。「僕は城北工業大学に忍び込んで、沖教授が保管していたプローブ銃を盗み出しました。事前に恐喝の目的で沖に会い、備品庫でプローブ銃を見せてもらっていたから、鍵のありかはわかっていました。今回、僕はどうしてもプローブ銃を使いたかったんですよ。だってあんなレトロなもの、ほかにないじゃないですか。動物を――イキモノを撃つのにこれ以上、刺激的な武器はないでしょう」

加瀬はにやりとした。その顔を見て、塔子は口を挟まずにはいられなくなった。

「待ってください。あれは武器ではありません。鯨の生態を調べるために、沖先生たちが長い研究の末、完成させたものです。それを犯罪に使うというのは……」

　塔子の前で加瀬は首をすくめた。

「見解の相違ですかね。……話を続けますよ。第一の事件で、僕は『ごみ掃除』として井浦を殺しました。GGに罪をかぶせるにはちょうどよかった。第二の事件では福原香奈恵を始末した。動物実験に加担している福原にはGGも目をつけていたようですね。いずれ恐喝の対象にする予定だったんでしょう。……第三の事件ではGGの幹部・三枝を狙いました。十二年前、僕を除名した人物です。あのころは、三枝が恐喝で金儲けをするために、GGの活動を利用していたとは知りませんでした。でも今年になって事実関係を知ったので、彼女を殺すことにした。……第一、第二の事件はGの犯行のように見せかけましたが、第三の事件でひっくり返したわけです。そして最後の事件で財前を殺すつもりでした」

「二十三時半に事件を起こしたのは？」

「ああ、それね。……十八年前の集団自殺の夜、ドライブをすると言われて僕はうきうきしていました。ところが海辺に停めた車の中で、大人たちは煉炭を焚き始めた。だんだん頭痛がひどくなって、僕はげえげえ吐きました。そのとき車の時計が見えたんですが、十一時半だったんですよ。そこから先ははっきり覚えていませんが、ロックがされていなかったのか、ドアが開いたんです。最後に見たのは母の顔でした。あの女は僕に向かって、にやりと笑った。とても嫌な顔でしたよ。僕が外に転がり出たあと、母はまたドアを閉めたんでしょうね。それで死ねたわけです。……まあそういうわけで、僕にとって夜十一時半というのは特別な時間なんですよ。人を殺すなら、その時間でなければいけないと思った。こだわりですね」

塔子に向かって加瀬はまた笑顔を見せた。すがすがしいとさえ思えるその表情に、塔子は違和感を抱かざるを得ない。

眼鏡のフレームを押し上げて、早瀬が低く唸った。それから彼は、真剣な顔で加瀬に話しかけた。

「もう少し詳しく聞かせてくれ。君と動物の関係。君とほかの人間の関係。君自身はどう捉えているんだ？」

あらためてそう問われ、加瀬は意外に感じたようだった。数秒考えてから、彼は再び口を開いた。

「そうですね……。ほかの生き物を殺すのは、自然界で普通のことでしょう。人間は動物を殺すし、動物が人間を殺すこともある。つまり純粋な目的で生き物を殺すのは、僕にとって当然のことなんです。本能がそうさせる、というのかな……。その一方で、動物を不自然に利用して金を得ようとするのは間違っている。それは汚れた行為、自然の摂理に反する行為なんです。そういうことをする人間は消されるべきです」

「君に、彼らを消す権利が与えられているわけではないだろう」

「もちろん権利なんてありません。でも、ほかの人間も殺人事件を起こしていますよね。僕は彼らの行動を批判したりしません。だから僕のことも放っておいてほしい。殺人者にはそれぞれの事情があるんですよ」

塔子にとっては理解しがたい話だった。早瀬も門脇も、厳しい表情で加瀬を見つめている。

先ほど早瀬は加瀬に対して、理解できるかどうかは関係ない、と言った。だが刑事としては、理解できるよう努めなくてはならないはずだった。共感や同情とは別に、事件の全貌を解明する必要があるからだ。

それにしても、と塔子は思う。この加瀬という人物はかなり手強《てごわ》いのではないか。

門脇がひとつ咳払いをした。

「加瀬雄真。おまえは被害者を檻に閉じ込め、動物のように扱った。これについて説明してもらいたい」

「あなた方にわかるように言うなら、動物への強い愛情から、ですかね」加瀬は微笑を浮かべた。「僕は、檻に入れられて行動できない動物たちの代わりに、井浦たちを殺したんです。プローブ銃がとても魅力的だったので、計画の中で使うことにしました。まあね、鯨は海の生き物だから檻とは無関係なんですが、それはいいでしょう。

……そう、鯨に対して僕は特別な思い入れがあるんです」

「それも集団自殺と関係しているな？」

「ええ。砂浜に並んだ大人たちの遺体は、のちに知った鯨の座礁風景とよく似ていました。鯨というと野生動物の代表みたいなイメージですが、僕にとっては死の象徴ですよ。母の死後、動物を見る目が変わりました」

塔子の頭に、少年の姿が浮かんできた。彼は薄暗い部屋でスケッチブックを広げ、四つの遺体を描いている。《クジラ》という文字。四人の死者は不気味な姿をしている。頭は人間、体は鯨という異形《いぎょう》の生き物だ。

「ああ、勘違いしないでくださいね」加瀬は顔の前で手を振ってみせた。「動物は可愛い。それは認めます。でも、たまに嚙みついてきたりするでしょう。思いどおりにならないとき、かっとなってしまってね。どうして僕の気持ちがわからないんだ！　こっちはこんなに想ってやっているのに！　そういう感じで、僕は動物を殺しました。

人間相手のときもそうでしたね。僕は動物が好きだという人に近づいて、親しくなろうとしました。でも彼らの『好き』は動物を利用して金儲けすることも含んでいるんです。ブリーダーやペット販売業者はその最たるものでしょう。相手が動物で金儲けしているとわかったとき、そんなことはやめるべきだと僕は忠告しました。それでも話を聞いてもらえないと、裏切られた気分になって、ひそかに嫌がらせをしました。匿名で電話をしたり、メールを送ったり、店に貼り紙をしたりね。まったく面倒なことですよ。僕だって暇じゃないというのに」

まるで手柄話か何かのように、加瀬は笑いながら言った。

――彼は人として未熟なのではないか。

塔子はそう感じた。距離感がつかめず、相手が動物でも人間でも、期待しすぎる部分があるのかもしれない。すべてを自分中心に考えるから愛情の歪みが生じる、とも思える。それはストーカーの心理と似ているような気がする。

ここで加瀬は小さくため息をついた。

「すべて終わったら僕は死んでもよかったんです。だって、僕は二度死にかけた人間ですから」

「二度……ですか？」塔子は首をかしげた。

「十八年前、僕は母親に殺されそうになりました。でもそれは二回目でね。じつは生まれたとき仮死状態だったらしいんです。そのとき死んでいたら、のちに母の自殺に巻き込まれることもなかったわけですよ。……如月さん、どう思います？　僕なんて生まれてこないほうがよかったんですかね」

「そんなことはありません」塔子は強い調子で否定した。「人でも動物でも、生まれてくることには意味があります。命がけで出産する場合もあるわけですし、母親の苦労を考えたら、生まれてこないほうがよかったなんて……」

「なるほど。生まれてくることには意味がある、と。たしかにそうかもしれません。じゃあ、こういうのはどうです？　生まれたあと、だらだらと生き続けることは無意味なんじゃないでしょうか。僕は高校生ぐらいのときから、そう思うようになったんです」

「……どういうことです？」

「ノックアウトマウスって知っていますか。特定の遺伝子を欠損させたマウスのことです。いろいろな疾患を持って生まれてくるわけですが、中でもひどいのは、呼吸する機能がないマウスです。母親のお腹から外に出た瞬間に死ぬんです。死ぬために生まれてくる。中学生のときに本でその話を読んで、僕は震えました。……いや、怖かったわけじゃないんですよ。すごく興奮したんです。そうやって僕も死ぬべきだったんじゃないかと思ってね」

塔子は再び、加瀬のスケッチブックを思い出した。《knockout》という言葉と、倒れている人の絵。その体には水色の液体らしきものが付いていた。液体は羊水だったのではないか。あの絵はノックアウトマウスに見立てた加瀬自身だったのではないだろうか。

そう考えると、さらに納得できることがあった。そのような経緯があって、加瀬はブルーギア時代、マウスと名乗っていたのではなかったか。

「だとしても、です」

考えながら塔子は言った。なんとかして彼を説得しなければという、使命感のようなものがある。今、気持ちを引きつけておかなくては、この加瀬という風変わりな人物にはずっと話が通じないのではないか。そんな気がする。

「たしかにあなたは集団自殺に巻き込まれました。でも……私は思ったんです。あなたはお母さんに助けられたのではないかと」

「……え？」加瀬は怪訝そうな顔をした。「どういうことです？」

「偶然ドアが開いたということでしたが、少し不自然に感じます。じつは最後の最後に迷いが生じて、お母さんはドアを開けてくれたんじゃないでしょうか。苦しい中、無理をして笑顔を作ろうとしたのかもしれません。そしてあなたが外に出たあと、またドアを閉めた。大人たちだけが、確実に自殺を為し遂げられるように」

加瀬の表情に変化が表れた。わずかでも、塔子の話に心を動かされたのだろうか。

少し考えてから、彼は忌々《いまいま》しげに言った。

「仮にそうだったとしたら、僕はますますあの女を憎みますよ。結局、何もかも自分本位じゃないですか。子供を道連れにしようというのもわがまま。急に子供だけ助けようとするのもわがまま。僕は最後まで母に振り回されたことになる」

「ブリーダーをやっていたころは楽しかったんじゃありませんか？　そういう思い出があるからこそ、よけいに、お母さんを憎いと思ってしまうのでは……」

塔子は言葉を尽くして、相手の気持ちを捉えようとする。

加瀬は黙ったまま目を伏せていた。だが数秒後、やれやれという調子で左右に首を振った。

「如月さん、もうよしましょう。僕の人生には何の価値もない。僕はいなくなってもいい人間なんです。あとはすべてうまくやってくれる。そういうことになっています」

違和感があった。加瀬は何を言っているのだろう。彼がいなくなったあと、いったいどうなるというのか。

「誰が、何をしてくれると……」

「聞きたいですか？」加瀬はまた、首を十五度ほど傾けた。「おおまかな計画を立てたのは僕です。それを実現可能とするよう、あの人が細かいアイデアを付け加えてくれました。おかげで僕は三人殺すことができた。四人目だけは心残りでしたが、まあ充分にこの犯行を楽しみましたよ。なんてすばらしい体験！　あの人の知恵を借りなければ、僕の計画は第一段階で失敗していたかもしれない。そうです、深く深く感謝しなくては」

うっとりした目で加瀬は宙を見つめている。戸惑いながら塔子は尋ねた。

「加瀬さん、待ってください。あなたは何の話をしているんですか？」

「僕には協力者がいるんです。アドバイザー、指南役、いや、有能な軍師というべきかな。子供のころ殺されかけたことや、始末したい人間がいること、そいつらがいかにひどい手段で動物を利用し、金を稼いでいるかということ。そういう事実を、僕は匿名でブログに書いていました。ガイア・ガーディアンへの怒り、それを見過ごす社会や警察への不信感、自分の信念や、いずれ実現したい犯行のことなども書きました。どうせ閲覧数はいくつもないし、ただの愚痴のつもりでした。でもね、三ヵ月ぐらい前かな、ある人からメールが来たんですよ」

「誰からです？」

「僕にもわかりません。あの人はこう書いてきました。『あなたの背負った重い過去に、私は深く共感した』と。『あなたのような人を放っておくことはできない』とも書いていました。そして僕に、知的なゲームを行わないかと提案してくれたんです。個人的な苦しみや悲しみを癒《いや》すには、本人の手で何事かを為し遂げなくてはならない。警察も裁判所も、個人が背負った十字架の前では意味を持たない。行動しよう、とその人は励《はげ》ましてくれました。『いわば、これは私の趣味だ。利益を求めず、全力で君をサポートする。それが私の生き甲斐となるだろう』……そんなメールを送ってくれたんです」

大きな衝撃を受けながら、塔子はその話を聞いていた。

――この犯罪には、教唆《きょうさ》犯がいたということ？

今まで考えたこともなかった。それを匂わせるような手がかりもなかったと思う。早瀬も門脇も驚きを隠せないようだった。早瀬が低い声で質問した。

「君には最初から共犯者がいたのか？」

「共犯者？　違いますよ。協力者だと言ったでしょう。……あの人はGM――ゲームマスターと名乗りました。途中からはダークウェブを経由して、僕にアドバイスをくれました。『私は犯行計画を俯瞰する立場だ』とGMは語っていた。実際そうです。今回、事件現場がとてもうまく選ばれていましたよね。暴走族の騒音や自動車のバックファイア、鉄道の走る音を利用して、銃声を聞こえにくくすることができた。現場から現場への移動もスムーズにできるよう計算されていました。僕にとって、GMからのサポートは本当にありがたいものでした」

「上空から俯瞰するような人物、ゲームマスター。盤上を見てアドバイスをする役割……。そんな人間が現実に存在するのか？」

早瀬はしきりに首をひねっている。過去の記憶をたどっても、思い当たるような犯罪者は頭に浮かばないようだ。

「僕はGMを信じて動けばよかったんです。計画を実行している途中で連絡がとれなくなって、最後はこんなふうになってしまったけれど、あの人の指示は的確だったと思っています。僕はこのゲームを堪能《たんのう》しました」

シートの上で門脇が身じろぎをした。彼は厳しい表情で加瀬を睨みつけた。

「ふざけたことを言うなよ。三人も殺しておいて、何がゲームだ」

「気に入りませんか？　でも、そっちの眼鏡の刑事さんが言いましたよね。『君から正確な話を聞かなければならない』って。僕はきわめて正確に話したつもりですけどね」

「そういうことを言ってるんじゃないんだよ！」

門脇は加瀬につかみかかろうとした。塔子と早瀬は、慌てて間に割って入る。

荒い息をついてから、門脇は忌々しげに舌打ちをした。

「あとで取調べだ。教唆犯のことを吐かせてやる」

「それは無理ですね。だって僕自身もGMのことは知らないんですから」

「いつまでもごまかせると思うなよ」

吐き捨てるように言って、門脇は車の外に目を向けた。

十年前、町屋で会社員が監禁され、暴行を受けて殺害された事件。昨年六月、赤羽で被害者が首錠を嵌められ、殺害された事件。それらの捜査を通じて、門脇は拉致監禁事件の卑劣さをよく理解している。今回新たな被害者が出て、犯人への怒りは相当強まっていたはずだ。今夜、犯人を捕らえたのはいいが、背後には教唆犯がいたという。そして実行犯である加瀬は、半ばゲームのような感覚で事件を起こしていたらしい。

その事実が門脇を苛立たせているのだ。

そして塔子もまた、自分の心に大きな波が立つのを感じていた。

8

西新井署に設置された特捜本部に、スーツ姿の捜査員たちが集まっていた。

五月十三日、午前八時三十分。第一の事件・関原事件の捜査を始めてから約一週間が経過している。複数の被害者を出してしまい、苦しい状況が続いた事案だったが、被疑者の逮捕によって、ようやくひとつの区切りを迎えることができた。

塔子はいつものように捜査資料を机の上に広げた。隣の席では、門脇が自分のメモ帳を見つめている。捜査初日から渋い顔をしていることが多かったが、ここ数日、門脇の表情は柔らかい。犯人を捕らえたことで、捜査の手応えが得られたのだろう。

ホワイトボードのそばに早瀬係長が立ち、会議の開始を告げた。

「現在、被疑者の取調べが行われています」早瀬はフレームを押し上げ、眼鏡の位置を直した。「ですが、すでにお伝えしたように加瀬雄真の供述には不可解な点が多く、我々が充分納得するには時間がかかりそうです。具体的な犯行方法については、かなり信憑性《しんぴょうせい》の高い供述が引き出せています。しかし一連の事件を起こした動機となると、理解するのが難しい。彼独自の理論というか、独特な考え方が出てくるので厄介です」

塔子はその考え方の一端に触れている。身柄を確保した夜、警察車両の中で聞かされた加瀬の話には納得できない部分がいくつもあった。

「ごく簡単に言えば、こうか?」幹部席にいた神谷課長が口を開いた。「子供のころ母親の自殺に巻き込まれたことがトラウマとなり、加瀬の性格を残虐なものに変えてしまった……」

「一般市民にわかりやすく説明するなら、そのとおりだと思います。ただ、そのあと加瀬が動物を虐待し、さらに人間まで標的としたことについては、さらに詳しく調べる必要があります」

「子供のころの体験のせいで犯罪に走る、か……。あのときの犯人を思い出すな。トレミーと名乗っていた男だ」

神谷の口からその名が出たので、塔子は意外に思った。自分にとっても忘れられない犯罪者だ。トレミーのせいで塔子は命を落としかけた。ためらうことなく他人を傷つけ、殺害する男だったが、それでも彼の犯行にはまだ理解できる部分があった。一方、加瀬雄真のしたことはどうだろう。

――私たちは、新しいタイプの犯罪者に出会ってしまったのかもしれない。

加瀬の顔を思い浮かべながら、塔子はそんなふうに思った。

同じく幹部席にいた手代木管理官が、早瀬に向かって言った。

「もうひとつ問題があるな。加瀬の犯行を手助けした人間がいる、ということだ。そちらの調べはどうなっている？」

その問いに対しては、ＩＴ系に詳しい尾留川が答えた。

「ネット上に加瀬が書いた文章が残されていました。お手元の資料に載せてありますので、あとでご覧ください。……もちろん母親に殺害されかけた経験は同情に値しますが、動物への歪んだ想いだとか、彼が言う『動物を利用して金儲けをする人間』への激しい怒りなどは、我々にはちょっと共感できないものです。あまりに一方的で、非常に幼《おさな》く、自分本位な主張だと感じられます」

「ゲームマスター、略称ＧＭとかいう人物は、ネットでその文章を読んで、加瀬に連絡してきたということだな」

「はい。文章から感じられる悪意や殺意、そういったものに目をつけたのかもしれません。結果として加瀬はそのGMからさまざまなアドバイスを受けて、計画の細部を詰めていったと供述しています。ダークウェブを使っていたそうで、やりとりの記録はもう消されてしまっていました」

手代木は資料を読み始めたようだ。その横で神谷が、低い声を出して唸った。

「とんでもないアドバイザーがいたものだ」

尾留川に代わって、今度は徳重が報告をした。

「殺害時に檻やプローブ銃を使うというのは、加瀬が言い出したことだったようですね。その檻をどこで買うか、一時的にどこで保管し、いつ現場に持っていくかなどは、GMからアイデアをもらっていたんだとか……。加瀬も話していますが、GMは『犯行計画を俯瞰する立場だ』と語っていたそうです。たしかに有益なアドバイスが多かったものと思われます。GMは東京の地理に詳しい人物ではないですかね」

「あたかもゲーム盤を俯瞰するように、というわけか。舐《な》めた真似を……」

神谷課長は腕組みをして、体を椅子の背もたれに預けた。きい、と軋んだ音がした。

塔子は隣にいる門脇の様子を窺った。先ほどまで穏やかそうに見えた表情が、今また厳しいものに変わっていた。

　もともと門脇は地取りを得意としている。放置されている廃屋のことも、以前からずっと気にかけていた。そんな門脇にしてみれば、やはり悔しさがあるのだろう。自分と同じように廃屋をチェックし、それを犯罪に使った人物が許せないのだ。

「このまま注意深く加瀬の取調べを続けます。その情報に基づいて、みなさんには裏を取ってもらうことになります。引き続きよろしくお願いします」

　早瀬は連絡事項をみなに伝えたあと、朝の会議を終わらせた。

　がたがたと椅子の動く音がする。捜査員たちはそれぞれ行動を開始した。電話でアポイントメントをとる者、相棒と打ち合わせをする者、早速捜査に出かける者などさまざまだ。

　塔子は書類をバッグにしまいながら、門脇に話しかけた。

「門脇主任、私、このあと桜田門に行ってきますが……」

「早瀬さんから調べ物を頼まれているんだったな。ひとりで行ってきてくれるか。今日は別行動にしよう」

「わかりました」うなずいたあと、塔子はあらたまった調子で言った。「この捜査も、もうじき一段落ですよね。今回は本当にお世話になりました。ありがとうございます」

「どうした？　急に……」

「主任とコンビを組ませていただいて、いろいろ勉強になりました。特に地取り関係ですね。今までも地図はよく見ていたつもりだったんですが、門脇主任と捜査をして、見方が変わりました。なんというんでしょう、別の視点が得られたというか」

「そいつはよかった。地取りの捜査は足で稼ぐものだ。地図と現物を見比べて、その土地の特徴を読み取らないとな」

「これからも全力を尽くします。よろしくお願いします」

「如月は育て甲斐があるよ。それに何より、一緒に行動していると面白い」

「え……。そうなんですか？」

門脇は眉を大きく上下させたあと、大きな声で笑いだした。

携帯電話をバッグに入れてから、塔子は「ああ、そうだ」とつぶやいた。

「青葉さんにも感謝しなくちゃいけませんよね。福原香奈恵さんの事件をわざわざ通報してくれたんですから」

「なんとも不完全な通報だったけどなあ。場所をもっと正確に教えてほしかった」

「でも昔の拉致監禁を反省して、今は更生してくれたわけでしょう。門脇主任と同じように空き家をチェックしていたというし……」

「そうなんだよな。あいつも暇というわけじゃないだろうに」

「考えてみたらあの人、工務店に勤めていますよね。普段から空き家には慣れていたんじゃないでしょうか」

「たしかに、そうだな」

門脇は自分の鞄から、使い込んだ地図帳を取り出した。都内のあるページを開いて、ひとりでじっと考え込んでいる。

「じゃあ主任、行ってきます」

「……うん、よろしく頼む」

地図帳を睨んだまま門脇は答えた。そんな彼に一礼して、塔子は席を離れた。


廊下に向かおうとしたとき、前方の机に鷹野の姿が見えた。

彼は資料に何かメモしているところらしい。邪魔をしないよう、書き込みが一段落するのを待ってから、塔子は声をかけた。

「お疲れさまです、鷹野さん。怪我の具合はどうですか？」

髪の毛で目立たないようになっているが、鷹野は額にガーゼを貼っている。事件のあった晩、検査の結果は問題なかったと聞いて、塔子は胸を撫で下ろしたものだった。

「おかげさまで、もう痛みはないな。……あのときは本当に助かった」

「心配しましたよ。鷹野さんのあんな姿を見て」

「あらためて礼を言わせてもらおう。ありがとうな」

「いえ、とんでもない」

塔子は首を横に振る。それから辺りをそっと見回してみた。今、鷹野の相棒はどこかへ行っているようだ。

「あの……針谷さんはどうでしたか」

「どう、とは?」

「捜査員としての資質とか、覚悟とか、正義感とか」

「なかなかだよ。元気で、はきはきしているところがいい。捜査に関してはガッツがあるし、さすが体育会系といったところだ。俺は本来ああいうタイプは苦手なんだが、彼のことは嫌いじゃない。あいつ、素直なんだよな」

鷹野は針谷のいいところをいくつも挙げて説明を続ける。それを聞いているうち、塔子は複雑な気分になった。

「針谷さんは有望なんですね」

「そう、有望だね。まだ甘いところはあるが、捜査のセンスもいい。このまま努力を続ければ、いい刑事になれると思う」

「一人前の刑事に?」

「ああ、一人前の刑事にな。二、三年で評価されるんじゃないだろうか」

「ふうん、そうなんですか……」

塔子は小さくうなずきながら言った。

ちょうど廊下から針谷が入ってくるのが見えた。まだだいぶ距離があるのに、針谷はこちらに気づいて笑いかけてくる。予備班の刑事に、何か書類を渡しているようだ。

彼に会釈を返したものの、塔子はすぐに視線を逸らしてしまった。

「どうした？」鷹野が尋ねてきた。「なんだか今日は変だな」

「いえ、別に何も……」

振り返って針谷を見たあと、鷹野はすぐに塔子のほうへ向き直った。

「そういうことか。……如月、いいか。はっきり言っておく」

「え……あ、はい」

塔子は慌てて表情を引き締める。鷹野はひとつ咳払いをした。

「如月の実力は俺が一番よくわかっている。特捜本部に来たばかりの針谷とでは、比較のしようもない。如月はこれまでずいぶん経験を積んできたんだから、もっと自信を持ったほうがいい」

「ありがとうございます」ぎこちなく塔子は頭を下げる。

「もしかしておまえ、針谷に嫉妬《しっと》しているのか。それであいつのことを訊いてきたのか」

「そ……そんなことはないですよ。私はその……捜査が効率的に行われたかどうか知りたくて……。我々は常にですね、個人の実力が引き出されるよう、実践的な人員配置を考えるべきであって……」

「わかったわかった。門脇さんと組んで、如月もいろいろ気をつかっただろう。今度何かご馳走してやるから、捜査で学んだことをじっくり聞かせてくれ」

「本当ですね？　約束しましたよ」

真面目な顔で塔子は言ったが、内心ではかなり嬉しく思っていた。鷹野に労《ねぎら》ってもらえたのは珍しいことだし、とてもありがたいことだった。今回針谷と捜査をした結果、鷹野は塔子を再評価してくれたのかもしれない。

――だとすると、たまに別の先輩と組むのもありかな。

そんなふうにも思えた。

「如月さん、お疲れさまです」針谷が近くにやってきた。「門脇主任と組んで、大金星でしたね。やっぱり自分が憧れていた先輩ですよ」

「先輩って、私のことでしょうか？」

「もちろんです。自分は如月さんに刺激を受けて、捜一の刑事を目指しているんですから」

「えっ、そうなんですか？」これには驚かされた。「私なんて、まだまだ力不足なのに」

「いやいや、ご謙遜を。如月さんと同じ特捜に入りたいって、みんな言ってますよ」

「ちょっと信じられませんけど……」

光栄な話ではあるが、自分などに憧れていて大丈夫だろうかと思ってしまう。鷹野に認めてもらうのと、知らない捜査員に注目されるのとでは大違いだ。塔子は恐縮してしまった。

「それにしても、ゲームマスターってどんな奴なんですかね。いつか俺たちがそいつを逮捕できる日が来ますかね」

針谷にそう問われ、鷹野は真剣な顔で答えた。

「必ず捕まえなくてはいけない犯罪者だ。このまま野放しにはできない」

GMは猟奇的な殺人事件の教唆犯だ。加瀬雄真に知恵を授けて、四つの事件を起こさせた。にもかかわらず、加瀬の所有するパソコンや携帯電話から、奴の情報を得ることはできていない。

「知能犯と呼ぶべき人物だろう。この先、何か手がかりが見つかるといいんだが」

「そうですね。私たちの手で必ず捕らえましょう」

姿勢を正して塔子は答えた。鷹野と針谷は力強くうなずく。

ゲームマスターは今どこに潜んでいるのだろう。奴はまた、新たな事件を計画しているのだろうか。謎めいたその姿を想像しようと、塔子は思案に沈んだ。

＊

駅から七分ほど歩くと、目的の会社が見つかった。

雑居ビルの一階に事務所があり、隣の駐車場には建築資材を積んだワンボックスカーが三台並んでいる。ちょうど出かける準備をしているところらしく、薄いグレーの作業服を着た男性がふたり、荷物のチェックをしていた。

ひとりは眼鏡をかけた中年男性。もうひとりは髪を短く刈った、眉の太い男性だ。短髪の男性が門脇に気づいたようだった。彼は驚きの表情を浮かべ、ぎこちない動作でこちらに会釈をした。

「調子はどうだ、青葉くん」

鞄とレジ袋を提げて、門脇は彼のほうへ近づいていった。

「……どうしたんですか」

急にこんなところに来られては困る、と青葉は言いたげだった。前に会ったとき、彼は駅前のカフェを指定してきた。刑事と話しているところを、会社の人間には見られたくなかったのだろう。

一緒にいた中年男性に向かって、門脇は警察手帳を呈示した。

「警視庁の者です。ちょっと彼を借りたいんですが、よろしいですかね」

「え……ああ、はい……」

戸惑う男性に会釈をして、門脇は青葉の肩に手をかけた。

駐車場から二十メートルほど歩いて、飲料の自販機のそばに行く。門脇は缶コーヒーを二本買い、一本を青葉に手渡した。

プルタブを開け、門脇は冷たいコーヒーを一口飲んだ。それから青葉に向かって、どうぞ、という手振りをした。戸惑う様子を見せながら、青葉もコーヒーを飲んだ。

「あの……門脇さん、今日はいったい……」

「君が通報してくれた事件のあと、さらにふたつの事件があった」門脇は言った。

「だが、その犯人は捕まったよ」

「ええ、ニュースでやっていましたよね。それが何か？」

「じつは犯人にいろいろとアドバイスしていた人間がいたらしい。そいつは東京の地理に詳しいようだ」

「なるほど。……で、その共犯者は捕まりそうなんですか？」

門脇は口を閉ざして相手を見つめた。青葉はもう一口コーヒーを飲もうとしたが、その途中で、はっとした表情になった。

「もしかして俺を疑ってるんですか？　待ってくださいよ。そんな事件を起こしたって、俺には何の得もないでしょう」

青葉が激しく動揺しているのがわかった。五秒ほど彼を観察してから、門脇は首を横に振った。

「君が教唆犯でないことはわかっている。……もともと教唆犯は四つの事件を計画していたわけだから、途中で警察を呼ぶとは考えにくい。従って西瑞江事件で警察に通報した君は、教唆犯ではないと考えられる」

説明を聞き、ほっとした様子で青葉は何度かうなずいた。

ところで、と門脇は続けた。

「もうひとつ話すべきことがある。君は廃屋を見て回るとき、黒っぽいウインドブレーカーを着ていただろう？　今回の殺人事件の犯人も似たような服装だったから、一時は君に疑いがかかったんだ。だが問題はそこじゃない。……君は工務店で働いているよな。ウインドブレーカーを脱いでその作業服姿になれば、空き家の敷地内にいても不審には思われなかったはずだ。しかし君は仕事をしていたわけではなかった。そうだな？　いったい何をしていた？」

門脇は青葉の顔を覗き込む。青葉は目を伏せ、じっと黙り込んだ。

五秒、十秒と沈黙が続いた。やがて門脇は、持っていたレジ袋の中を青葉に見せた。そこには土で汚れたプラスチックケースが入っていた。

「中身は三百万ほどの現金だ。このケースは西瑞江五丁目の、第二の事件現場となった空き家から出てきた。いや、正確には空き家の庭に埋めてあった。これは君が隠しておいた金じゃないのか？」

青葉は目を逸らしたまま口を開こうとしない。だが彼の表情を見れば、心理的に追い詰められていることは明らかだ。

「君は何かの事件に関与しているんだろう。これは犯罪絡みの金だな？」

「いや……俺は……」

「ごまかそうとしても無駄だ。ケースの内部や、札に指紋が付いていれば一発でばれるぞ」

この言葉はかなり効いたようだった。青葉はためらう素振りを見せたあと、小さく息をついた。

顔を上げ、彼は正面から門脇を見つめた。何かを諦め、それと同時に何かを決意したという表情になっていた。

「特殊詐欺《さぎ》っていうんですか、あれですよ」青葉は話し始めた。「十年前、町屋で起こした監禁事件では、俺だけが自供したでしょう。リーダーの吉良たちを裏切る形になりました。当然、吉良は怒りますよね。奴は出所したあと、俺の前に現れたんです。『おまえ、自分のしたことをわかっているよな』とあいつは言いました。それから『責任とれよ。そうでなきゃ、家族がどうなるかわからねえぞ』と脅してきました。俺は断ることができなかった」

「かつて町屋事件に関わった仲間たちが、特殊詐欺を始めたわけか」

「人数は増えていますが、当時捕まったメンバーが詐欺グループの幹部をやっています」

「君も幹部なのか？」

門脇が訊くと、青葉は顔を曇らせた。

「俺は裏切り者ですから、下っ端《ぱ》の受け子をやらされています。詐欺に引っかかった人間を訪ねて、金を受け取る仕事です。捕まるリスクが高いから毎回ひやひやしていますよ。でもノルマを決められていて、頑張らざるを得ない。ブラック企業みたいなものですね」

青葉は自虐的な笑みを浮かべた。つまらない冗談だというのは自分でもよくわかっているようだ。

「受け子の仕事をする中で、この金を手に入れたわけか」

「そうです。被害者に用意させたはずの金額と、実際に受け取った金額が違っていることはよくありました。だから俺はピンハネを重ねて、こっそり自分のものにしていたんです。でも遊ぶ金がほしかったわけじゃない。娘が難しい病気で、その治療に金がかかるんです」

「子供がいるとは聞いていたが、そうだったのか……」

「そのうち吉良は着服に勘づいたようで、俺にしつこく尋ねてくるようになりました。このままだと強引に家捜しされるかもしれない。それで俺は金を隠すことにしました。いくつかの空き家を探して、庭に金を埋めた。気になるので、定期的に様子を見に行っていたんです。……そうすると、ときどきその空き家にホームレスや不良どもが入り込んでいるわけですよ。万一金を見つけられたら困る。それで警察に通報していたんです」

「通報のとき、『押し入れとかトランクとか』を調べてくれ、と言った理由は？」

「庭に目を向けさせないためです。警察にはあくまで家の中を調べてほしかった。それから、町屋事件を思い出させて通報を無視できないようにする、という目的もありました。毎回、押し入れだのトランクだのと言っていれば、一一〇番を受け付ける職員の記憶にも残るでしょうし」

実際、門脇は町屋での監禁・殺害事件を想起して、幸坂礼一郎に会い、青葉を訪ねることになった。あの通報に振り回されたひとり、ということになる。

話を聞き終わって、門脇は表情を引き締めた。

「俺は警察官だからな。これを見逃すわけにはいかない」

「そう……ですよね」

つぶやくように言ったあと、青葉はうしろを振り返った。駐車場では眼鏡をかけた中年男性が、荷物のチェックを続けている。

「今日は体調が悪いとか理由をつけて、早退すべきだろうな」門脇は会社の建物をちらりと見た。「いずれ知られてしまうだろうが、今は事情を話さなくてもいいと思う。もし急ぎの仕事があるのなら、誰かに代わりを頼んでおけよ」

「そのあとは？」

「自首することだ。ムショに入れば、吉良たちにつきまとわれることもない。それはメリットだろう。……さあ、一時間で準備をしろ。俺が警察署の前まで一緒に行ってやるから」

門脇がそう促すと、青葉は意外そうな顔をした。舌の先で唇を湿らせてから、彼は尋ねてきた。

「俺を逮捕すれば、門脇さんの手柄になるんじゃないですか？」

「手柄なんてどうでもいい。俺はこれ以上、嫌な気分になりたくないんだよ」

少し乱暴な言い方になった。だが自分の気持ちは通じているだろう、と門脇は思う。

「あの……今度、幸坂さんに会ったら伝えてもらえますか。青葉は本当に馬鹿な奴だった、と」

「それは引き受けられないな」門脇は言った。「早く出所して、自分で伝えることだ」

青葉は何か言いかけたが、言葉を呑み込んだようだ。

彼は黙ったまま深く頭を下げた。門脇はゆっくりとうなずく。それから青葉を促して、工務店の事務所へと向かった。

午後七時二十分。一日の捜査を終えて、門脇は西新井駅の西口に出た。

八時からはいつものように夜の会議が開かれる。捜査の初期なら長時間になるが、犯人が逮捕された今、会議もそう長くはならないだろう。今夜は如月や鷹野、徳重、尾留川と一緒に、何か旨《うま》いものを食べたいものだ、と思った。

もうじき西新井署に着くというころ、携帯電話が鳴りだした。液晶画面を見ると、意外な名前が表示されていた。

「はい、門脇です」

いくらか緊張しながら電話に出たのだが、相手に気づかれてしまっただろうか。

「もしもし、幸坂です。今、話せますか？」

幸坂真利子だった。門脇は歩道で足を止め、穏やかに返事をした。

「ああ、大丈夫だ」

彼女が警察官だったころから電話番号は交換してあった。だが当時、門脇が真利子と携帯で話したのは数回だけだ。彼女が幸坂礼一郎と結婚するとき、門脇は二次会の幹事を引き受けた。場所や時間、料理の内容などを確認するため、こちらから何度か架電したのを覚えている。

「この前は忙しいときに、すまなかったな」門脇は言った。「かなり苦戦したが、最終的には解決できた」

「みたいですね。犯人が捕まったと上司から聞いたので、電話してしまったんですけど」

「今回は柴山……いや、幸坂のおかげで助かった。ありがとう」

門脇が礼を言うと、電話の向こうで少し間があった。

「私、現場を離れてずいぶん経ちますから」真利子はあらたまった口調になった。「でも、少しでも門脇さんの役に立てたのなら、よかったと思って」

「もちろん役に立ったさ。通報を受けてくれる人がいなければ、捜査は始まらないからな。君には本当に感謝している」

「そう言っていただけると嬉しいんですけど、あまり自信がないんです。私は一度退職したことのある職員だし、現在うちの夫は休職中でしょう。警察にとってはお荷物なんじゃないかって」

「とんでもない」門脇は携帯電話を握り直した。「そんなことは気にするな。警察官は危険と隣り合わせの仕事だ。だからこそ、何かあったときにはいろいろ面倒を見てもらえる。俺だって脚を怪我したときには、かなり休ませてもらったよ」

「ああ、そうでしたね」

「下手をすれば、あのとき死んでいたかもしれなかったし……」

言ってしまってから門脇は後悔した。どんな病気か知らないが、幸坂礼一郎は今まさに療養中なのだ。死などという言葉を、安易に口に出すべきではなかった。

気まずい思いをしているところへ、真利子の声が聞こえてきた。

「門脇さん、いつかまたうちに来てくださいよ。ゆっくりお話ししたいって、夫が言っていました」

「そうだな。手土産を持っていこう。あいつは何が好きだったっけ？」

「今はあまり食欲がないみたいですけど……。でも門脇さんのお土産なら、何だって喜ぶと思います」

「わかった。落ち着いたら連絡する。お大事に、と伝えてくれ」

「ありがとうございます。じゃあ、また」

電話は切れた。

門脇は通話履歴をしばらく見つめていた。そこには彼女の名が《柴山真利子》と旧姓で表示されている。真利子が結婚してからも、ずっと名字を変更できずにいた。もう関わることはないのだし、わざわざ設定変更するのも面倒だと思っていた。

だが今日、その真利子から、仕事とは別の私的な電話がかかってきた。結婚する前、彼女のほうからは一度もかかってこなかったのだが――。

歩道に立ったまま、門脇は小さくため息をついた。

警察官としてこれまで経験してきたこと、先輩や後輩のこと、同期のこと、そしてその家族のこと。さまざまなことが頭に浮かんでくる。

あれこれ考えるうち、仲間たちと出かける気分ではなくなってしまった。

――今夜はひとりで飲むとするか。

そう心に決めた。携帯をポケットにしまい込み、門脇は大通りを歩きだす。左脚の傷痕が、少しだけ痛んだような気がした。

すっかり暗くなった町の中、遠くに警察署の明かりが見えてきた。

◆参考文献

『警視庁捜査一課殺人班』毛利文彦　角川文庫
『警視庁捜査一課刑事』飯田裕久　朝日文庫
『ミステリーファンのための警察学読本』斉藤直隆編著　アスペクト
『サイエンス・ミレニアム』立花隆　中公文庫

解説――異様な被害者たち

新保博久（ミステリ評論家）

江戸川乱歩の一大労作「類別トリック集成」（一九五三年）に初めて出会ったとき、本文はなくて目次だけしかなかった。今はなき現代教養文庫の『探偵小説の「謎」』を手に取ったものの、「類別トリック集成」は「探偵小説に慣れた人々のための項目書きのようなもので、一般の読み物としては不適当なので、本書にはその目次のみを参考として巻末に加え、内容全部はのせなかった」（「序・この本のなりたち」）というせいだ。「類別トリック集成」自体、古今東西のミステリ作品を並べたメニューとも言えるものだが、目次はそのままメニューで、鰻《うなぎ》を焼く匂いだけ嗅がされるとはこのことである。

ともかくも目次の行間から漏れくる鰻の匂いを懸命に吸い込むうち、「【第一】犯人（又は被害者）の人間に関するトリック」の一項目に「異様な被害者」とあるのに首をかしげた。探偵が犯人などといった「意外な犯人」ならお馴染みだったが、被害者が異様とは？　現在なら『江戸川乱歩トリック論集』（中公文庫）などに収められているし、インターネットで読むことも出来る。だが当時は、中学生だった私が高校生になるまで待たねばならなかった。「類別トリック集成」を含む評論集『続・幻影城』が講談社版江戸川乱歩全集の最終巻としてお目見えするまで「異様な被害者」とは、アガサ・クリスティーの『ＡＢＣ殺人事件』のように、明らかに同一犯による連続殺人なのに被害者たちに共通項がない、共通の知人も見つからないといったパターンのことであった。乱歩はミッシング・リンク（失われた環）という術語を知らなかったか、知っていても読者に通じないと思ったのか、「異様な被害者」という異様な表現を便宜的に用いたようだ。

答を教えられるまで、私はどんな被害者を想像していたのだろうか。もう忘れてしまったが、或《ある》いはそれは、この〈警視庁殺人分析班〉シリーズ（講談社ノベルス版では〈警視庁捜査一課十一係〉シリーズ）に描かれる被害者たちのようなものを考えていたかも知れない。本シリーズに限らず、麻見和史の小説は大半、「異様な被害者たち」の物語であると言っていい。

二〇〇六年に鮎川哲也賞を受賞してデビューを飾った『ヴェサリウスの柩《ひつぎ》』（創元推理文庫）からして、「解剖実習用のご遺体から謎のチューブが出てくる」という発端から着想したものだったという（ブログ「麻見和史のミステリー日記」二〇一二年六月五日）。第二作『真夜中のタランテラ』（二〇〇八年、東京創元社・絶版）では遺骸がより積極的に干渉される。義足のダンサーとしてスターの座を得た殺人被害者が残った片脚を切断され、義足は持主不明のもう一本の義足ともども赤い靴を履かされて死体の近くに並べられていたという設定だ。鮎川賞受賞作について、選考委員の山田正紀は「全編にわたって、『死体博物館』という雰囲気が濃厚であって、そのおぞましさが何とも頼もしい」と評価したものだが、その後に紡がれた作品群もまさに「死体博物館」と呼んでも過言でない。もっとも〈殺人分析班〉においては、ヒロイン如月塔子《きさらぎとうこ》の健気な明るさのお蔭で、おぞましさのほうは程よく中和されているのだが。

デビュー後の数年間、麻見和史はなかなか新作が刊行されない苦しい時期を過ごした。しかし三作目の『石の繭《まゆ》　警視庁捜査一課十一係』（文庫版では『石の繭　警視庁殺人分析班』と改題）を二〇一一年に刊行してからは堰《せき》を切ったように快進撃が続いている。二〇二四年十二月現在、著作は四十冊を超えているのだが、三分の一以上を占める〈殺人分析班〉シリーズにとりあえず話を限っておきたい。本書『魔弾の標的』は二〇二二年十二月、既刊と同様に講談社ノベルスとして書き下ろし刊行されたシリーズ第十四作で、ノベルス版ではすでに次作『鴉の箱庭』が出版されている。それらでどのような死体が〝陳列〟されてきたか。

①『石の繭』(二〇一一) モルタルで全身を固められる
②『蟻《あり》の階段』(二〇一二) 寓意的な品々に囲まれている
③『水晶の鼓動』(二〇一二) ラッカースプレーで真っ赤に染められた現場
④『虚空の糸』(二〇一三) 見え透いた自殺偽装を施されている
⑤『聖者の凶数』(二〇一三) 頭部や四肢に薬傷を負わされ、腹部に数字が書かれる
⑥『女神の骨格』(二〇一四) 男性の頭部と女性の胴体が組み合わされた白骨死体
⑦『蝶の力学』(二〇一五) 喉に花が挿し込まれている
⑧『雨色の仔羊』(二〇一六) 首錠でつながれ、死後、手足を折られる
⑨『奈落の偶像』(二〇一七) 銀座でショーウインドウに晒《さら》される
⑩『鷹の砦』(二〇一七) 廃屋内で殺されたのに屋外に搬出される
⑪『凪《なぎ》の残響』(二〇一八) 左手の指が切られて晒され、続いて死体そのものも晒される
⑫『天空の鏡』(二〇一九) 長い階段を転落させられ、左眼を抉《えぐ》られる
⑬『賢者の棘《とげ》』(二〇二〇) 犯人が刑事たちにクイズを出題、正解か否かが被害者の運命を決める
⑭『魔弾の標的』(二〇二一、本書) 檻《おり》の中で全裸で動物のように射殺されるが、治療したかのように抗生物質が傷口に付着

⑮『鴉の箱庭』（二〇二三）　切断された手が繁華な場所に捨てられ、持主も死体で発見される

　初期には死体を取り巻く現場を含めての異様さだったが、だんだん死体そのものの謎に収斂《しゅうれん》するようになった。著者の創作法はよく知らないが、最初にどんな死体が発見されるかを考え、どうしてそうなったかと練ってゆくのではあるまいか。

　ともかく年に一～二作ペースで順調に発表されてきたのだが、⑬と⑭の間に二年近いブランクがあるのは、如月塔子とコンビを組んできた鷹野《たかの》秀昭《ひであき》警部補が公安部に異動した〈公安分析班〉シリーズが二冊（『邪神の天秤』『偽神の審判』）、二〇二一年に書かれたためと、著者の身内に不幸があったせいだろう。〈公安分析班〉でも複数の臓器が抜き取られ、心臓が天秤に掛けられているといった「異様な被害者」である点は変わらない。「難事件を引き寄せる力」を持っているのは塔子ばかりではないらしい。『邪神の天秤』で公安第五課に異動した鷹野は三十七歳、本書『魔弾の標的』ではまだ三十三歳と、作中時間は遡《さかのぼ》っている。刑事部時代の鷹野の活躍も、まだしばらくは読ませてもらえそうだ。

　とはいうものの、本書と⑮『鴉の箱庭』では塔子の教育係を務めるパートナーは鷹野から門脇《かどわき》仁志《ひとし》警部補に替わっている。頭脳派の鷹野に対して門脇は体育会系の行動

派だが、鷹野が登場しなくなったわけではない。しかし当然ながら出番は大幅に減り、以前よりのシリーズ愛読者に十一係からの鷹野喪失《ロス》（というより鷹野・如月コンビ喪失《ロス》）に耐えやすくするための措置でもあるかのようだ。

門脇が左脚に重傷を負ったのは、⑩『鷹の砦』事件の時である。⑬『賢者の棘』まで は塔子の視点で描かれるのが通例で（時おり殺される前の被害者や、名前を伏せて犯人の視点が挿入される）、鷹野の視点に入ることはなかった。シャーロック・ホームズが原則ワトスン博士の視点からしか描かれず、何でもお見通しのホームズの思考を書いてしまって読者の興醒めになるのを防いでいたように、鷹野の視点は使いづらかったのだろう（鷹野視点で貫かれる〈公安分析班〉では勝手の違う公安捜査に戸惑うのと、刑事部時代以上の強敵が設定され、鷹野も名探偵然としてはいられない）。⑭⑮では、塔子よりも門脇のほうの内面に入ることが多く、門脇も体力任せの行動派でなく、陰影のあるキャラクターとして立ち上がってくる。塔子自身、他人の目を通して描かれるのは初めてだ。尾留川巡査部長は負傷した鷹野に代わって一時的に塔子と組んだことがあって（⑦『蝶の力学』）、軽いだけの洒落《しゃれ》男でない一面を見せたものだが、徳重巡査部長も温厚なばかりでない内面を秘めているに違いない。

ほかにも上司や協力者たちがいるけれども、基本的にこの五人から成る集団探偵と言っていい（ここに含まれない科捜研の河上が私はゴヒイキなのだが）。映像であれば、それぞれ俳優が演じて七人の刑事でも見分けがつくが、小説で描き分けるには五人くらいが限度だろう。

　超人的な天才名探偵の創造に懐疑的な作家の佐野洋は、一九七〇年代の終わりのいわゆる「名探偵論争」（フリースタイル刊、都筑道夫『黄色い部屋はいかに改装されたか？　増補版』所収）において、天才探偵に代わって「警察機構全部が名探偵役を果たしている」ような形式を一種の極論として提案したことがある。論争相手の都筑道夫は、「……（そんな小説を）書ける作家が、この世界にいますかしら。……大合同会議の場面でも書くしか、（読者に謎ときの）快感の味あわせようはないでしょう」と反駁《はんばく》したが、この部分の議論は発展しないままに終わった。かたわら都筑氏は、自作の本格推理のために「謎と論理のエンタテインメント」というキャッチフレーズを案出したが、それと銘打った作品は『七十五羽の烏』と『最長不倒距離』の二冊にとどまっている。

　都筑流の表現を踏まえたわけでもないだろうが、麻見和史は「謎と推理の警察小説」（文庫情報誌『IN★POCKET』二〇一三年五月号）を『石の繭』では目指したと述べたものだ。なぜ、〈殺人分析班〉以前にそのような警察小説がほとんどなかったかと言えば、日本の警察小説が対・事件よりも対・身内を描くのを重視する、一種の企業小説として発展してきたせいもあるだろう。「大勢が次つぎに各自の捜査結果を発表し、それがつながって行くさまを、各人を生き生きと描写し、会話を混乱させずに書きわけるのは」（都筑道夫）大変な作業であることも銘記しておかねばならない。麻見氏の着眼はまさにコロンボス……もといコロンブスの卵であった。そして、一人の名探偵の独走によるより、さまざまな仮説をめぐって集団でディスカッションしてゆくにふさわしいのは、密室殺人のようなハウダニットよりも、なぜ犯人はそんなことをしたのか、そうせざるを得なかったのかというホワイダニットだろう。麻見作品に多用される「異様な被害者」は、その「謎」の設定が端的に表れたものと解釈できそうだ。

　これら異様な死体事件に対峙するのに、探偵側までがフリークス集団であっては収拾がつかなくなるせいか分析班のメンバーは健全な性格揃いだ。著者が採用したのは「サザエさん」的なシットコムの手法で、ビールを飲みながらの五人だけの捜査会議はアットホームな雰囲気を醸している。塔子が経験を積んで一人前の刑事に育ってゆくという側面もあるので、サザエさん式に全く齢《とし》をとらせないわけにもいかず、ゆるやかに加齢してゆく。初登場時二十六歳だった塔子は、この『魔弾の標的』でもやっとまだ二十八歳である。

　ところで麻雀《マージャン》では、手牌《てはい》のなかで同じ絵柄が三枚揃ったのを刻子《コーツ》、数字が三枚連続したのを順子《シュンツ》というが、順子《シュンツ》になるには一枚不足している二枚を塔子《ターツ》と呼ぶ。如月塔子の塔子というネーミングには、そういう未完成の意味が込められているのかも知れない。麻見氏が麻雀を嗜《たしな》むのかどうか存じあげないが、麻雀の麻《マー》と和《ホー》りの和《あが》、ペンネームのうち二字までもが麻雀に縁の深い文字であるだけに、そんな想像もしてみたくなる。

塔子は過去にどんな恋愛体験をしてきたのか、これも情報は何もないので読者は勝手に想像するしかない。刑事としての彼女はしばしば犯人から容赦ない暴力にさらされるが、不思議に貞操の危機を覚えたことはない。犯罪者でも犯罪者なりのモラルが行き渡った小説世界なのである。死体損壊をはじめ残虐味が盛られていても、その意味では安心して読め、このシリーズに女性読者が多いらしいのも、むべなるかなと思う。そう言えば女性が被害者になることは本書以前には珍しく、犯人になることもたいへん少なかった。『魔弾の標的』は、その意味でも殻を破ろうとしたかのようだ（本篇未読の読者へ――女性が犯人だと断言してはいませんからね）。数作にまたがって如月家に脅迫状が送られてきていた一件は⑬『賢者の棘』で落着したが、今度はゲームマスターの正体が作を超えて読者の興味をつなぐ。ファンの要望に応えつつ、パートナーを替えたりマンネリに陥らない工夫は怠りない。シリーズの行く末を見守らずにいられなくなる所以《ゆえん》だ。

この作品は、二〇二二年十二月に小社より『魔弾の標的　警視庁捜査一課十一係』として刊行された作品を改題したものです。

この作品はフィクションであり、実在する個人や団体などとは一切関係ありません。

|著者| 麻見和史　1965年千葉県生まれ。2006年『ヴェサリウスの柩』で第16回鮎川哲也賞を受賞しデビュー。『石の繭《まゆ》』から始まる「警視庁殺人分析班」シリーズはドラマ化されて人気を博し、累計85万部を超える大ヒットとなっている。また、『邪神の天秤』『偽神の審判』と続く「警視庁公安分析班」シリーズもドラマ化された。その他の著作に「警視庁文書捜査官」シリーズや、『水葬の迷宮』『死者の盟約』と続く「警視庁特捜７」シリーズ、『時の呪縛』『時の残像』と続く「凍結事案《コールドケース》捜査班」シリーズ、『殺意の輪郭　猟奇殺人捜査ファイル』などがある。

魔弾《まだん》の標的《ひょうてき》　警視庁殺人分析班《けいしちょうさつじんぶんせきはん》

麻見和史《あさみかずし》

講談社文庫

定価はカバーに
表示してあります

2025年２月14日第１刷発行

発行者——篠木和久
発行所——株式会社　講談社
東京都文京区音羽2-12-21　〒112-8001
電話　出版 (03) 5395-3510
　　　販売 (03) 5395-5817
　　　業務 (03) 5395-3615

KODANSHA

デザイン—菊地信義
本文データ制作—講談社デジタル製作
印刷———中央精版印刷株式会社
製本———中央精版印刷株式会社

Printed in Japan

ISBN978-4-06-538371-1

講談社文庫刊行の辞

二十一世紀の到来を目睫に望みながら、われわれはいま、人類史上かつて例を見ない巨大な転換期をむかえようとしている。

世界も、日本も、激動の予兆に対する期待とおののきを内に蔵して、未知の時代に歩み入ろうとしている。このときにあたり、創業の人野間清治の「ナショナル・エデュケイター」への志を現代に甦らせようと意図して、われわれはここに古今の文芸作品はいうまでもなく、ひろく人文・社会・自然の諸科学から東西の名著を網羅する、新しい綜合文庫の発刊を決意した。

激動の転換期はまた断絶の時代である。われわれは戦後二十五年間の出版文化のありかたへの深い反省をこめて、この断絶の時代にあえて人間的な持続を求めようとする。いたずらに浮薄な商業主義のあだ花を追い求めることなく、長期にわたって良書に生命をあたえようとつとめるところにしか、今後の出版文化の真の繁栄はあり得ないと信じるからである。

同時にわれわれはこの綜合文庫の刊行を通じて、人文・社会・自然の諸科学が、結局人間の学にほかならないことを立証しようと願っている。かつて知識とは、「汝自身を知る」ことにつきていた。現代社会の瑣末な情報の氾濫のなかから、力強い知識の源泉を掘り起し、技術文明のただなかに、生きた人間の姿を復活させること。それこそわれわれの切なる希求である。

われわれは権威に盲従せず、俗流に媚びることなく、渾然一体となって日本の「草の根」をかたちづくる若く新しい世代の人々に、心をこめてこの新しい綜合文庫をおくり届けたい。それは知識の泉であるとともに感受性のふるさとであり、もっとも有機的に組織され、社会に開かれた万人のための大学をめざしている。大方の支援と協力を衷心より切望してやまない。

一九七一年七月

野間省一

講談社文庫 最新刊

松下隆一
侠《きゃん》
人生最期の大博奕《おおばくち》は、誰を救うために——。
大藪《おおやぶ》賞受賞の感涙と喝采の傑作時代小説！

前川　裕
公務執行の罠
〈逸脱刑事〉
ゴミ屋敷の対応に専心したい無紋刑事。通り魔事件の捜査に巻き込まれる。〈文庫書下ろし〉

岩瀬達哉
裁判官も人である
〈良心と組織の狭間で〉
裁判官たちが「正義」を捨てる——苦悩するエリートの「素顔」を描くノンフィクション。

金井美恵子
タ マ や
〈新装版〉
親猫と五匹の仔猫でぼくは大混乱！　欧州各地で話題の作家による、麗しの短編集新装版。

パリュスあや子
燃 え る 息
買い物依存にスマホ中毒、置き引き、ダイエットほか。依存症の世界を描く新感覚短編集。

講談社タイガ

紺野天龍
魔法使いが多すぎる
〈名探偵倶楽部の童心〉
容疑者全員、自称魔法使い。魔法が存在すると信じる人に論理の刃は届くのか。シリーズ第二弾！

麻見和史 虚空の糸〈警視庁殺人分析班〉
麻見和史 聖者の凶数〈警視庁殺人分析班〉
麻見和史 女神の骨格〈警視庁殺人分析班〉
麻見和史 蝶の力学〈警視庁殺人分析班〉
麻見和史 雨色の仔羊〈警視庁殺人分析班〉
麻見和史 奈落の偶像〈警視庁殺人分析班〉
麻見和史 鷹《たか》の砦《とりで》〈警視庁殺人分析班〉
麻見和史 凪《なぎ》の残響〈警視庁殺人分析班〉
麻見和史 天空の鏡〈警視庁殺人分析班〉
麻見和史 賢者の棘《とげ》〈警視庁殺人分析班〉
麻見和史 深紅の断片〈警防課救命チーム〉
麻見和史 邪神の天秤〈警視庁公安分析班〉
麻見和史 偽神の審判〈警視庁公安分析班〉
有川 浩 三匹のおっさん
有川 浩 三匹のおっさん ふたたび
有川 浩 ヒア・カムズ・ザ・サン
有川 浩 旅猫リポート
有川ひろ アンマーとぼくら
有川ひろ みとりねこ

有川ひろほか ニャンニャンにゃんそろじー
荒崎一海 門前仲町〈九頭竜覚山 浮世綴㈠〉
荒崎一海 蓬莱橋雨景〈九頭竜覚山 浮世綴㈡〉
荒崎一海 寺町哀感〈九頭竜覚山 浮世綴㈢〉
荒崎一海 小《お》名《な》木《き》川《がわ》〈九頭竜覚山 浮世綴㈣〉
荒崎一海 一色町雪花〈九頭竜覚山 浮世綴㈤〉
朱野帰《かえる》子《こ》 駅物語
朱野帰子 対岸の家事
東 浩紀 一般意志2・0〈ルソー、フロイト、グーグル〉
朝倉宏景 白球アフロ
朝倉宏景 野球部ひとり
朝倉宏景 つよく結べ、ポニーテール
朝倉宏景 あめつちのうた
朝倉宏景 エール〈夕暮れサウスポー〉
朝倉宏景 風が吹いたり、花が散ったり
朝井リョウ スペードの3
朝井リョウ 世にも奇妙な君物語
有沢ゆう希 末次由紀 原作 〈小説〉ちはやふる 上の句
有沢ゆう希 末次由紀 原作 〈小説〉ちはやふる 下の句

有沢ゆう希 末次由紀 原作 〈小説〉ちはやふる 結び
有沢ゆう希 小説 パーフェクトワールド〈君といる奇跡〉
有沢ゆう希 原作:金田一蓮十郎 脚本:徳永友一 小説 ライアー×ライアー
秋川滝美 幸《こう》腹《ふく》な百貨店
秋川滝美 幸腹な百貨店〈デパ地下おにぎり騒動〉
秋川滝美 幸腹な百貨店〈催事場で蕎麦屋呑み〉
秋川滝美 マチのお気楽料理教室
秋川滝美 ヒソップ亭〈湯けむり食事処〉
秋川滝美 ヒソップ亭2〈湯けむり食事処〉
秋川滝美 ヒソップ亭3〈湯けむり食事処〉
赤神 諒 神遊の城
赤神 諒 大友一階崩れ
赤神 諒 大友落月記
赤神 諒 酔象の流儀 朝倉盛衰記
赤神 諒 空《うつせ》貝《がい》〈村上水軍の神姫《しんき》〉
赤神 諒 立花三将伝
彩瀬まる やがて海へと届く
浅生 鴨 伴走者
天野純希 有楽斎の戦

講談社文庫　目録

天野純希　雑賀《さいか》のいくさ姫《ひめ》
青木祐子　コーチ！〈はげまし屋・立花ことりのクライアントファイル〉
秋《あき》保《う》水《すい》菓《か》　コンビニなしでは生きられない
相沢沙呼　medium《メディウム》　霊媒探偵城塚《じょうづか》翡翠《ひすい》
相沢沙呼　invert《インヴァート》　城塚翡翠倒叙集
新井見枝香　本屋の新井
碧野圭　凜として弓を引く
碧野圭　凜として弓を引く〈青雲篇〉
碧野圭　凜として弓を引く〈初陣篇〉
赤松利市　東京棄民
赤松利市　風致の島
五木寛之　ソフィアの秋
五木寛之　狼のブルース
五木寛之　海峡物語
五木寛之　風花のひと
五木寛之　鳥の歌(上)(下)
五木寛之　燃える秋
五木寛之　真夜中の望遠鏡〈流されゆく日々'78〉
五木寛之　ナホトカ青春航路〈流されゆく日々'79〉

五木寛之　旅の幻燈
五木寛之　他力
五木寛之　こころの天気図
五木寛之　新装版 恋歌
五木寛之　百寺巡礼 第一巻 奈良
五木寛之　百寺巡礼 第二巻 北陸
五木寛之　百寺巡礼 第三巻 京都I
五木寛之　百寺巡礼 第四巻 滋賀・東海
五木寛之　百寺巡礼 第五巻 関東・信州
五木寛之　百寺巡礼 第六巻 関西
五木寛之　百寺巡礼 第七巻 東北
五木寛之　百寺巡礼 第八巻 山陰・山陽
五木寛之　百寺巡礼 第九巻 京都II
五木寛之　百寺巡礼 第十巻 四国・九州
五木寛之　海外版 百寺巡礼 インド1
五木寛之　海外版 百寺巡礼 インド2
五木寛之　海外版 百寺巡礼 朝鮮半島
五木寛之　海外版 百寺巡礼 中国
五木寛之　海外版 百寺巡礼 ブータン

五木寛之　海外版 百寺巡礼 日本・アメリカ
五木寛之　青春の門 第七部 挑戦篇
五木寛之　青春の門 第八部 風雲篇
五木寛之　青春の門 第九部 漂流篇
五木寛之　親鸞 青春篇(上)(下)
五木寛之　親鸞 激動篇(上)(下)
五木寛之　親鸞 完結篇(上)(下)
五木寛之　五木寛之の金沢さんぽ
五木寛之　海を見ていたジョニー 新装版
井上ひさし　モッキンポット師の後始末
井上ひさし　ナイン
井上ひさし　四千万歩の男 全五冊
井上ひさし　四千万歩の男 忠敬の生き方
井上ひさし・司馬遼太郎　新装版 国家・宗教・日本人
池波正太郎　私の歳月
池波正太郎　よい匂いのする一夜
池波正太郎　梅安料理ごよみ
池波正太郎　わが家の夕めし
池波正太郎　新装版 緑のオリンピア

井上夢人 ラバー・ソウル
池井戸 潤 果つる底なき
池井戸 潤 架空通貨
池井戸 潤 銀行狐
池井戸 潤 仇敵
池井戸 潤 空飛ぶタイヤ(上)(下)
池井戸 潤 鉄の骨
池井戸 潤 新装版 銀行総務特命
池井戸 潤 新装版 不祥事
池井戸 潤 ルーズヴェルト・ゲーム
池井戸 潤 半沢直樹 1〈オレたちバブル入行組〉
池井戸 潤 半沢直樹 2〈オレたち花のバブル組〉
池井戸 潤 半沢直樹 3〈ロスジェネの逆襲〉
池井戸 潤 半沢直樹 4〈銀翼のイカロス〉
池井戸 潤 半沢直樹 アルルカンと道化師
池井戸 潤 花咲舞が黙ってない〈新装増補版〉
池井戸 潤 ノーサイド・ゲーム
池井戸 潤 新装版 BT'63(上)(下)
石田衣良 LAST[ラスト]

石田衣良 東京DOLL
石田衣良 てのひらの迷路
石田衣良 40《フォーティ》 翼ふたたび
石田衣良 sex
石田衣良 逆《さか》島《しま》断《たつ》雄《お》〈進駐官養成高校の決闘編1〉
石田衣良 逆島断雄〈進駐官養成高校の決闘編2〉
石田衣良 逆島断雄〈本土最終防衛決戦編1〉
石田衣良 逆島断雄〈本土最終防衛決戦編2〉
石田衣良 初めて彼を買った日
井上荒野 ひどい感じ―父・井上光晴
飯田譲治 協力 梓河人 神様のサイコロ
稲葉 稔 椋鳥の影〈八丁堀手控え帖〉
いしいしんじ プラネタリウムのふたご
いしいしんじ げんじものがたり
池永 陽 いちまい酒場
伊坂幸太郎 チルドレン
伊坂幸太郎 サブマリン
伊坂幸太郎 魔王〈新装版〉
伊坂幸太郎 モダンタイムス(上)(下)〈新装版〉

伊坂幸太郎 PK〈新装版〉
絲山秋子 袋小路の男
絲山秋子 御社のチャラ男
石黒 耀 死都日本
石黒 耀 忠臣蔵異聞〈家老 大野九郎兵衛の長い仇討ち〉
犬飼六岐 筋違い半介
犬飼六岐 吉岡清三郎貸腕帳
石川大我 ボクの彼氏はどこにいる?
石松宏章 マジでガチなボランティア
伊東 潤 国を蹴った男
伊東 潤 峠越え
伊東 潤 黎明に起《た》つ
伊東 潤 池田屋乱刃
石飛幸三 「平穏死」のすすめ〈口から食べられなくなったらどうしますか〉
伊藤理佐 女のはしょり道
伊藤理佐 また! 女のはしょり道
伊藤理佐 みたび! 女のはしょり道
石黒正数 外《げ》天《てん》楼《ろう》
伊与原 新 ルカの方《はこ》舟《ぶね》

伊与原 新 コンタミ 科学汚染
稲葉圭昭《よしあき》 恥さらし〈北海道警 悪徳刑事の告白〉
稲葉博一《ひろいち》 忍者烈伝
稲葉博一 忍者烈伝ノ続
稲葉博一 忍者烈伝ノ乱〈天之巻〉〈地之巻〉
伊岡 瞬 桜の花が散る前に
石川智健 エウレカの確率〈経済学捜査と殺人の効用〉
石川智健 60《ロクジュウ》〈誤判対策室〉
石川智健 20《ニジュウ》〈誤判対策室〉
石川智健 第三者隠蔽機関
石川智健 いたずらにモテる刑事の捜査報告書
石川智健 ゾンビ3.0
井上真偽《まぎ》 その可能性はすでに考えた
井上真偽 聖女の毒杯〈その可能性はすでに考えた〉
井上真偽 恋と禁忌の述語論理《プレディケット》
泉 ゆたか お師匠さま、整いました！
泉 ゆたか お江戸けもの医 毛玉堂
泉 ゆたか 玉《たま》の輿《こし》猫〈お江戸けもの医 毛玉堂〉
伊兼源太郎 地検のS

伊兼源太郎 Sが泣いた日〈地検のS〉
伊兼源太郎 Sの幕引き〈地検のS〉
伊兼源太郎 巨悪
伊兼源太郎 金庫番の娘
逸木 裕 電気じかけのクジラは歌う
今村翔吾 イクサガミ 天
今村翔吾 イクサガミ 地
今村翔吾 イクサガミ 人
今村翔吾 じんかん
入月英一 信長と征《ゆ》く 1・2〈転生商人の天下取り〉
磯田道史 歴史とは靴である
石原慎太郎 湘南夫人
井戸川射子 ここはとても速い川
井戸川射子 この世の喜びよ
五十嵐律人 法廷遊戯
五十嵐律人 不可逆少年
五十嵐律人 原因において自由な物語
一色さゆり 光をえがく人
石沢麻依 貝に続く場所にて

一穂ミチ スモールワールズ
一穂ミチ うたかたモザイク
伊藤穰一 〈増補版〉教養としてのテクノロジー〈AI、仮想通貨、ブロックチェーン〉
市川憂人 揺籠《ゆりかご》のアディポクル
五十嵐貴久 コンクールシェフ！
稲川淳二 稲川怪談〈昭和・平成傑作選〉
稲川淳二 稲川怪談〈昭和・平成・令和 長編集〉
石井ゆかり 星占い的思考
石田夏穂 ケチる貴方
内田康夫 シーラカンス殺人事件
内田康夫 パソコン探偵の名推理
内田康夫 「横山大観」殺人事件
内田康夫 江田島殺人事件
内田康夫 琵琶湖周航殺人歌
内田康夫 夏泊殺人岬
内田康夫 「信濃の国」殺人事件
内田康夫 風葬の城
内田康夫 透明な遺書
内田康夫 鞆《とも》の浦《うら》殺人事件

講談社文庫　目録

内田康夫　終幕《フイナーレ》のない殺人
内田康夫　御堂筋殺人事件
内田康夫　記憶の中の殺人
内田康夫　北国街道殺人事件
内田康夫　「紅藍《くれない》の女《ひと》」殺人事件
内田康夫　「紫《むらさき》の女《ひと》」殺人事件
内田康夫　藍色回廊殺人事件
内田康夫　明日香の皇子
内田康夫　華の下にて
内田康夫　黄金の石橋
内田康夫　靖国への帰還
内田康夫　不等辺三角形
内田康夫　ぼくが探偵だった夏
内田康夫　逃げろ光彦〈内田康夫と5人の女たち〉
内田康夫　悪魔の種子
内田康夫　戸隠伝説殺人事件
内田康夫　新装版 死者の木霊
内田康夫　新装版 漂泊の楽人
内田康夫　新装版 平城山《ならやま》を越えた女

内田康夫　秋田殺人事件
内田康夫　孤道
和久井清水　孤道 完結編〈金色の眠り〉
内田康夫　イーハトーブの幽霊
歌野晶午　死体を買う男
歌野晶午　安達ヶ原の鬼密室
歌野晶午　新装版 長い家の殺人
歌野晶午　新装版 白い家の殺人
歌野晶午　新装版 動く家の殺人
歌野晶午　密室殺人ゲーム王手飛車取り
歌野晶午　新装版 ROMMY 越境者の夢
歌野晶午　増補版 放浪探偵と七つの殺人
歌野晶午　新装版 正月十一日、鏡殺し
歌野晶午　密室殺人ゲーム2.0
歌野晶午　密室殺人ゲーム・マニアックス
歌野晶午　魔王城殺人事件
内館牧子　終わった人
内館牧子　別れてよかった〈新装版〉
内館牧子　すぐ死ぬんだから

内館牧子　今度生まれたら
内田洋子　皿の中に、イタリア
宇江佐真理　泣きの銀次
宇江佐真理　晩鐘〈続・泣きの銀次〉
宇江佐真理　虚ろ舟〈泣きの銀次参之章〉
宇江佐真理　室の梅〈おろく医者覚え帖〉
宇江佐真理　涙堂〈琴女癸酉日記《ことじょきゆうにっき》〉
宇江佐真理　あやめ横丁の人々
宇江佐真理　卵のふわふわ〈八丁堀喰い物草紙・江戸前でもなし〉
宇江佐真理　日本橋本石町やさぐれ長屋
浦賀和宏　眠りの牢獄
上野哲也　五五五文字の巡礼〈魏志倭人伝トーク 地理篇〉
魚住昭　渡邉恒雄 メディアと権力
魚住昭　野中広務 差別と権力
魚住直子　非・バランス
魚住直子　未・フレンズ
魚住直子　ピンクの神様
上田秀人　密封〈奥右筆秘帳〉
上田秀人　国禁〈奥右筆秘帳〉

2024年12月13日現在